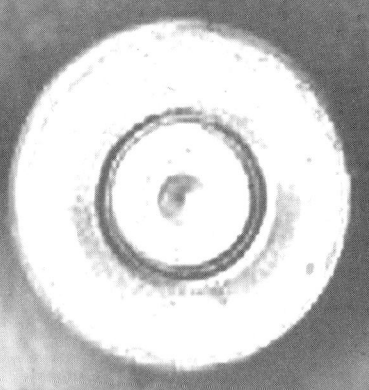

PRIVATE
#1 SUSPECT

头号嫌疑人

〔美〕詹姆斯·帕特森 玛克辛·佩德罗／著

曾雅雯／译

重庆出版集团 重庆出版社

序幕
黑暗中的射击
Private #1 suspect

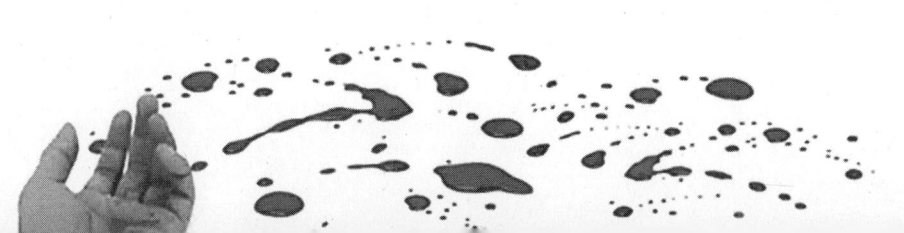

1

一辆黑色的小轿车驶离太平洋海岸高速公路后,拐入了一条又窄又直的私人车道,车道的尽头是一座豪华别墅。这座别墅矗立在马里布海滩①上,价值七八百万美元。

轿车在大门口停了下来,司机关掉车灯,摇开车窗,将手中的门禁卡在读卡器前扫了一下。

两扇高大的铁门自动打开,轿车迅速驶入,停在车库门边,这时铁门又缓缓地关上了。司机打开车门走了出来,四处张望着。

这是一个中等身材的白种男人,留着棕褐色短发,约莫三十来岁。他身着牛仔夹克,卡其色长裤,帆布运动鞋,还戴了一双橡胶手套。他眼前的这座高级别墅被防护栅栏包围着,完全隐没在茂盛的灌木丛中。外面的行人或者邻居都无法看到里面的动静。

他来到别墅正门的壁龛前,那里面的摄像头立刻对准了他,同时他发现壁龛上还有一套指纹门禁系统。

他回到轿车旁,打开了一扇后门,嘴里说着:"姑娘,这是最后一站了。"

他弯下腰,钻进后门,从车里抱出了一个留着黑色长发的苗条女子。她完全不省人事,浑身散发着玫瑰花和香皂的味道。司机一边咕哝着,一边摆布女子的身体,很快他便将女子扛在自己的肩膀上,再次向别墅的正门走去。抵达之后,他将女子的手指按在门禁系统上,门"啪嗒"一声打开了。

他俩进到屋里。

---

① 美国地名,位于加利福尼亚州。

男人没开屋里的灯，粉红色的落日余晖透过宽大的玻璃外墙照了进来，光滑的地砖又反射着阳光，这样一来屋里便足够明亮了。

门厅通向一间带有玻璃天井的宽敞客厅，客厅的墙和窗户都是弧形的，窗外就是大海。客厅左边有一条过道通向主卧室和盥洗室，男人用脚踢开了卧室的门，走到床边，将肩上扛着的女子放了下来，让她躺在铺着蓝白条纹床单的床上。

他塞了一个枕头在女子的头下，然后走到靠窗的座位边。这把椅子上有一个铰链盖，他打开了它。

铰链盖的下面是一个金属盒子，里面是一把金柏特装型点45口径手枪[1]。男人弹出手枪的弹药盒，检查了一下，然后用他戴着手套的右手将其猛塞了回去。枪里已经装好子弹了。

他回到床边，用枪仔细瞄准床上的女子，扣动了扳机，由于距离很近，女子的身体猛地颤动了一下。男人又接连开了两枪之后，她便不再动弹。接下来，他小心翼翼地拾起地板上的三枚弹壳，装进了自己的口袋。

杀手拿起床头柜上的电话，拨通了一个号码。与此同时，他透过窗户看着外面的沙滩。

一道蓝光在外面闪了一下——这是一部手机的面板发出的光。

杀手没有说话就挂断了电话。他离开卧室，在客厅里找到了电视柜。他打开电视柜上所有的壁橱门，翻遍了每一个隔间，终于找到了房屋安防系统的位置。

他拔下硬盘，将其挟在腋下，从正门走出了别墅。刚一出来，他便走到一棵葡萄树下，刮下一些树皮。紧接着，他将枪埋在一个浅沟里，上面覆盖了一层树皮碎屑和泥土。

他回到车里，启动了引擎，将门卡在读卡器上扫了一下。大铁门打开了，他把车缓缓地倒了出去。接下来，他加大油门，将车挤进了高速公路，飞快地向北驶去。

这时他的脑海里已经开始想象他今晚的美餐，那家海鲜餐馆名叫布

---

[1] 由总部位于纽约州扬克斯的金柏(Kimber)公司研制、生产及销售的M1911半自动手枪的其中一个型号，子弹口径为0.45英寸(约合11.4毫米)。

罗菲兄弟，位于圣巴巴拉市①。他喜欢那里，尤其喜欢那里的清蒸蛤蜊棒、太平洋大蟹盘和新鲜的牡蛎，他还准备点一瓶好酒，犒劳自己今晚的杰出工作。

他取出一张范·海伦乐队②的CD放进车载播放器里，满脸微笑。黑色的轿车融入了夜晚的车流，很快便失去了踪影。

2

罗曼诺驾驶着一辆白色货车，在15号州际公路上向西行驶着，此地距离拉斯维加斯有一百五十英里③。这是一辆新型的福特汽车，车尾的货厢门上印了一个装满了红色、绿色和黄色蔬菜的篮子，一部分蔬菜还从篮子两边满溢了出来，篮子顶部有一行字："新鲜农产品"。

班尼·法兰兹（绰号"香肠"）斜躺在前排的乘客座位上，他新买的鳗鱼皮牛仔靴正放在自己面前的仪表板上。等待轮班驾车的鲁迪·乔迪诺躺在后面有空调的货厢里睡觉，他将自己裹在睡袋里，睡袋周围堆满了装有货物的纸箱。

罗曼诺喜欢在夜里驾车，尤其喜欢在这样清朗的晚上驾车行驶在西部的高原。这里可以看到夜空中明亮的月亮和星星，而且车流量很少。他们穿过一片又一片的牧场和沙漠，远方还可以看见一大片模糊的丘陵轮廓。

他对"香肠"说道："告诉你吧，这次的汤是我为她炖的，而不是她炖的。"

---

① 位于加州的一座海滨小城。
② 范·海伦乐队是20世纪70年代后期和80年代在世界摇滚乐坛产生过巨大影响的一支经典乐队，1974年成立于美国加利福尼亚州。
③ 1英里=1.6千米。

"香肠"折断一支"万宝路"的过滤嘴，用他的银质打火机点燃了香烟，打开了身旁的车窗。

"喂！"罗曼诺一边说一边打开了自己那一侧的车窗，"你没听过二手烟这种说法吗？你吸烟就相当于我也在被动吸烟呢。"

"这不已经走了有三百一十六千米了吗？""香肠"争辩道，"我们说好的啊，每走完三百千米，我就可以吸一支烟。"

"好吧。"罗曼诺不打算再与他纠缠，现在车窗打开了，风声很大，他不得不放大音量说话，"我还做了一些面条和一块巧克力蛋糕，很好吃。"

"哇！真的是太好了，你居然带了主食。"

"嗯，我已经有些饱了，我们去睡会儿吧，我准备两点半再起来，现在我简直被冻坏了。"

"香肠"从嘴里扯出来一根烟丝，显得有些无聊。车里没有CD播放器，而且在这么偏远的地方也接收不到任何无线电信号。再过四个小时，他就可以坐在拉斯维加斯的"黑杰克"赌桌上了。而且下一个夜晚，自己还可以在比这里宽三倍的大床上美美地睡上一觉。他准备打电话叫苏赛特来，心里在想不知道自己得听苏赛特唠叨多少废话后才能跟她上床。或者自己还可以去沙滩上另找一个女人……想到这些，他觉得非常惬意。

"我得去把电热毯打开，现在我的乳头已经被冻得像两颗钻石一样硬了。"

"天哪！""香肠"抗议道，"你这家伙可不可以说点别的？"

"我把电热毯的温度调到最高。"罗曼诺说，"我的屁股都要被冻掉了，不过等我醒来的时候，我会像跑了好几英里一样汗流浃背的。"

"怎么了？""香肠"问道。

"不知道，我也正想问呢，我的心脏还在跳动吧？"

"我是说那里出什么事了？""香肠"一边说话，一边用手指着前面亮着的红灯。

"你是说那辆车吗？"

"噢，它在减速。"

"真危险，差点撞上。"

"绕过他。""香肠"说道。

不过罗曼诺一边减速一边说道:"那车一定是没油了,他们留在这里会被熊吃掉的。"

然而,他们前面的这辆车并不是没油了。它正缓慢前行,并且让左边车道上的一辆没开车头灯的雪佛兰轿车有机会驶了上来,接着又静悄悄地向他们的货车靠近。

"这是在玩什么鬼把戏?"罗曼诺说道,他看到那辆雪佛兰轿车离他的车门只有六英寸①的距离,"这混蛋在干吗?"

"刹车,快刹车!""香肠"喊道,"我们绕过去。"

罗曼诺使劲按着喇叭,但是无济于事。他们的货车被包围了,被逼迫着驶向出口指示牌。现在他只剩下两个选择,要么是撞上前面那辆车,要么就从出口附近冲出去。

罗曼诺将方向盘向右猛打了一下,货车朝着出口旁边的坡地开去,这时"香肠"正伸手去掏他座位下方的手枪。接下来,车门上传来一阵金属碰撞的声音,货车驶离了公路,顺着土坡冲了下去。

"香肠"怒吼道:"他妈的!"然而这时罗曼诺猛地踩住了刹车,货车停在了漫天的尘土中。原来他们撞到了一张铁丝网上,扬起的尘土挡住了视线,驾驶室里也满是尘土。

前面和后面都传来了"砰"的关闭车门的声音。"香肠"握紧了自己的手枪,解开安全带,准备打开车门走出去。这时,一个男人的脸出现在了车窗外,那是一个他从没见过的小流氓,后者大喊道:"举起手来!"

罗曼诺无奈地举起自己的双手,同时喊道:"'香肠',照他们说的做。"

"香肠"立刻举起了自己的手枪,这时只见亮光一闪,同时传来一声巨响,"香肠"倒下了,嘴里冒出热气,不能动弹。

罗曼诺在心里尖叫道,天哪!他们竟然杀了"香肠"。就在这时,他感觉到一把手枪抵住了自己的左耳。

"听我说。"罗曼诺急促地说,"我不认识你,我什么也没看见,你想要什么就拿走好了。我这里有六百美元……"

---

① 1英寸=2.54厘米。

罗曼诺没有听见开枪的声音，他的身体猛地抽搐了一下，一切都结束了。

3

货车的后门被打开了，鲁迪·乔迪诺从里面跳了出来。他的右腿有些发软，但因为他目前在一所高中打球，有很好的平衡感，所以他只是跌绊了几下便开始一路狂奔。

刚才发生的剧烈颠簸和碰撞使他的大脑到现在还在"哐当"作响，不过他的意识还是十分清楚的。他在漆黑的夜空下奔跑，穿过一片又一片与公路平行的平原。他似乎听到了血液汩汩地流过鼓膜的声音，他仍然能感受到枪声的余震。

天哪！驾驶室里竟然发生了枪击。

我们遇上打劫的了。

鲁迪跑了一会儿，突然想起自己的手枪落在货车后厢堆满纸箱的托盘下面了。他想到了玛丽莎和斯帕基，想到了自己是如何从枪下死里逃生的。他还有许多计划没有完成，事实上，他还只是个孩子呢。

跑起来的感觉真好。他感觉自己好像在校园操场的跑道上飞奔，恍惚还可以听见看台上传来的欢呼喝彩声。

在鲁迪身后，一个名叫维克多·莫雷洛的男人正靠在货车的一侧，用一把点45口径的手枪瞄准了鲁迪。鲁迪一直都是沿着直线奔跑的，这正好使维克多的工作容易了许多。

维克多按下了手枪扳机，在子弹射出的一刹那，他感受到了强大的后座力，震得自己的手臂都有些发麻。正在逃跑的鲁迪突然停了下来，仿佛有人正在喊叫着他的名字。接着他便跪倒在地，一头栽到了泥土里。

维克多走向那个被击毙的家伙，在他的后脑勺上又补射了一枪。试想一下,如果是你开枪射一个人,但没有其他人听见枪响,你会继续再射杀他吗?

那是当然的!

"他死了吗?"马克在前方大声叫喊着。

"他说他想和我们一块儿去吃比萨饼呢。"维克多喊了回去。

"你快回来吧,我们需要帮手来清理这边的两个家伙。"

维克多帮着他们将之前被击毙的两个人藏到了雪佛兰轿车里。马克将雪佛兰倒退着开到了鲁迪被击毙的地方,然后,维克多和塞米将鲁迪的尸体也塞了进去。

接下来,按照预定好的计划,由维克多驾驶白色货车。这样一来,三辆车都驶离了土坡,重新回到了高速公路。

在56号高速公路上,塞米驾驶的雪佛兰轿车在维克多的前方突然加速,一路向西驶向内华达州的帕纳卡市。维克多·莫雷洛,这个前途无可限量的小伙子,则回到了15号州际公路上,驾驶着白色货车驶向了洛杉矶。马克则驾驶着一辆本田阿库拉朝雪松城[①]的方向开去,他的最终目的是回到芝加哥。

这真是一个棒透了的夜晚!如果将清理尸体的时间也计算在内,整个打劫过程也不过只用了短短九十分钟。

此刻维克多终于将自己的注意力从工作中脱离出来。既然白色货车已经驶向了洛杉矶,那么他——维克多·莫雷洛也可以开始考虑自己应得的报酬了。

他已是一个百万富翁,而且前途一片光明。

这真是他生命中最不可思议的一天。

[①] 位于美国犹他州艾昂县的一座小城镇。

第一部
这不是我干的
Private #1 suspect

一

当我走出洛杉矶国际机场时，一辆林肯加长轿车正在路边等我。奥尔多站在车旁，手里举着一块迎接牌，上面写着八个大字："摩根先生，欢迎回家。"

我走过去，和奥尔多握了握手，接着将我的行李放进了车尾的后备厢，然后钻进车里，坐在舒适的皮革后座上。过去的三天里，我去了六个城市，上一站是斯德哥尔摩。经历了二十五个小时的痛苦飞行之后，我终于又回到了洛杉矶。

我感到精疲力竭，事实上，这个词完全不足以形容我此时此刻的疲惫程度。

"这有您的包裹，摩根先生。"奥尔多一边说，一边递给我一个牛皮纸袋，纸袋上面盖了"私人侦探"的四字印章，这正是我自己的侦探公司的名字。除了在洛杉矶的总部之外，我们还在六个不同的国家开设了分公司，我们的客户遍布世界各地，他们都迫切需要我们提供的侦查服务，而且愿意付很高的酬金。顺便说一下，这些服务往往都是地下的，隐蔽性很强，所以那些公共机构诸如警察局是无法提供的。

近段时期，我时常会担心公司的发展势头过于迅猛，业务拓展过于迅速。如果"大"是"好"的敌人，那么这样一来我们就不可能做到卓越了。然而，我最看重的一点恰恰是公司能否走向卓越。

我没有立即打开牛皮纸袋，而是将它折叠后塞入了自己的公文包。汽车已经驶入了快车道，我打开自己的黑莓手机，未处理邮件的数量居然已经达到了上百件，所以我只是粗略地浏览了一下邮件列表，凭直觉寻找我认为可能会很重要的信息。

第一封邮件是维维安娜发来的，她是位绝世美女，在从伦敦到纽约的航班上是我的邻座。她的工作是销售三维电话会议设备,这项技术过于超前,成本很高,市场前景并不乐观,但确实令我感到非常有趣。

下一封邮件来自保罗,他是罗马分公司的保安部主管,邮件的标题是"我们的一个未付款客户去世了,请看详情。"我脑海中立刻浮现出自己和二十万欧元吻别的场景,不过我很快就调整好情绪,继续看邮件清单。

朱斯蒂娜·史密斯是我的红颜知己,也是公司的二号人物,她在邮件里写道:"宝贝,我们该'加班'了,我会把门廊灯一直开着的。"我会心一笑,与同她见面比起来,我现在更想做的事是赶紧去洗个澡,然后倒头就睡。

我简短地回复了朱斯蒂娜,紧接着打开了德尔里奥发来的邮件:"多西亚想尽快见到你,我不知道那个杂种想干什么。"

这封邮件让我心头一紧,腹部犹如挨了一记重击。

卡麦·多西亚是黑手党世家出身,而且他本人也是拉斯维加斯黑手党组织的头目,一次偶然的机会使得我和他成为了合作伙伴。那是在半年前,一单我不得不接手的生意促成了我们俩的合作。尽管自那以后我再也没有见过他,可我还是认为这一天来得太快了。

"去他妈的!"我回复给德尔里奥的邮件中只写了这四个字。我不想继续看邮件了,将手机放回到自己的口袋,这时汽车已经驶入了我家庄园外的私人车道。没过多久,汽车在大铁门外停了下来,我走下车,收拾好行李,目送着奥尔多驾车离开,直到他安全地返回到高速公路上。

我掏出电子门卡,打开了大铁门,走到别墅前,然后用我的手指在门禁系统上扫了一下,房门自动就打开了。我终于回到了自己的家,温馨而甜蜜的家。刹那间,我仿佛还闻到了玫瑰花的香气,不过我的理智提醒自己,这只是回家后的喜悦心情所产生的错觉罢了。

刚走进客厅,我就迫不及待地开始宽衣解带,当我走到盥洗室门口时,身上就只剩下一条平角裤了,我迅速地脱下了它,进入了淋浴房。

我将水调得很热,站在喷头下尽情享受着。洗完澡,我来到了卧室,并顺手按下了墙上的开关,打开了床头两侧的落地灯……

我不知道自己在卧室门口傻傻地站了多长时间,因为眼前的一切让我目瞪口呆。科琳为什么会在我的床上?她的毛衣被血浸透了,两只眼睛呆滞地注视着天花板,目光黯淡无神。

这究竟是怎么回事?

难道是一场蹩脚的恶作剧吗?

我大声喊叫着她的名字,并且跪倒在床边,用手去触摸她的脖子。我还能感觉到她的体温,但是很明显她已经没有脉搏了。

科琳穿着及膝裙和蓝色的开襟羊毛衫,这身衣服她以前也穿过。她那散发着玫瑰花香的头发散落在肩膀上,蓝紫色的眼睛已经毫无生气。我紧紧地握住她的肩膀,拼命摇晃着她的身体,然而她没有任何反应。

天哪!这一定不是真的!

科琳死了。

上帝啊!为什么会发生这种事?

二

对于死亡,我已经见惯不惊了。在阿富汗工作时,我目睹了太多的死亡。而且有好几年,杀人就是我工作的一部分,一些朋友甚至就在我的眼前死去。

尽管如此,当我亲眼看到科琳血淋淋的尸体时,我还是觉得惊骇不已。她的鲜血溅到了床单上,并且浸透了床单。她的毛衣上也全是血,这使我看不出她的伤口在哪里。我无法分辨出她究竟是被刀刺死的,还是被枪打死的。

床单很整齐,看不出搏斗的痕迹。房间里其余的一切都和我四天前离开时完全一样——除了科琳的尸体。

半年前我与科琳分手时,她试图自杀,不过没有成功,那些白色的疤痕还在她的手腕上依稀可见。但是很明显,这一次她一定不是自杀的,因为床上和房间里都看不到任何武器。

看上去，似乎是科琳自己进到了我的房间，然后上床睡觉。在这之后，有人闯了进来，并且趁她睡着时杀死了她。

我知道，现在想这些东西是毫无意义的。

突然，我滞后的生存本能被激活了，杀死科琳的凶手很可能还在别墅里。我快步走向靠窗的座位，因为我的枪就放在那里。

当我打开椅子的铰链盖，取出用来装枪的金属盒子时，我发觉自己的手在发抖。盒子很轻，轻得不太正常，打开以后，里面果然空无一物。

我打开衣柜的门，又看了看床底，没看到任何人，也没发现子弹壳，什么都没有。我穿上牛仔裤，套上了一件T恤，然后四处查看别墅的窗户上以及门上的锁是否都是完好的。接下来，我又抬起头，检查了一下屋顶的天窗，想看看有没有被击碎的玻璃。

我开始回想刚进屋时的情景，回想从那时起的每一个细节。

我确信自己进屋时，房子的前门是锁好了的。现在，我又可以确定所有的入口都是安全的。

那样的话，就只剩下一种可能，有人用门卡打开了大铁门，并且拥有别墅门禁系统的指纹权限——这一定是一个非常了解我的人。至于科琳，她曾经是我的助理，同时也是我的情人，这样的关系维持了一年，后来我们分手了，但我一直没有删除她的指纹权限。

科琳并不是除我之外唯一一个可以进入别墅的人，但是我实在想不出还有谁会杀她。

我的别墅安装了最先进的安防监控系统，四面八方都有摄像头，不但可以监控前方的高速公路上的动向，还可以监控背后的露天平台以外的海滨地区。

我打开了客厅电视柜上的壁橱门，按下了开关，六个排成两列三行的视频监视器同时都启动了。尽管六个屏幕都亮了，然而显示的内容却全都是空白的。我发狂地按着遥控器上的按钮，过了许久才意识到，一定是硬盘被人取走了。我查看了一下硬盘的位置，结果只看到一条数据线孤零零地耷拉在那里。

我猛地抓起沙发旁边的电话，按下了朱斯蒂娜的办公室的直线号码。现在已经快七点了，她还在那里吗？

电话只响了一声,朱斯蒂娜的声音就传了过来:

"杰克,你终究还是'饿'了?"

"朱斯蒂娜,出事了!"

我的声音非常嘶哑,舌头也有些不听使唤,但我强迫自己继续说下去:

"是科琳,她死了,她被谋杀了。"

三

我刚打开大铁门,朱斯蒂娜就像一阵风似的冲了进来。她是一流的心理学家和性格分析专家,而且聪明绝顶,哦,不对,简直就是才智超群。谢天谢地,在这种时候有她在这里陪伴,我的感觉好多了。

她用手轻抚着我的脸颊,盯着我的眼睛问道:"杰克,她在哪儿?"

我用手指了指卧室,紧接着我们俩一起向卧室走去,当她走向床边的时候,我只是麻木地在门口站着。她叹了一口气,说道:"上帝啊,但愿这不是真的。"她十指紧扣托着下巴,眼神十分悲切。

尽管我已经两次看到这个令人心碎的场面,但科琳的音容笑貌依旧活在我的脑海里,我真不敢相信她已经死了。

我的眼前浮现出了一幅幅画面:我看到了她在卢斯菲利斯街区租的那间小小的公寓,小得几乎可以捧握在手心里,那里曾经是我们的爱巢。我看到了她扭动着的臀部,性感的小睡裤,以及宽松的绒毛拖鞋。我还听到了她用浓重的爱尔兰口音,朗诵着祖母教给她的古老的爱尔兰谚语:"草原上有好多好多的帽子,却没有人去捡它们。"

"莫洛伊,这话是什么意思啊?"我曾这样问她。

"她的意思是,孩子们,麻烦来了。"

然而此时此刻,她居然死在我的床上,这岂止是麻烦,简直就是灾难。

朱斯蒂娜朝我走过来时,我发现她的脸色苍白,目光凝重。她伸出双臂环抱着我的脖子,嘴里说道:"这真让人伤心,太让人伤心了。"

我也紧紧地抱着她,一言未发。突然,她猛地将我推开,那双漆黑的眼珠直勾勾地望着我,"为什么你的头发是湿的?"

"我的头发?"

"你刚洗过澡吗?"

"是的,没错,我一回家就直奔浴室了。我实在是太累了,想洗个澡提提神。"

"这太不可思议了,难道你洗澡之前没有看到她吗?"

"我确实不知道她在这里。"

"你有没有约她过来?"

"没有,绝对没有,千真万确。"

就在这时,门铃再一次响了起来。

四

门外站着西摩博士和莫琳,他们二人的到来让我吃了定心丸,有了他们的鼎力协助,我相信真相很快就会水落石出。

西摩·克龙彭伯格博士是国际私人侦探公司的首席法医,年仅二十九岁的他已经获得了一大堆学历证书。十年前,十九岁的西摩拿到了麻省理工学院的物理学博士学位,这不能不说是一个奇迹。

莫琳·罗斯是一名五十岁上下的计算机极客,在技术方面称得上是万事通,她最大的专长是研究计算机犯罪,同时,她也是公司的女管家。

莫琳带来了她的专业相机,也带来了她过人的智慧,而西摩的工具箱里则配备了最先进的证据收集设备。我们一起进到卧室里,四个人分站在科琳的尸体周围,此时夜色降临,窗外逐渐暗了下来。

科琳生前人缘很好，深得大家的喜爱，所以我们都很悲痛，时间就像是静止了一般。

"我们的时间不多了。"朱斯蒂娜率先打破了沉默，现在的她俨然是一场凶杀案的侦查员。

"杰克，你得老老实实告诉我，这件事跟你到底有没有关系，因为如果确实是你干的，我们可以立马消灭证据。"

"我是在四十分钟之前发现科琳的，当时她就是现在这个样子。"我回答说。

"好的，刚才你也是这样说的。"朱斯蒂娜说道，"你应该知道，每多耽搁一分钟，你杀人的嫌疑就会增加一分，你得尽快报警。在这之前，先让我们迅速并且详细地回忆一下事情的每一个细节，从最初开始，不要落下任何线索。"

莫琳和西摩拿出了橡胶手套，准备开始调查。朱斯蒂娜打开了数字录音笔，并示意我可以开始讲述了。我告诉她，在我下飞机以后，奥尔多在英国航空公司的出站口接我，那时候刚好是下午五点半。

接下来，我描述了自己如何回家，如何洗澡，如何发现科琳尸体的每一个细节，我还告诉她，我的枪不见了，而且安防系统的硬盘也丢失了。

我再次重申，我不知道科琳为什么会出现在我的卧室，也不知道她为什么会被杀害。"朱斯蒂娜，这不是我干的。"

"这我知道，杰克。我相信你。"

我们大家都很清楚，一旦警察来到这里，我就会被列为头号嫌疑人。尽管有一些警察是我的好朋友，可我也不能指望他们能够查出杀害科琳的凶手，因为所有的迹象都对我不利。

我和被害人一直有着亲密的私人关系。

我的房子没有被人破门而入的痕迹。

被害人死在我的床上。

这就是通常被警察们称作"一目了然"的案件，除了我自己，他们还能怀疑谁呢？

五

如果你不是正在执行公务的警察,那么如果你试图伪造一个鲜活的犯罪现场,这可是重罪。这不仅仅是破坏证据或者影响断案结果那样简单,这意味着你将成为从犯。

如果有人发现我们在伪造现场,那么我的从业执照将被吊销,而且我们四个人都可能会被送进监狱。

这就意味着,如果我们还想做什么违反法律的事情,那就得趁现在,警察还未到来之前。

莫琳说:"杰克,请让开一下,我正在拍照。"

我侧过身,躲到一边,莫琳的尼康相机开始不停地工作。

她从各个角度对科琳胸部的枪伤进行拍照,包括远景、近景和大特写镜头等等,非常细致。

西摩用电子扫描器记录下了我和科琳的指纹,与此同时,莫琳用一台先进的潜在指纹扫描器检查房间里的各处硬表面,这台设备不需要用指纹粉也能识别出硬表面上的指纹痕迹。

朱斯蒂娜又问我:"你最后一次见到科琳是什么时候?"

我告诉她,上周三,在我动身去机场之前,我和科琳一起吃的午餐。

"只是午餐而已吗?没别的?"

"是的。"

我看到朱斯蒂娜的眼里掠过了一丝阴影,就像是雷雨到来之前的乌云。我知道她不信任我,可我没有力气来说服她。我实在是太累了,恐惧、悲痛、反胃的感觉一应俱全。我真希望这只是一场梦,我盼望着自己赶快醒过来,而且醒来时发现自己还在飞机上。

西摩搜集了一些科琳的指甲盖里的碎屑,莫琳和他一起将这些碎屑装进塑料袋并密封好。西摩又掀起了科琳的裙子,他的手里拿着一根棉签,看到这个情景,我把脸转向了另一边,不愿再看。

我将自己和科琳共进午餐的地点告诉给了朱斯蒂娜,而且我清楚地记得,当时科琳的心情很好,没有任何不对劲的地方。

"她说她在都柏林新认识了一个男朋友,她已经陷入爱河。"

突然,我的脑子里闪出了一个念头,于是我转过身去,大声喊道:"有人看到她的钱包了吗?"

"杰克,她没有带钱包。"

"她是被人挟持到这里来的。"我对朱斯蒂娜说,"有人拿到了她的门卡。"

朱斯蒂娜说:"有道理,你再仔细想想,会有什么人因为什么理由,做出这样的事来呢?"

"一定是怨恨她的人,或者是怨恨我的人,也可能是跟我俩都有仇的人。"

朱斯蒂娜点了点头,说道:"西摩,莫琳,你们完工了吗?我们得离开这里了。杰克,你一个人留在这里没问题吧?"

"我不知道,我的心很乱。"

"你正处于极度震惊的状态,其实我们也一样,记得把你所知道的一切都告诉警察。"朱斯蒂娜说道。在她身后,西摩和莫琳正在收拾和整理自己的物品。

"你得告诉他们,你洗澡洗了很长时间。"西摩一边说,一边将他的右手放在我的肩膀上,"你就说,你先在浴缸里泡了很久,然后又洗了个淋浴,这样就可以多制造一些时间,以免他们怀疑你没有及时报警。"

"好的,我知道了。"

"我在房间里只找到了你的指纹。"莫琳说道。

"这是我自己的房间呀。"

"杰克,我当然知道这一点,然而除了你,房间里就没有其他人的指纹了,你不觉得奇怪吗?本来我还可以检查一下门禁系统上的指纹痕迹,可时间不够了,只有下次再来检查了。"

"莫琳,谢谢你。"

朱斯蒂娜紧紧握住我的手,告诉我她稍后会打电话给我。他们走了以后,我感觉刚才就像是经历了一场梦境,现在梦醒了,只剩下我和科琳留在房间里。

六

比佛利山太阳酒店是普尔全球连锁酒店中最豪华的三座酒店之一,该酒店坐落于南圣塔莫妮卡大道,离洛杉矶最著名的时尚街罗迪欧大道只隔了一英里的距离。太阳酒店一共有五层,每一层楼、每一个房间都有自己独特的名字,而且装潢也各不相同。

屋顶有一个巨大的恒温游泳池,泳池两旁是用白色帆布搭成的更衣间,四周摆放了很多软垫座椅和人体工学躺椅。这里不仅可以游泳,而且还是一个别具情调的露天酒吧。

最热酷、最时尚的年轻人们纷纷被吸引到这里,就像沙漠里的瞪羚看到了绿洲。太阳酒店之所以受欢迎,很大程度上都是因为这个与众不同的屋顶酒吧。

晚上九点,太阳酒店的夜班经理杰瑞德·诺尔斯正站在五楼的伯格曼套房门前,他身旁的人是酒店的客房部领班。

诺尔斯对领班说:"玛丽亚,我知道了,谢谢你。"

玛丽亚的手里抱着一堆寝具,听到此话便转身离开了。看到玛丽亚在走廊尽头拐弯处消失以后,诺尔斯用手重重地敲着房门,嘴里喊着客人的名字,但是没有任何回应。他将自己的耳朵贴在门上仔细听,希望能听到淋浴的水流声,或者是电视机发出的声音,可他什么都没有听见。

客人的名字叫莫里斯·宾汉姆,他是来自芝加哥的某公司高级职员,宾汉姆曾在太阳酒店住过三次,从未制造过任何麻烦。

诺尔斯用自己的手机拨通了宾汉姆的房间的酒店座机,尽管隔着房门,他依然听见了从房间里面传出的与自己的手机听筒同步的电话铃声。响了五声以后,他又开始敲门,这一次敲得更重了,可仍然没有人回应。

这位年轻的夜班经理已经对最好的情况和最糟糕的情况都做足了心理准备,紧接着,他掏出了核心工作人员才有的万能钥匙卡,插进了读卡槽。两秒钟后,门上的灯变绿了,诺尔斯向下扳动了一下门把手,打开门走进了房间。

房间里弥漫着一阵令人作呕的恶臭。

诺尔斯感到自己的心跳得厉害,但是他强迫自己继续前进,穿过门廊,进入到面积大约有四百平方英尺①的用金丝缎装饰的套房。

床应该是被人睡过的,因为床罩被扔在了地板上。床头柜上的台灯被打翻了,情况不太对劲。诺尔斯低头一看,宾汉姆倒在床和写字台之间,双手的手指卷曲着,紧贴着自己的脖子。

宾汉姆的脖子上缠绕着一根金属丝,而且金属丝已经深深地嵌入到他的肉里。

诺尔斯见状惊恐万分,忍不住大声尖叫起来。

对于诺尔斯来说,这样的恐惧感已经不是第一次出现了。当他在旧金山星座酒店工作时,曾经看到过一具类似的尸体。诺尔斯之所以到太阳酒店工作,就是因为他想忘掉在星座酒店遭遇的可怕景象,以及在那之后所遇到的麻烦。

那是五个月前的一个夜晚,发现尸体的他被警察拐弯抹角地盘问了很长时间,警察还责备他在未经许可的情况下就私自触碰了尸体。此后,他还听说了好几起谋杀案,每一个受害者都是被金属丝勒杀致死的。他相信,事实上这些谋杀案一定是有关联的。

这就意味着一个连环杀手已经来过了太阳酒店,而且曾经站在他现在所站立的地方。

有了前车之鉴,这一次诺尔斯没有触碰宾汉姆的尸体,他用手机打电话给酒店的老板艾米莉亚·普尔,让她来告诉自己应该如何处理这个该死的局面。

---

① 1英尺=30.48厘米。

七

当艾米莉亚·普尔接到诺尔斯的电话时,她刚驱车到达自家车库。女老板吩咐年轻的夜班经理不要挂断电话,等自己走出了车库,关上了大门,站在院子里远眺美丽的月桂谷[①]时,才开始询问对方究竟发生了什么事。

"'它'又来了。"诺尔斯说道,他的声音嘶哑而且低沉,以至于艾米莉亚完全听不清楚。

"你到底在说什么?"

"'它'又来了。住在伯格曼套房的客人,名叫莫里斯·宾汉姆,他死了,他被杀害了,就像……我想不起死在星座酒店的那个人的名字了,你应该知道我说的是谁。普尔女士,我真的非常害怕,因为我到哪里,谋杀就跟到哪里。这回警察一定又会把我列为嫌疑人的。"

"是你干的吗?"

"当然不是,普尔女士。你得相信我,我绝不可能干出这样的事来。"

"你怎么知道宾汉姆死了?"

"他的脸色发青,舌头伸在外面,脖子被一根金属丝勒住了,而且他已经没有呼吸了。我还漏掉了什么吗?让我再想想……噢,不,我真他妈的不知道该怎么办了,因为我在酒店管理学校学习的时候,从来没有学过如何应对这样的情况。"诺尔斯已经有点歇斯底里了。

艾米莉亚·普尔的情绪受到了诺尔斯的感染,她也感到十分害怕。

这样的谋杀案一共发生了五起,其中有三起都发生在她名下的普尔

[①] "月桂谷"是一条穿越好莱坞中心的街道,也是许多演员、音乐家、艺术家的聚集地。好莱坞位于洛杉矶西北部,离洛杉矶很近。

连锁酒店里。警察对此无所作为,已经有好几个星期没有新的进展了。这次谋杀案对她本人来说似乎也是一个警告——她的任何客人都有可能被杀害。想到这里,她不禁不寒而栗。

"诺尔斯,听我说。"她强装镇定地说,"我会想办法保护你的,你把'请勿打扰'灯打开,记得要用你的手肘去开,而不是手指。"

"客房部的人告诉我说,宾汉姆先生要求再给他增加一条毛毯和几个枕头,但是东西送去后,他却不开门。"

"是你把他要的东西送去的吗?"

"不是。"

"你摸过房间里的什么东西没有?"

"没有。"诺尔斯开始哭了,他已经接近崩溃的边缘。

"诺尔斯,赶快打开灯,然后再回到写字台旁边去。"

"我这样做是违法的吗?"

"责任由我来承担,诺尔斯,你只需要按照我说的做就行了,千万不要通知警察,明白了吗?"

"明白了。"

"如果你今天无法继续工作,你就说自己生病了,今晚不能工作,让瓦利德来代班。"

"好的,谢谢你,普尔女士。"

"明天我再给你打电话。"

艾米莉亚·普尔挂断了电话,她的脑海中再次浮现出了一家私人调查公司的名字,这家公司的老板叫杰克·摩根,他曾供职于中央情报局和美国海军陆战队,公司号称拥有"最强大的侦查力量和最灵活的侦查手段",嗯,对了,公司的名字叫"国际私人侦探公司"。

尽管时候不早了,但她还是拨通了国际私人侦探公司的电话,并留言告知杰克·摩根:"收到信息后请尽快回电。"

八

我迅速拿起电话,打给一个好朋友——警察局局长米奇·菲斯克,他在电话中说:"杰克,我正和家人一起吃晚餐,有什么事等稍后再说吧。"

"不行,情况紧急,科琳·莫洛伊,我的前女友,她在我的家里被杀害了,这不是我干的。"

我的眼睛注视着科琳的尸体,嘴里简短地应付着米奇局长在电话中提出的问题。米奇向我保证,他会马上派人过来。通话结束后,我呆坐在床边的椅子上,与科琳一同等待着警察的到来。

我想起了我们俩曾经是多么的亲密,不过事实上,我确实爱过她,但并不是很彻底。

突然,我的脑海里浮现出了刚才莫琳离开时对我说过的话,让我立刻回到现实中来。于是我走进客厅,打开电脑,启动了安防程序,并找出了门禁系统的历史数据。

一长串的时间、日期和名字显示在屏幕上,我滚动着屏幕,直到看见了最后几次的信息。科琳的名字赫然出现在了屏幕上,她的权限在我回家前半小时被使用过。

现在,我感觉有一点眉目了,至少我知道这件卑鄙的事是在我与奥尔多见面时发生的。这就意味着有人在对我的行踪进行严密监视,他了解我的详细日程安排。但是,有很多人都知道我的动向——同事、客户,还有朋友,他们中的任何人都可以通过电脑查询到我的航班着陆的时间。

高速公路上传来了警车鸣笛的声音,我马上站了起来,按下按钮,打开了大铁门,来到别墅门口等待。一辆警车向我驶了过来,车头灯的强光很刺眼,我不得不用手掌遮挡才能看清前方的事物。

两名警察从警车上下来,我仔细看了看,离我近一点的那个人是米切尔·坦迪警官。

看来米奇·菲斯克局长并没有特别照顾我,尽管坦迪的头脑相当机灵,但是他对人赶尽杀绝的态度令我十分厌恶。

坦迪曾经逮捕过我的父亲,从而与我结下了"不解之缘"。我的父亲是国际私人侦探公司的前任老板,警方以勒索和绑架的罪名起诉他,后来他被判终身监禁,并被关押在柯克兰①。五年前的一天,他在洗澡时被人杀害。

我知道坦迪不喜欢我,因为我是汤姆·摩根的儿子,所以要承担连带罪名。不过我也知道,他不喜欢我还有更多的原因,我的公司赚了很多钱,而且破案率要比洛杉矶警察局高得多。

这当中最明显的诱因,自然是我赚了很多钱。

我注视并等待着这两名警察向我走来。

九

坦迪四十岁,是个健身迷,皮肤被晒成了古铜色。他穿着一件有光泽的蓝色紧身外套,肩挂式枪套藏在外套里,鼓起了一团,十分显眼。

坦迪介绍说:"这位是齐格勒刑警,你应该认识吧。"

"我们以前见过。"我回答道。

齐格勒的肩膀很宽,身材修长,就像是个游泳健将。他的右手腕上戴了一个铜手镯,腰带上别着一把军用手枪。现在我终于想清楚他是谁了,我和他曾经有过一次交手,当时他正在骚扰我的一个客户,而我是最后的赢家。与上次见面时相比,他的头发更白了。

坦迪问道:"受害者在哪儿?"

---

① 美国地名,位于加利福尼亚州。

我回答他之后，他要求我待在原地不动。

齐格勒站在一旁笑了笑，说道："杰克，耐心等吧。"

我透过窗户，注视着远方的海滩。此刻我能看见的就只有漆黑的海水，以及海浪上漂浮着的泡沫。我的脑子里一团乱麻，胃里一阵翻腾，很想呕吐。但是我尽量控制住自己，使自己平静下来。

两名警察走进了我的卧室，我隐约听到坦迪讲电话的声音，但是听不清他在说什么。没过多久，坦迪就和齐格勒一同出来了。

坦迪对我说："我已经打电话通知了法医部门和鉴别犯罪检验所，在我们等他们过来的时候，请你把事情发生的经过说一下。"

我们三个人都坐了下来，我告诉坦迪，我不知道谁是凶手，也想不出谁有杀害科琳的动机。

"我已经超过二十四小时没有睡觉了。"我描述着刚回到家时的情形，"我就像个行尸走肉，一进家门就开始脱衣服，穿过门厅就直接走进了浴室。"

我告诉坦迪，洗完澡以后，我走进了卧室，本想好好睡一觉，然而却发现了科琳的尸体。

"哦，原来你只是洗了个澡。"坦迪略带嘲讽地说，"我还以为你又洗了一堆衣服呢。"

"我的外套还搭在椅子上，衬衣甩在门厅的地板上，我一边走，一边把我的裤子脱下来扔在盥洗室门口，我的内裤还在淋浴房旁边。等你们走后，我再去收拾这一切。"

我将科琳在都柏林最亲密的家属的名字都告诉给了齐格勒，并且告诉他们，门禁系统的记录显示：在我到家前半小时，科琳用她的门卡和指纹打开了门禁系统。

"科琳有我家的门卡，但是我没能找到。"我继续说道，"一定是有人强迫她这样做的，这个人用她的门卡打开了大铁门，接着又用她的手指打开了指纹门禁系统。"

齐格勒有些敷衍地回答道："嗯，我知道了。"然后他让我讲讲我和科琳之间的关系。

"我们过去经常约会。"我说，"科琳在我手下工作，我以前很喜欢她，但是后来我们分手了。分手以后,她回到了爱尔兰的家。几周前,她又来到这里,说是跟洛杉矶的老朋友见面,我不知道她说的那个老朋友是谁。上周三,我和她一起吃的午餐。"

坦迪只是时不时地问些问题,并没有宣读我拥有什么权利,我也没有马上就联系律师。我很希望坦迪能获得一个突破性的进展,找出我漏掉的线索。然而,当他问我是不是和科琳有过争吵时,我不得不中断了对话,跑到洗手间呕吐起来。

我洗了一把脸,回来继续接受审问。

坦迪还在追问:"杰克,你和这个女孩有过争执吗?"

"没有。"

"你真不应该洗这个该死的澡,这是一个错误,几乎会使你身陷囹圄。我们得把你的衣服带走,并且彻底搜查你家的下水道。我们还会查看机场的监控录像,以及你的通话记录。以上这些只是今晚要做的事情,明天我们会彻底调查受害者的背景,我相信解剖她的尸体以后应该会有一些有用的发现。"

"请尽你的最大努力去做,坦迪,不过我必须告诉你和齐格勒,我不会在自己的家里杀死前女友,然后再通知警察。这一定是有人想陷害我。"

"我只有一个愿望,找到杀害科琳的凶手。"

"我和你一样。"

我把自己的登机牌和奥尔多的联系方式都交给了坦迪,并告诉他我不会离开这座城市。我还向坦迪保证,哪怕是去小便这样的小事,我也会事先征得他的同意。

晚些时候,法医和犯罪现场调查员都赶来了,犯罪现场调查员提取了我的指纹和颊上皮细胞,并带走了我的脏衣服。

"你们现在要逮捕我吗?"我问坦迪。

"暂时不会。"坦迪说,"幸运儿杰克,你在警局有一个身居高位的朋友可以照顾你,但是你不能再待在这儿了。"

我拨通了瑞克·德尔里奥的电话。

二十分钟之后,我钻进了德尔里奥的车里,并对他说:"谢谢你,今晚我得到你家留宿了。"

"究竟发生什么事了？"他关切地问道。

我把我的遭遇又讲述了一遍。

十

瑞克·德尔里奥住在谢尔曼运河旁一幢只有一间卧室的房子里，谢尔曼运河与另外三条相距不远的运河平行，这四条运河的两端又与另外两条运河交汇，组成了一个"目"字结构，这样的景象真像是在水城威尼斯。

河边的房子都很小，可是价格却非常昂贵。这些房子的间距很近，结构也很相似，都是一面朝着运河，另一面是小巷。瑞克开着车，沿着其中一条小巷向前行驶，道路两旁有很多垃圾桶、电话线杆和车库门，偶尔还可以看见一排沿着后院篱笆种植的灌木丛。

德尔里奥家的车库门被漆成了绿色，他对准车库的方向按下了遥控器，门自动打开了，我们和车一起进到车库中。

"我的冰箱里没什么东西了。"下车时，德尔里奥对我说道。

"这不要紧。"

"只有半只鸡和一些啤酒。"

"哦，那太感谢了。"

我们向上走了几级楼梯，穿过了车库的另一扇门，又走了几步后，来到了厨房。

德尔里奥对我说："没人知道你在这里，你先到客厅好好休息一下吧。"

我以前来过这里，这个由三间房子组成的小木屋的内部非常古朴，白色的墙壁，深色的梁，椅子和沙发上都铺着柔软的天鹅绒垫。家具的中间摆放着一张茶几，这张茶几是用一个圆形的金属舱盖改造而成的。为了避免被啤酒腐蚀或被餐具磨损,茶几的表面还涂了厚厚一层聚氨酯涂料。

我倒在一把宽得可以容纳两个人的椅子上,又将自己的脚搭在茶几上,这种感觉真舒服啊!真希望时间能够停止,地球停止转动,一切都停留在眼前这一刻。

我听见德尔里奥正在厨房里忙碌,于是闭目养神,但并没有睡着。

我想起了七年前的一个夜晚,我驾驶着一架CH-46运输直升机从坎大哈①出发,十四名海军陆战队队员坐在货舱里,瑞克·德尔里奥坐在我旁边的副驾驶座位上。

那是一个非常糟糕的夜晚。

一枚火箭弹飞了过来,击中了飞机的腹部并发生了爆炸,还摧毁了机尾螺旋桨,使得CH-46失去了平衡,呈螺旋式急剧下降,那种感觉实在是太恐怖了。我拼命控制好飞机,尽可能让飞机平稳地降落到地面,可那次爆炸还是产生了毁灭性的影响。

飞机上的许多人都死了,惨不忍睹,他们都是我认识的人。

当我正将一个垂死的同伴从货舱往外拉时,一大块飞来的金属片击中了我的背部。

我感觉自己的心脏停止了跳动——我想我已经死了。

德尔里奥发现我的时候,我离燃烧着的飞机残骸很近,处境十分危急。他没有抛下我不管,而是坐下来使劲拍打我的胸部,终于让我醒了过来。

此后,我退出了海军陆战队,供职于一家规模很小的私人调查公司,公司的位置在世纪城。没过多久,我那位不诚实、喜欢操纵人的混蛋父亲派人找到了我。

我和父亲见面的地方是柯克兰监狱,两人之间隔着一面有机玻璃墙。他说要将他的生意交给我,而这一次并不是闹着玩的。他先把公司的支配权转移给我,然后告诉我在一个离岸账户里有一千五百万美元,那些钱都是我的。

"我希望在自己还活着的时候,看到你把公司经营得更好。"父亲对

---

① 阿富汗第二大城市,位于阿富汗南部。

我说。

一周之后，他在洗澡时被人用刀捅死了。

瑞克和我正好相反，他没有一个富爸爸。瑞克很勇敢，而且擅长用武力解决问题。服役期结束后，他回到了洛杉矶，接着在一次持械抢劫中被捕并判刑，被关进了监狱。由于在监狱里表现良好，他被提前释放了。出狱以后，他想来我的公司工作，我接纳了他并为他买下了这幢房子。

我对他了如指掌，我欠他一条命，而他觉得他也欠我一条命。

这时，我的朋友走进客厅，呼唤着我的名字。我抬起头，看到了那张像公牛般凶悍的脸。瑞克的身材魁梧，不穿鞋也有五英尺八英寸高，他有犯罪前科，同时又是受过高度训练的前美国海军陆战队队员。此时的他手里举着一个托盘，就像是一个护士或侍者，这个动作与他的长相、身材和经历都很不协调。

他有些粗鲁地把我的脚从茶几上踢开，然后放下托盘。他用剩下的半只鸡做了鸡肉三明治，外面涂了一些沙拉酱和蜂蜜芥末，面包之间还夹了几片生菜叶。除此之外，他还拿来了两瓶啤酒和一个开瓶器。

"杰克，尽管吃吧。"我的老搭档说道，"今晚你睡楼上，千万别推辞。那里光线很暗，只要你愿意，你可以舒舒服服地睡上九个小时。"

"我怎么能睡你的房间呢？"

"你看。"他一边说，一边打开了一把软垫椅的盖子，椅子立刻变成了折叠床。"尽管享用卧室吧，明天还够你折腾呢。"

"科琳……"我喃喃地说。

"科琳？别再想她了，你收到我的邮件了吗？现在你面临一件更麻烦的事，卡麦·多西亚马上就要来找你了。"

十一

我的助理科迪·道斯在他的办公桌旁拦住了我,说道:"早上好,杰克,我有些事情得告诉你……"

"只讲重点,科迪,我现在是麻烦缠身。"

"好的。嗯,我想辞职。"

"什么?怎么搞的?你在这里不是干得很开心吗?"

"我在雷德利·斯科特①导演的新电影中得到了戏份,而且是一个有台词的角色。"

说到这儿,他咧嘴笑了笑,两只手紧紧地握在一起,兴奋得像是要跳起来。我伸出手和他握了握手,说道:"恭喜你,科迪,祝你好运。"

"我不会就这样一走了之的,我已经为你选好了一些可以接替我职位的候选人,他们都是我亲自面试过的。"

我叹了口气,问道:"好吧,还有其他事吗?"现在是洛杉矶时间早上八点半,也就是说,在斯德哥尔摩正好是晚上八点半。我的生物钟还没有调整过来,似乎还停留在西欧时间。

"多西亚先生来了,我只好让他在你的办公室等你。"

"哦,我还以为他不会那么快就来呢。"

"今天早上,我来公司之前,他的奔驰车就停在公司门口等待了,与他同行的还有三个人,看上去都十分龌龊,你绝不会喜欢这样的人。当我打开公司门以后,他执意要进来,我就只好自作主张地让他去楼上等你了。"

"科迪,你现在还能帮我们煮咖啡吗?"

"当然可以。"科迪莞尔一笑。

---

① 英国著名导演,代表作品有《角斗士》《银翼杀手》《黑鹰坠落》等。

我走进了自己的办公室。

我的办公室被分隔成两个区域，一头是我的工作区，另一头是会客区，此时此刻，卡麦·多西亚正坐在我的办公桌旁的椅子上。

"久违了，卡麦。"我率先打破了沉寂，走过去和他握了握手，接着绕过办公桌，坐到我自己的座位上。办公桌上的电话一直响个不停，一叠差不多有三英寸高的待处理文件堆放在我的右手边，电脑屏幕上显示着我的日程表，还有大量的工作等着我去完成。

"咦，你看起来'不错'啊，杰克，昨晚你是不是在健身房的衣柜里睡觉的？"

"我的时差还没有倒过来。"

多西亚笑了起来，他是个很英俊的男人，四十多岁，有一口洁白整齐的牙齿，头发斑白但很精神，量身定做的西装派头十足，脚上的意大利休闲皮鞋一看就是手工缝制的。

卡麦看上去就像是当代的黑手党摇滚歌星，当你看到眼前这个曾在常春藤盟校①受训的西装革履的商人，一定不会想到他就是现任黑手党头目的儿子，更想不到他自己也是一个黑手党分支机构的头目，并且还是个不折不扣的杀手。

科迪端来了一壶咖啡和一盘点心，紧接着就转身离开了。我对卡麦说："德尔里奥说你找我有急事？"

接下来的话语本来我是不想说的，然而它们还是不受控制地脱口而出："你他妈的到底想干什么？"

---

① 常春藤联盟是指美国东北部八所院校组成的体育赛事联盟。常春藤盟校以体育结盟而起，但因为该联盟成员均具有一流的学术水准和教学质量，所以享有很高的声誉。

十二

卡麦·多西亚对我说："杰克,我遇到大麻烦了。我的一辆运输货车在犹他州被打劫了,三名手下都被杀害,尸体被丢弃在荒郊野外。我认为警察是不可能挽回我的财产损失的,不然我昨天就告诉警察了。还好我可以来找你,我想你比警察有能耐得多。"

我这个人从来不和暴徒或犯罪集团成员做生意。

不过,上面这句话应该改成过去式,我原本是绝不会和这样的人做生意的,但是当我的孪生兄弟小汤米欠下六十万美元的赌债之后,为了不让小汤米心爱的妻子成为寡妇,我设法帮他还清了债务。

几个月前,德尔里奥和我一同飞往拉斯维加斯与多西亚见面。多西亚的住所离拉斯维加斯大道约五英里,距机场十分钟车程。他的住所——准确地说应该是豪宅——极尽奢华之能事,是典型的西班牙风格,不仅养了很多匹赛马,而且还有人工河流。

我带了一张可以还清兄弟全部债务的银行本票,在那次见面中,多西亚和我聊了不少话题,我们俩居然都曾在海军陆战队服过役。海军陆战队队员常常这样描述他们彼此之间的关系:"没有比我更好的朋友,也没有比我更难对付的敌人。"

卡麦·多西亚和我对此都非常赞同。每一个海军陆战队队员对自己的能耐都有着超乎寻常的自信,对路时可以"为朋友两肋插刀",不对路时则是"人若犯我,我必犯人"。

多西亚起身倒了一杯咖啡,加入奶油,接着又递给我,说道:"我手下的人都很棒,但是高速公路上的劫匪却更胜一筹,这些就是我对那群王八蛋所了解的全部情况。"

"这是什么时候发生的事?"

"昨天夜里。"多西亚说,"我们的货车从芝加哥出发,向东行驶。我们在车上安装了一个 GPS 定位器,一路上都没有什么异常。但是,货车没有开往拉斯维加斯,而是来到了洛杉矶。在这之后,我们就收不到 GPS 的信号了。这帮劫匪一定是在查看车上的货物时发现了 GPS 定位器,他们将它捣毁了。"

"所以你认为你的车还在洛杉矶?"

"我认为是的,这里是全国最大的货物集散中心。杰克,车上的货物非常贵重。"

"难道是毒品吗?"

多西亚点了点头,"你猜对了一半,是处方药。"

"值多少钱?"

"如果按照黑市价估值,差不多有三千万美元。"

现在我终于明白多西亚为什么要赶在公司还未开门时就来等我了。过去,这些黑手党成员根本不屑于药品交易,但是近年来药品的黑色产业链发展很快,而且非常赚钱,使得这些人很难再拒绝这门行当。

药品在分销链中的任何一个环节都很容易被偷盗,即使是门上只挂了一把价值十二美元的挂锁的夫妻店,也能保证随时都备有价值十五万美元的处方药库存。

另一方面,由于每单颗药片的利润很小,所以很容易通过食品和药品管理局(FDA)[①]的许可。聚沙成塔,尽管最大的处方药药片只有八十毫克,但假如一毫克药物的价值是一美元,那么八十毫克的药片就值八十美元,而通常情况下一个药瓶里会装一百颗药片。这就意味着小小的一瓶药就能卖到八千美元,那么一车药的价钱确实连三千万美元都不止了。

多西亚面临一个非常棘手的问题:他拼命想挽回损失,与此同时,他又不能让任何外人知道他正在做处方药的生意。因此,为了避免打草惊蛇,他只好来找我。

---

① FDA 是美国食品和药品管理局的简称,FDA 是国际医疗审核权威机构,由美国国会及联邦政府授权,专门从事食品与药品管理的最高执法机关;是一个由医生、律师、微生物学家、药理学家、化学家和统计学家等专业人士组成的致力于保护、促进和提高国民健康的政府卫生管制的监控机构。

在美国,每年都会有很多人因为非法滥用处方药而丧命,甚至比死于毒品的人还多得多。这是一桩伤天害理的生意,我不希望自己卷入其中。

多西亚向前倾了一下身子,用他那棕褐色的眼睛注视着我,小声说道:"杰克,我已经不能再等了,我会付给你一个你无法拒绝的价钱。"

十三

我敷衍地笑了笑,紧接着对多西亚说:"卡麦,我不能接手这种生意。我的公司做的都是正当生意,而且全在政府的眼皮子底下,这一点你是知道的。"

"你还可以做得更多,不过决定权在你自己手上。我会付给你百分之十的酬金——三百万美元,而且是现金,不会被扣税。你需要做的仅仅是找到那批货,动用你的关系和门路,最多只需要几天时间就可以办到了。这可是三百万美元啊!杰克,你得跟踪多少个出轨的丈夫,才能获得这样多的酬金?"

这时,科迪通过内线电话呼叫我:"摩根先生,快到九点了,请留意你的下一个日程安排。"

我对卡麦说:"我很希望可以帮到你,但这确实不是我分内的工作。"

我瞟了一眼电脑屏幕上的日程表,待处理项目已经堆满了,就像洛杉矶国际机场上的航班信息显示屏一样密集,每隔半小时就有一个新项目,一直到今天结束为止。我又想到了科琳,此时她正躺在冰冷的停尸台上,法医切开了她的身体,从锁骨一直延伸到比基尼线……

虽然我现在还能坐在办公室里,但是警察们正在仔细搜查我的别墅,他们把我的生活搅得一团糟。与此同时,卡麦·多西亚又握着几百万肮脏的钞票,在我的眼前晃动着。

我抬起头,看着眼前这个"大有前途"的黑手党成员。因为那三千万美元的货物和三个死去的伙计,他的"美好未来"受到了严重的影响。

卡麦的表情很僵硬,目光也很冷峻,看起来活像电影里的"教父"。他的身体微微前倾,双手十指交叠,搭放在我的办公桌上,我看得出他的指甲修剪得十分整齐。

"要不这样吧,我把你的酬金翻倍。"他说,"六百万美元现金,不含税。"

他开出的条件越诱人,我越不想和他以及这件事产生任何瓜葛。

"谢谢你,卡麦,但是我对此不感兴趣。"我说,"很抱歉,我得去参加下一个会议了。"说完我就站了起来。

多西亚也站了起来。

这时,我发现他的身高和我是一样的。

"杰克,我想你是误会了,你已经得到这份工作了。现在你需要告诉我的是,你得花多长时间找回我的货物,因为这些货物很快就会遍布全国各地,而我就会损失三千万美元,这个结果是我无法接受的。当你发现我的货车后,立即给我打电话。"

"不行,卡麦,对此我无能为力。"我再次重申了自己的立场。

"你应该知道拒绝我的后果,杰克,你知道我会去哪里。'没有比我更好的朋友',我会去召集愿意和我一同做事的战友。这是我的电话号码。"他一边说,一边在信封上写了一串数字,"保持联系。"

他把笔扔到桌上,转身离开了。

几秒钟后,我听到了多西亚与科迪讲话的声音:"我找得到出口。"

我回到自己的座位,看着窗外的风景,洛杉矶市中心的繁华一览无余。如果我不接受这个工作,那将会发生什么事呢?我是不是会与多西亚的整个家族为敌?

我拨通了德尔里奥的电话,与他讨论此事:存在哪几种可能?最明智、最安全的做法是什么?瑞克表达了他的看法,我也讲述了我的观点,接下来我们又综合起来讨论了一阵。

当我和瑞克达成共识后,我把科迪叫了进来,让他告诉我九点钟的安排是什么。

十四

　　一位魅力十足的女人坐在一把蓝色的扶手椅上，这让我想起了20世纪初期，由钱德勒、哈米特和斯皮兰①的小说改编而成的黑白侦探电影。

　　艾米莉亚·普尔看上去就像是山姆·斯佩德②的新顾客，她是个漂亮的白种女人，应该还不到四十岁，一头棕色短发显得十分干练，左手的无名指上没有佩戴戒指。

　　与电影中的角色不同的是，艾米莉亚·普尔的手上没有烟斗，脖子上也没有狐皮围巾，取而代之的是最新款的 iPhone 和一串精致的卡地亚项链，项链是纯金的，中间有一颗硕大的钻石。

　　"摩根先生，你的气色不大好，看起来像是一整晚都没有睡觉啊。"普尔女士笑着说，她将 iPhone 放入了她那个价值三千美元的手提包中，"我之所以会这样认为，是因为我自己也彻夜未眠。"

　　"看来我们俩都有心事，不过我敢肯定你的处境比我要好得多。"说这话时，我的脑海里突然浮现出了德尔里奥的卧室里的军用床垫，以及纯白色的墙壁。

　　艾米莉亚·普尔笑起来的样子很可爱，但很明显是在强颜欢笑，她的眼睛里流露出了忧郁的神色。

　　她为什么要来找我？是因为她被起诉了吗，还是因为她被人骚扰？抑或是她想请我帮忙寻找走失的儿童？

　　我从艾米莉亚·普尔提交的材料中获悉，她曾经买下了三座位于黄金地段的旧酒店，并将它们翻新、改造成为一流的五星级钻石酒店。我以

---

① 三个人都是著名的推理小说作家。
② 电影《马耳他之鹰》里的私人侦探，该电影改编自哈米特的同名小说。

前去过太阳酒店的屋顶酒吧,也住过好几次位于旧金山的星座酒店。根据我的切身感受,这两座酒店都不是徒有虚名的。

材料中还提到了一些在她名下的酒店中发生的劫杀案,目前这些案子都没有结果。除此之外还有其他几起谋杀案,这些恐怖事件足以使得加利福尼亚商会感到不寒而栗。

这些案件都悬而未决,不过,一两名旅客被谋杀之类的事件在当前的政治经济氛围下是不可能成为头条新闻的。

"很抱歉,普尔女士,我还不清楚你来见我是为了什么?"

"我最近厄运不断。"

"不好意思,这句话深奥了点。"

"你就叫我'厄运'·普尔吧,现在的我应该叫这个名字。"

"哦,那你可以叫我'侦探'·摩根①。"我打趣地说。

我帮她倒了一杯咖啡,她告诉我她以前听说过我的公司,她知道我们的口碑非常好。此时的她看上去依旧十分紧张,好像很想掩饰正在困扰着她的事情。

普尔女士把玩着脖子上的钻石,忽闪的眼睛直勾勾地盯着我。

我继续问道:"那么,究竟是什么事促使你来找我们呢?"

她终于打开了话匣子,向我吐露了她的秘密。

"昨天晚上,太阳酒店的一个客人在他的房间里被杀害了。这件事我没有告诉任何人,甚至没有报警。我感到很害怕,这已经是在我的酒店里被杀害的第三个客人了,我真的不知道该怎么做才好。"

---

① 在英文里"杰克(Jack)"也有"侦探"的含义。

十五

酒店里发生的盗窃和抢劫并不罕见,但是谋杀事件就屈指可数了。"厄运"·普尔告诉我,所有被杀害的人都是独自出差的生意人,其中三个是死在她名下的酒店里,另外两个则是在其他类似的酒店中遇害。

"那些警察简直是一无是处。"她愤愤地说,"上次他们来了以后,责令我们的酒店全部歇业,酒吧也被关闭了四十八小时。他们对每一个客人都进行仔细盘问,我的职员们全被吓坏了。然而,最终他们连一个嫌疑人都没有找到,一个都没有!

"酒店的预订量急剧下滑,甚至在旺季也有大量的空房间,想想也是,谁愿意住在发生过谋杀案的酒店里呢?

"杰克,我真的很绝望,客人在我的酒店里被杀害,我不知道这是为什么,也不知道这是谁干的。但是,这些酒店就是我的全部,我需要你的帮助。"

我本想让"厄运"·普尔去洛杉矶警察局求助,让警察来调查她的案子,以后有机会再找我们去帮她的酒店建立一套更加严密的安防系统。不过,眼前这个女人确实打动了我。

她看上去非常脆弱,但内心坚强的她正在勇敢地努力尝试着解决问题。我喜欢这样的人,我很了解她的感受,完全了解。

尽管如此,现在我的公司已经没有足够的人手来处理她的案子了,这涉及到一系列谋杀暴行,而且必须得背着警察,处理起来十分费力。顾此必将失彼,此时此刻,我认为最紧要的工作是找出杀害科琳·莫洛伊的凶手。

我又问了一些问题,希望她的回答可以帮助我更好地进行权衡和取舍。

她告诉我,在太阳酒店被杀害的客人名叫莫里斯·宾汉姆,四十多岁,家在纽约,是一个来洛杉矶出差的广告商。

事情发生时,没有人听见打斗的声音。酒店里的很多职员都认识宾汉姆,他一直用信用卡付账,从来都没有出格的要求。他预计在明天办理退房手续——这对我们来说是个好消息。

这就意味着今天之内,在纽约不会有人知道他出了意外。另一方面,现在还是上午,他的房间门上又亮着"请勿打扰"灯,所以酒店客房部的服务员没有发现他,这也是合情合理的。

"请给我讲讲酒店的安防系统是什么样的。"

"走廊里安装了摄像头,游泳池边也有一些。"

"我希望你能把发生谋杀案的楼层的摄像头全部关掉,时间持续一个小时,这样就便于我们的人进出。你可以做到吗?"

"当然可以,这么说,你愿意帮我咯?"

"现在我还不敢作出承诺,但是我们的人会去检查房间和尸体的情况,然后再做进一步的权衡。"

"好的,我明白了。"

"我需要那个房间的门卡。"

"厄运"·普尔打开她的手提包,拿出一张万能钥匙卡,递给了我。

"正好我需要在外面住几天,这样一来我就可以入住太阳酒店了。"

"太好了!""厄运"·普尔高兴地说,"科波拉套房是空着的,欢迎你来。"

十六

除了城市垃圾场,酒店房间是地球上最难搜查证据的地方。即使是在五星级钻石酒店里,毛发、DNA、人体纤维组织和指纹的采集也都非常困难,因为几百个先前曾经入住的客人都会成为这些物证的提供者。

但是,哪怕希望渺茫,这项工作依旧是不可或缺的。

卡尔·门托尼是一个高科技极客,尤其擅长于摄影取证,因此在国际私人侦探公司内部被大家称为"摄影王子"。卡尔在自己的笔记本电脑上安装了最新的视频同步软件,他用这套软件对伯格曼套房里的每一个角落都进行摄像。我的笔记本电脑运行了接收端软件后,高清视频流就通过专用的卫星网络传输到了我眼前的显示屏上。

虽然我还坐在自己的办公桌前,但感觉就像是一起去了现场。我看见西摩·克龙彭伯格博士、德尔里奥和埃米利奥·克鲁兹陆续走进了伯格曼套房。"摄影王子"让我通过视频体验了一千五百美元一晚的比佛利山太阳酒店的高级套房。

窗框上包裹着金丝缎,温馨、惬意的古典家具围在一张桃花心木茶几的四周,墙上挂了很多精美的油画。房间里的落地灯具的摆放都十分整齐,靠枕也放在适当的位置。这里完全看不出打斗的痕迹,到底发生了什么事呢?

在不远处的写字台旁边,有一个不明物体,看上去就像是形状怪异的雕塑,这正是那个死去的男人的尸体。

西摩·克龙彭伯格博士在尸体旁边蹲了下来,死者是一个白种男人,穿了一条深色的裤子和一件纽扣被解开的白衬衣。死者刚刚理过发,是典型的商务风格发型,他的左手无名指上戴着婚戒,手腕上还看得见一圈白色的表痕。

西摩博士凝视着死者的脖子,说道:"他是被勒死的,作案工具是一条很细的铜线,这种铜线在五金工具店里非常常见。受害人试图用手来拉松铜线,但是没有成功。"

"你们得到他的身份信息了吗?"

"他的钱包不见了。"西摩说,"我们还没找到。"

埃米利奥·克鲁兹俯身朝着镜头说:"杰克,门锁没有任何问题,所以只存在两种可能:要么就是受害人开门让杀手进来的,要么就是杀手自己用钥匙开门进来的。茶几上有一瓶开过的芝华士威士忌和两个杯子,杯子里还残留着少量的酒。"

"现在去卧室看看吧。"我说。

"摄影王子"将他手中的网络摄像机放在卧室里的一张桌子上,我接收到的图像更加清晰了,甚至可以看出床罩的面料。提花布床罩被乱糟糟地扔在地板上,枕头也落在地毯上,被单扭成了一团,堆放在床尾。

"对我来说,这场面真是充满了遐想。""摄影王子"半开玩笑地说。

西摩博士将他的工具包放在地板上,用仪器对被单进行详细的化验分析。

"你说得对,这确实让人浮想联翩。"西摩附和道。

"钱包还没找到。"埃米利奥·克鲁兹说。他已经在床头柜上的一堆个人物品里翻找了半天,只看到一支圆珠笔、一些零钱和一把租来的车钥匙。

"摄影王子"又拿着他的网络摄像机走进了浴室,我看到门后面的挂钩上挂着一条泳裤和一副护目镜,洗手台上有一个洗漱包,毛巾被随意地扔在地上。

埃米利奥·克鲁兹正端坐在马桶盖上,对着镜头说话:

"杰克,这个杀手的手段十分高明,他很可能是个职业杀手。这里没有任何打斗的痕迹,正如我刚才所说,这个可怜的家伙是自己把杀手放进来的。他们曾一起喝酒,接下来可能是因为被害人说了什么或做了什么,结果把杀手惹恼了。杀手来到被害人的身后,出其不意地把他勒死了,可怜的宾汉姆连反抗的机会都没有。"

十七

我坐在十英里之外的办公室里,通过视频观察着伯格曼套间的情况。与此同时,我的助手科迪正将来电和来访的情况——向我汇报,他发过来的即时信息在我的电脑屏幕的左侧不时地弹出。

我一边打字回复科迪,一边密切关注着视频。画面中的德尔里奥正在仔细检查现场,试图寻找证据。当德尔里奥离死者只有几英尺远时,突然有一个物品引起了我的注意。

"'摄影王子',去看看写字台上放着的东西是什么?"我对着麦克风说道。

"是电话本。"他说,"是比佛利山市的黄页电话簿。"

他又走近写字台,看到电话本是打开并反扣在桌面上的,他用戴着橡胶手套的手举起了电话本,将翻开的那一页对准了镜头。

我看得非常清楚,就好像那本书是被我自己握在手中的一样。

这一页的类目是"陪护服务"。

"有点意思。"我说,"也许宾汉姆先生为他在卧室里举行的欢乐派对付出了沉重的代价。"

"或许是吧,杰克,看来你认为这案子是女人干的咯?不过,如果真的如你所说,那么这个女人实在是太强壮了,因为她居然勒死了一个大块头男人。"

"西摩,你提取到宾汉姆的指纹了吗?"

"是的,家具上还有其他几百个人的指纹,DNA的种类就更多了。"

"你们还有什么需要做的吗?"

西摩耸了耸肩,似乎在对我说"我还能做什么呢?"。

我很清楚,如果被警察发现我们的人待在犯罪现场,那么我的公司就玩完了。

"好的,大家收工吧。"我说。

我们的人纷纷收拾好自己的物品,陆续朝门口走去。"摄影王子"将镜头对准了自己那张热切又认真的二十二岁的脸庞,告诉我他将去继续拍摄走廊与出口的画面。

当视频被切断后,我拨通了"厄运"·普尔的电话。

"'厄运'女士,现在你可以把五楼的摄像头打开了。另外,我还需要一份出事当晚的监控录像。"

"我早就帮你复制好了。"

"那太好了!请在酒店总台把监控录像交给瑞克·德尔里奥。现在你可以安排一下,让客房服务员'发现'尸体,然后再通知警察。"

"噢,真的得通知警察吗?"

"是的,你必须这样做。"

我在电话里告诉这位新客户,我将在今晚八点后到达太阳酒店的酒吧。正在这时,科迪的即时信息在我的屏幕中又弹了出来。

信息的内容是:"坦迪警官和齐格勒刑警来了。"

我顿时心头一紧,他们为什么来?难道是发现了科琳谋杀案的新线索吗?

我在电话里告诉"厄运"稍后再联系。

紧接着,我让科迪将这位不招人喜欢的警官和他的搭档领了进来。

十八

米切尔·坦迪和伦恩·齐格勒走进了我的办公室,他们一进来就四处查看,这种动作给人的感觉就像是他们通过一次秘密竞价买下了这块地方,而现在是他们第一次来这里进行查看。

我示意他们在会客区坐下,坦迪和我都坐了下来,可齐格勒似乎还没有看够,房间里的陈设、书架,以及墙上的照片都是他的眼睛的目标。

坦迪对我说:"杰克,你为什么要私自变动犯罪现场?现场似乎有点过于整洁了,你能明白我的意思吗?

"女孩穿着鞋子,死在床的正中央,而且没有在房间里留下任何指纹,甚至在盥洗室里也没有。依照我的经验,女孩们通常都会使用盥洗室的。"

看来这两个警察并没有带来什么有用的消息,他们来这儿的目的是为了打探我的想法,找机会恐吓我,并且将我今天所说的话同昨晚说过的话仔细对比,试图找出我说话的漏洞。

"我到家的时候,她就已经死了。"我说,"你看到的场景和我看到的是一样的。"

"杰克,你应该知道我是一个很公正的人。"

坦迪说出这话时,我在心里暗暗地说,他简直是在放屁!坦迪是一个非常令人讨厌的家伙,他极度缺乏自尊,而且对他人充满了妒忌,以至于变成了今天这个样子——一个刚愎而又缺乏原则的人。坦迪继续说道:"我觉得你最好还是把事情的真相告诉我,这样可以让案子进展得更快。"

"坦迪,我已经把我知道的一切都告诉你了。"

"那好吧。"

他弯下身子,整理好面前的一叠书和文件,侧着脸对我说道:"现在,我准备把我认为的这个女孩的死因告诉你:科琳·莫洛伊爱上了自己的老板,这是毫无疑问的事实,这种故事并不罕见,随时都在发生。但是,这个有些与众不同的女孩在分手后试图自杀,可没有成功,这也是事实。她的自杀行为让我认为她是一个很情绪化的人,敏感而且容易激动。"

"半年前她试图割腕自杀。"齐格勒在房间的另一头插话道。他手里握着一把大约六英寸长的珍珠柄折叠刀,他不停地把刀抛向空中,然后又将其接住,在这个过程中他继续说道:"科琳自杀未遂,继而辞掉了工作,回到了爱尔兰的老家。两周之前,她又到洛杉矶来看朋友。"

"正是这样。"坦迪接过话头,"现在让我们回到现实中来。上周三,科琳和你一起在斯密提餐厅共进午餐,不论接下来发生了什么事,总之这件事一定是让她感到非常不愉快的。她知道你的行程安排,当然知道你何时回家,昨晚她不请自来,搭乘一辆出租车来到你的家里。"

他的语气温文尔雅,没有任何恐吓和威胁的成分。然而,坦迪正在清晰地表达他的观点——是我杀了科琳,而且他坚定不移地认为这就是事实。

我反驳道:"坦迪,你真的很有想象力,但是科琳在都柏林有一个新男朋友,她并没有和我纠缠不清。"

"我并不是说她在纠缠你,她只是想和你谈谈。她清楚地知道你到家的时间。她用她的门卡和指纹进到了你的别墅,等着你回家。当你进了家门,她大声说:'杰克,你一定很惊讶吧,其实我还爱着你,而且永远都爱着你。'"

"坦迪,你这样说我很生气,知道吗? 你这完全是在胡编乱造。现在科琳和我仅仅只是普通朋友而已。"

"你看到她时非常疲惫,这可是你亲口告诉过我们的,长途飞行把你折腾得够呛。因此,你没有心思理会这个无厘头的前女友,但是也许你试图表现得绅士一些。"

齐格勒站了起来,把刀放进了裤子后面的口袋,然后在我的办公桌前来回踱着步。我起身走过去,把办公桌上的电脑关了,紧接着回过头对坦迪说:"你说的都不是事实。"

"我只是说说而已。"坦迪的语气很平和,"不过是随便聊聊罢了,我已经讲完了我的推测,现在可以说说你自己的想法了。"

十九

米切尔·坦迪好像很热衷于编造他的"杰克·摩根是杀人凶手"的故事详情。他坐在我旁边的沙发上,闻起来有一股咖喱味,让人很不舒服。每当他讲述到他心目中的故事的关键点时,简直是眉飞色舞。

"……现在,这个女孩开始哭泣,具体情况我也不能确定,也许她痛苦得几乎要失去理智,是这样吗? 抑或是她开心得不得了,完全是欣喜若狂?"

"不管怎样,总之她情绪很激动,那么接下来,痛苦就开始了。"坦迪放慢了语速,继续说道:"你告诉她,你对她不再有兴趣了。'谢谢,但是对不起,我们还是做朋友吧。'然后,她不能接受再次被你拒绝,所以她打算再自杀一次,证明她对你的感情。"

坦迪的话深深地刺痛了我。是的,科琳对我仍有爱意,我对她其实也是如此。

我义正词严地说："坦迪,你的故事很生动,但是正如我一再告诉你的,这不是我干的。"

"让我继续帮你回忆吧。科琳知道你的枪放在哪里,她走过去拿枪,于是你和她发生了拉扯,紧接着你们俩一起摔倒在床上。就在此时,枪走火了,'砰！砰！砰！'子弹击中了她的胸部。"

"这真是一派胡言！"

"科琳中枪了,这只是一场意外事故。我太了解你了,杰克,我知道你一定会这样形容的。然而你已经无法改变事实了,这个可怜的、一时糊涂的女孩死在你的家里。当然,你本可以毁尸灭迹,但是你顾虑重重,也许科琳把前来见你的事情告诉过她的朋友,而你无法考证。还有一种可能,你感到很害怕,所以你不敢下手,以至于失去了……"

"齐格勒,离我的办公桌远点。"

"怎么了,杰克？有什么东西是我不应该看的吗？"

齐格勒慢悠悠地晃到了我和坦迪身边,脸上露出了饱含轻蔑的狞笑,我真恨不得一拳打在他的脸上。

"如果我弄错了,那么请你给我一个可以让我信服的说法,这样我就可以和你一起去查明真相。"坦迪说道。

真是厚颜无耻！看来坦迪想给自己留一条退路,因为他也知道米奇局长是我的朋友。

我问他："现在可以轮到我说话了吗？"

坦迪几乎是不假思索地脱口而出："洗耳恭听。"

"好的,你始终在怀疑我,我很清楚你的想法。但是,你这样做是在浪费时间。我是被人陷害的,一个和我有过节的人绑架了科琳,迫使她交出了门卡,并强迫她用她的指纹打开了房门。这个人将她带进了我的卧室,继而在我的床上枪杀了她。

"杀手在我回家之前就离开了,他料想警察一定会把我列为头号嫌疑人,这正中他的下怀。"

坦迪突然冷笑一声说道："但是,你的故事好像漏掉了什么。在你的时间轴里有一段很诡异的间隙,你是在五点半左右离开机场的,而你似乎遇上了大堵车,因为你六点半才到家。这一切都是你自己说的。

"八点时,你打电话给米奇局长,在米奇局长安排部署工作的过程中,时间又过去了。从你走进家门的那一刻算起,一直到齐格勒和我到达你家,一共消耗了两个小时。

"你有足够多的时间枪杀这个女孩,然后把你的枪和安防系统的硬盘一起扔进大海。接下来,你才去淋浴,洗头……傻瓜,你本来还可以让你的手下帮你对现场进行一次专业的清理,就像一切都没有发生过一样。"

我解释道:"坦迪,门禁系统的历史记录显示,科琳的门卡在六点时被使用过,而六点时我和奥尔多才刚刚离开机场。"

"那又能说明什么呢?只能证明她一直在你家等你,当然也可能是你在事发之后改动了安防程序,重新设置了她进门的时间。杰克,听好了,我可是一个非常公正的人,现在请告诉我,你认为是谁杀了科琳?"

"我确实不知道,我倒是很希望我能知道。"

"既然如此,那你再仔细想想吧。你的想法对我们的破案工作应该是很有用的。为什么不把你的仇人名单列出来呢?我会亲自进行核实,怎么样?杰克,你可以在任何时候打电话给我。"

"谢谢你,坦迪,我会的。"

我和两位警察握了握手,接着科迪将他们送到了电梯门口。真是两个混蛋!我在心里骂道。现在我的处境已经很明朗了,我必须得靠自己找出杀害科琳的凶手。

也只有这样做,才能拯救我自己。

二十

我坐在办公桌前,嚼服了一些阿司匹林,接着抓紧时间积极专心地处理了一些纷至沓来的邮件和电话。当我抬起头时,突然看到西摩·克龙彭伯格博士坐在我面前。我完全没有听到他进来的声音，难道他是从空气中突然现身的吗？如果真有人可以做到这一点的话，那就唯独西摩莫属了。

"西摩，你怎么来了？"

"我在想一些问题。"

西摩穿了一件红色的休闲衬衣，下摆露在牛仔裤外面，脚上的运动鞋抵在办公桌的边缘。他长着一张圆乎乎的娃娃脸，有着一颗和爱因斯坦一样聪明的头脑——如果爱因斯坦也生存在数字化时代的话。因为爱因斯坦那个年代还没有这么发达的科技与资讯，所以客观地说西摩比爱因斯坦还更有智慧。

"你在想什么？"

"杰克，我听到一些消息，似乎对我们不太有利。"

"说来听听。"

"我找了个人谈话。"

西摩不但学历高，而且曾经在洛杉矶鉴别犯罪检验所工作过好几年，专门研究弹道学，以及纤维组织和DNA的提取与分析。他曾经与耗资数百万美元建立起来的洛杉矶鉴别犯罪检验所的工作人员有深入接触，在技术界有一些朋友与警察有着密切的关系。这些朋友中的一个还希望通过西摩的关系，能到国际私人侦探公司上班。

一直以来，我和西摩都有一种默契，西摩经常会提供给我一些非官方的隐秘情报，而我也从来不会要求他去鉴别情报的来源，甚至真假。

"我找到了一个目击者。"西摩说道。

"有人看到科琳了吗？"

"有人看到你了，杰克，看到你在海边。这个人是你的邻居，名叫波比·纽顿，你认识她吗？"

"有点印象，她也住在海边，她的家和我的家中间还隔着几套别墅。"

"她说昨天晚上，她在海边慢跑时看到你在海滩上打电话。她向你招手，你也回应了她。"

"这是什么时间发生的事？"

"大概六点左右吧，她也不知道确切时间，因为她当时没有戴表。"

"她真的说她看到我了？"

"是的，的确如此。"

"上帝啊！西摩，我昨晚并没有去海滩啊。"

我的脑子里突然涌现出了一个我特别不愿意接受的想法，可它还是顽固地跳了出来。这个人应该非常像我，以至于被邻居误认为是我，他会是谁呢？

一定是我的孪生兄弟，也是我的仇人。

"还有什么消息？"我问道。

"你的房间里只有你自己的指纹。"

"我和那个人是孪生兄弟。"

"这我知道，可是你们的指纹不可能一样，没有任何两个人的指纹是完全一致的，哪怕是同卵双胞胎。即使可能很相像，但汤米的指纹一定和你有一些区别。"

"杰克，你真的认为是汤米杀死了科琳吗？"

"汤米认识科琳，他知道她的动向，当然也知道我的。他有条件接近她，也可以强迫她交出她的门卡，并且强迫她用她的指纹打开门禁系统。他有杀人动机，因为他非常恨我。"

二十一

我走下旋转楼梯，来到了朱斯蒂娜的办公室，她的办公室就在我的正下方。此时有三位同事围坐在她的半圆形办公桌旁：他们是凯特·汉利、劳里·格林和六十岁的绰号"变色龙"的老侦探巴德·兰金。

朱斯蒂娜正安排他们去搜集五起酒店谋杀案的被害人的背景资料。

分工完毕后，她的头抬了起来，深色长发紧贴在肩膀上，环绕着她那可爱的脸庞。

她对三位同事表示了感谢,接下来,这些人都陆续离开了办公室。

我坐了下来,对朱斯蒂娜讲述了多西亚提出的那个让我无法拒绝的要求。

"杰克,你没有同意帮他做事吧?"

"我不愿意这样做。"

"我也是这样想的,坚决不能接受,而且永远都不要答应。"

"哦,我会认真考虑你的建议的。"

"现在给我讲讲科琳案子的最新进展吧。"

这里我想插一段话谈谈我和朱斯蒂娜:几年前,我们一起买下了现在我所住的这套海滨别墅,而且准备将来就在这套别墅里结婚。我们在别墅中度过了很多美好和难忘的时光。我们俩非常合得来,但有一点是例外。

我不喜欢向别人倾诉自己内心的想法,而朱斯蒂娜正好是一名精神病医生,我的谨慎小心常常被她称之为"过度防御",她因此感到非常生气。接下来,她表面上很平静,然而内心却非常烦躁。

我们曾经是情人,后来分手了,接下来试图和好,然后又复合……就这样周而复始。在我们最后一次分手之后,也就是一年多以前,我开始与科琳约会,而朱斯蒂娜也开始与一个丝毫配不上她的男人约会。

几个月前,我们又同时恢复了独身的状态,我和她又开始约会,但这一次彼此之间没有任何承诺。我仍旧不能彻底敞开自己的心扉,而她依然不能忍受这一点。我们的关系时好时坏,和从前相比并没有太大的改变。

现在,我正坐在这里注视着她。我认为自己不需要开口说话,因为朱斯蒂娜可以非常清楚地看透我的心思。

我甚至感觉到她已经开始层层剖析我的想法。

"找到了一个目击者。"我告诉她,"一位邻居说,她在海边看到我了,正好是科琳被杀害的时段。"

"这真让人难以置信。"

"那个人不是我。"

我靠在椅背上,但是视线一直没有离开朱斯蒂娜的眼睛。

"天哪！难道是汤米？"她惊讶地说。

我和她都联想到了我那个自甘堕落的孪生兄弟。他竟然敢陷害我，使我被指控为杀害科琳的凶手。他真的有这么恨我吗？

朱斯蒂娜问我："你认为当时发生了什么事？"

"我猜想，科琳应该是在枪口的威胁下，被迫进到了我的房间。她有我家的门卡，杀害她的那个人还强迫她在门禁系统的指纹识别器上按下了手印。"

"你还没有删除科琳的权限？"

"她并不是唯一一个有权限的人，你也有这个权限啊。"

"看起来，有相当大的一群人都有这个权限咯。"朱斯蒂娜不悦地说。她将椅子一转，背对着我，不再理我。

"我可没有对你隐瞒什么啊。"我大声说道。其实我自己心里明白，事实并不是和我说的完全一样。

她将椅子转了回来，"杰克，你并没有把所有的事都告诉我。"

她是对的。与科琳谋杀案不相关的事情，我都省略掉了。

"科琳曾和我一起吃午饭，当时的情景我记得很清楚。我急着要赶飞机，她的情绪不错，对我也很友好，但是我们没有谈到什么重要的话题。"

"有人费尽心机想要陷害我。"

"哦。"

"我这几天都是住在太阳酒店的，直到今天警察才允许我回家住，现在我们一起去我家吃个晚饭怎么样？"

"今晚不行。"她说，"我已经有安排了。"我看得出她在撒谎。

她又问我："那你准备如何对付汤米？"

"如果换作是你，你会怎么做？"

"我会回到母亲的子宫里，然后用自己的双手将脐带缠绕在他的脖子上，再打上一个活结，最后拉紧它。"

"要是我也能早点想到这个，那该多好啊！"

我们俩大笑起来，笑了很长时间。

现在我的心情好多了。

二十二

埃米利奥·克鲁兹和德尔里奥都在德尔里奥的办公室里忙着处理太阳酒店的案子,他们正将莫里斯·宾汉姆的手机里的通话记录和比佛利山市黄页电话簿上的陪护服务的电话号码列表进行比对。

"我以前有个女朋友也是做陪护服务的。"德尔里奥对克鲁兹说。

克鲁兹说:"这个我好像听你说过。"他将自己的椅子移到德尔里奥身边,这样他也可以看到德尔里奥的电脑屏幕。

"我在一家交友网站注册了一个账号。"德尔里奥讲起了自己的故事,"在那个网站上,'想要礼物的女孩'板块里有很多女孩的信息,这些女孩都想傍上一个有钱的男人,赚取足够多的钱,然后买自己真正想要的礼物。

"她的名字叫切尔西。"德尔里奥继续说道,"她非常漂亮,也非常聪明。她盼望在时装行业大干一番,却苦于没有起步资金。她的一个朋友告诉她,可以通过做援交小姐大赚一笔。这样一来,她就能赚够本钱,让生意起步。"

"这是什么时候的事?是在你进监狱之前还是之后?"克鲁兹问道。

克鲁兹是一个二十七岁的美男子,深色的头发在脑后扎了一个小马尾,脸刮得非常干净,穿着一套紧身的黑衣服。他曾经是中量级拳击手,还在地方检察院当过侦查员。现在的他在国际私人侦探公司里担任高级侦查员,而且大有前途。

"是在那之后。当时我非常渴望有个女人陪我,我很难向你形容那种感觉,总之一个吻就可以让我飘飘欲仙。"

"找到了!"克鲁兹突然大叫起来,他指着屏幕上的一个电话号码说道:"宾汉姆找过一家名叫'高校女生'的陪护服务机构。"

德尔里奥输入了这家机构的网址,进入了对方的网站。

克鲁兹念出了网站首页顶部的简介:"'各个种族的漂亮女孩应有尽有。不仅漂亮,而且充满智慧。'真是扯淡!'每个人都热爱陪护工作。'哼哼,真好笑,'她们当中一定有人能和您完美配对。'咳!事实上应该是能和你的信用卡完美配对,这才像话嘛。"

德尔里奥继续着刚才的话题:"切尔西说她想要一笔启动资金,这并不多,所以你可以想象,我和她约会了三次之后,她就可以赚到足够多的钱了。然而,接下来她马上又想要另外一个礼物。她想要一辆车,但是我没有多余的五万美元。所以,切尔西抛弃了我,勾搭上了一个中年富豪,这个人是豪华汽车经销商。现在,她常常开着一辆宾利在大街上转悠。"

克鲁兹笑了起来,"看来,这份工作的报酬还真不错。"

"唉!你想到哪里去了。我的长相和我对她的体贴关怀,这一切对她来说都毫无意义。"德尔里奥显得有些懊丧,"我就是个临时'保管员'而已。"

"你还对她着迷吗?"

"那当然!她是我一生的挚爱。"德尔里奥回答道,紧接着他大笑起来,"哈哈!我是骗你的,傻瓜,切尔西不过是个妓女而已。"说完,他的注意力又回到了电脑屏幕上。

"你看,'高校女生'列出了一百个候选人,让我们看看都有些什么人吧。杰西,每小时六百美元,两小时起订,三千美元过一夜;'黛安娜,花花公子兔女郎,一个家喻户晓的名人……'"

"这是他们公司的地址。"克鲁兹说道,"我们去兜兜风吧。"

二十三

德尔里奥从奔驰车的副驾驶座位走出来,穿过了两根大约六英尺高的缠绕着墨绿色蔓藤的混凝土门柱,又走过一段新月形的花岗岩台阶,来到了比佛利山太阳酒店的玻璃大门前。

门童打开了大门,德尔里奥径直来到酒店总台,对着一个穿着黑色套装的卷发女孩说道:"我是瑞克·德尔里奥,我来取我的包裹。"

这个女孩胸前的铭牌上写着她的名字——艾米·康,她谨慎地说:"先生,我能查验一下您的身份吗?"德尔里奥心里嘀咕着,如果换成是克鲁兹进来,然后对这个女孩说同样的话,那她一定会撅着小嘴找他索要电话号码的。如果自己能长得和克鲁兹一样帅,或者是像杰克一样,那自己就心满意足无欲无求了。

但是,想象终归只是想象。德尔里奥将自己的驾驶执照掏出来,让女孩看了一眼,随即她便钻到黑色大理石台面的工作台下方,取出了一个封好了的牛皮纸信封,上面写着瑞克·德尔里奥的名字。

"谢谢你,艾米小姐。"德尔里奥敷衍地谢过后,一把抓走牛皮纸信封,快步回到了门外的奔驰车里,克鲁兹正在车上等他。

汽车沿着威尔希尔大道一路向西行驶,德尔里奥将刚刚拿到的碟片放入了仪表板上的光驱,开始播放这部长达二十四小时的监控录像。

录像画面中可以看到时间,所以德尔里奥先将录像快退到了星期天下午五点,接着又按下快进键,看着人们进出电梯,木然地在走廊上来来往往,很多人通过一个单向出口去到屋顶的露天平台。

"天哪!"他在汽车拐入韦斯特伍德大道时对克鲁兹嚷道,"这个酒店的安全系统太不安全了!"

"你看到了吗?"克鲁兹突然问道。

"看到什么?"

"刚才在路口等红灯时,我好像看到了桑德拉·布洛克[①]开车从我面前驶过。"

"通往屋顶的出口有问题。设计时本来应该是单向的,但是如果有人帮你把门拉住的话,那里就可以变成一个双向通道。你看,这些人都是这样做的。"

---

① 美国著名女演员,主演过电影《生死时速》。

"请你挑重点说,别那么啰嗦。"克鲁兹说,"我敢肯定刚才那个美女就是桑德拉·布洛克。"

"502房间离摄像头有点远。"德尔里奥说道,"我想我们的被害人宾汉姆出现了,你看这个人,他出了电梯,然后背对着我们朝那边走去。深色的裤子,白色的衬衣,休闲夹克,对,那一定是宾汉姆,这说明昨天下午五点三十八分时他还活着。"

"等你看到那个应召女郎时再通知我吧。"

"快看,她来了。"德尔里奥一边说,一边将快进模式取消了,录像恢复了正常速度。一个女人从电梯里走了出来,她穿了一条蓝色的短裙,文胸束得很紧,把胸部都挤到领口来了。她有一头棕色长发,手里拿着一个信封样式的手包,脚上穿着一双细高跟鞋。

"如果满分是十分的话,我愿意给她打九分。"德尔里奥说道。他目不转睛地注视着这个女人,她走到502房间的门口,继而开始敲门。

莫里斯·宾汉姆打开门后,女孩笑着说了几句话,然后走了进去,此刻的时间是下午六点十三分。

"我看不清楚她的脸。"德尔里奥说,"但是时间应该是切合的,这个男人是什么时候打电话给'高校女生'的?"

"下午五点四十五分。"

"那就对了!女孩是六点十三分到的,现在让我们看看宾汉姆消费了多长时间的服务。"

德尔里奥又加快了录像的速度,看着人们像蚂蚁一样在走廊上来来往往,通过出口上到屋顶,又从屋顶下到走廊。到了晚上八点十五分时,那个穿着蓝色短裙的女人又出现了,她离开502房间,朝着电梯走了过来。

德尔里奥趁着女孩的脸最清楚的时刻,迅速暂停了画面,尽管仍然不太清晰,但是这已经足够了。

"就是这个女人。"德尔里奥兴奋地说。他将这幅静止的画面截图后作为附件,粘贴在一封电子邮件里,然后发送给杰克,并抄送给自己。"看来宾汉姆人生的最后两小时是很销魂的。"他戏谑地对自己的搭档说到,"当然是在长着娃娃脸的女人杀害他以前。在这之后,滚动显示的摄制组人员名单出来了,然后……黑屏了,这部精彩的电影结束了。"

二十四

"高校女生"的办公地点在韦斯特伍德大道旁的赫德嘉街上一幢三层楼的小房子里,这里也被一些人戏称为加州大学洛杉矶分校的女大学生联谊会。克鲁兹把奔驰车停在路边时,看到房子外的大铁门旁有一根柱子,柱子上钉了一块木牌,上面用希腊字母写着"高校女生"几个字。

克鲁兹和德尔里奥下了车,穿过大铁门,沿着一条有些陡的小路向前走,来到了房门前。这是一幢泥土色外墙的房子,看上去十分古朴简陋。德尔里奥摁响了门铃。

开门的是一个二十岁左右的西班牙裔拉美男子,他的头发整齐、平滑地向后梳着,眉毛显然是刻意修整过的,脚上穿着一双很随意的平底人字拖,身上则是干净的白色瑜伽裤和白色的束腰外衣。

克鲁兹展示了一下自己的证件,那是一个装在皮夹子里的金黄色盾牌,乍一看很像是警察证。

"你们有什么事吗?"拉美男人问道。

"我们想见见这所房子的女主人——苏珊·伯内特,因为我们正在调查一起谋杀案。"

"请先在这里等一下。"

克鲁兹不悦地说:"让我们站在门口等,这好像不太礼貌吧。"

"我很快就会回来的。"

克鲁兹转过身,背对着门,双手紧扣着放在后腰,抬起头嗅着蓝花楹树和香蕉树的香味。德尔里奥没那么多闲情雅致,站在原地没怎么动。好在没过多久,那个拉美小伙子就回来了。

"伯内特女士现在可以见你们了。"

这个鸨母的肤色是咖啡色的,身材健美,是标准的练普拉提①的体格。她正在屋子后面的健身房里的跑步机上慢跑,透过健身房的百叶窗,可以看到外面还有一个游泳池。

德尔里奥觉得她很性感,并以此认为她很可能在几年前也是一个应召女郎。他轻拍了一下那个女人的肩膀,她转过头来看到他们后,立即关掉了脚下的跑步机,搭了一块毛巾在自己的脖子上。

和刚才的克鲁兹一样,德尔里奥也举起了自己的证件,他并没有开口说自己是洛杉矶警察局的人,不过这个动作暗示自己就是警察。"暗示"不足以构成犯罪,但是明目张胆地冒充警察则是刑事重罪。

"我叫瑞克·德尔里奥,这位是我的搭档埃米利奥·克鲁兹,我们奉命调查一起谋杀案。我们来到这里并不想干涉你的业务,只是为了调查昨晚在比佛利山太阳酒店发生的谋杀案。"

"在你这里工作的一个女孩很可能就是这个案子的目击者。"克鲁兹补充道,"如果你可以看看我们带来的录像,你就会知道我们要找的人是谁了。"

"哦,天哪!你是不是太唐突了点,克鲁兹先生。"苏珊·伯内特说道,她的脸上挤出了干涩的笑容,"能不能让我也看看你的证件呢,克鲁兹先生?"

克鲁兹把证件从自己的上衣口袋里掏出来,他知道这一次一定会穿帮,于是先发制人地说:"其实我们两个都是国际私人侦探公司的侦查员,如果没有必要,我们是不会把事情告诉警察的。"

然而伯内特却寸步不让地说:"现在我倒是很想把警察叫来,让他们看看你们的罪恶行径。"

"夫人,如果你想把简单问题复杂化,那就悉听尊便。"德尔里奥在一旁解围道,"那些小报社对这个可感兴趣了。"

伯内特想了想说:"我可不愿意和你们捉迷藏,请跟我来吧。"接下来,她顺着一个螺旋形楼梯上楼去了,克鲁兹和德尔里奥赶紧跟了上去。

---

① 普拉提(Pilates)是由德国的约瑟夫·休伯特斯·普拉提于 1926 年创立并推广的一种运动健身体系———一种静力性的健身运动。

二十五

　　这家公司的办公区曾经是一间卧室,现在放置了一张会议桌,三个女人围坐在桌子周围,其中两个看上去三十多岁,另一个应该有五十多岁。她们每人都戴着一副头戴式耳麦,面前各摆放了一台索尼大屏幕笔记本电脑。

　　墙上贴了一些旅游景点的海报,有圣巴茨岛[①]和科苏梅尔岛[②]等等,使这里看上去就像是一家旅行社。

　　年龄较大的女人正在安排航班,她对着麦克风说道:"奥利弗先生,我为您预订了这个月十五号的机票,是头等舱第一排的两个座位。"德尔里奥心想,她们伪装得真好啊,看似冠冕堂皇,却瞒不了我。

　　另外两个女人暂时没有事做,她们只是转过头来,注视着德尔里奥。

　　伯内特说:"现在让我们来看录像吧。"

　　听到这话,德尔里奥赶紧拿出光盘,交给了伯内特,并站在伯内特身后看着她将播放软件打开。

　　"你准备让我看什么?"

　　"让我来控制好吗?"德尔里奥说道。

　　他的手越过了伯内特的肩膀,操作着播放软件,将视频进度条拖到了合适的位置,正好是那个应召女郎快要走出电梯的时候。

　　他赶紧按下暂停键,然后对伯内特说:"莫里斯·宾汉姆先生是昨天下午五点三十八分回到太阳酒店的 502 房间的,他给'高校女生'打电话是在回房后的第八分钟,也就是五点四十五分。这个电话持续了三分钟,

---

[①] 位于加勒比海的旅游小岛,风景秀丽,历来是全球富豪和名人度假休养的胜地之一。
[②] 紧邻墨西哥东南的尤卡坦半岛,位于墨西哥湾与加勒比海的交界处。

在五点四十八分时,他用信用卡支付了一千二百美元,支付对象也是'高校女生'。"

"我不确定你所说的这位宾汉姆先生是不是我们的客户。"伯内特插话道:"再说,我们的客户通常都不用真名。"

"宾汉姆是用他的真名预约的,他刷的是自己的万事达信用卡,这些信息我们都已经确认过了。现在你正在看的是昨天下午六点十三分,太阳酒店五楼的监控录像。接下来即将出现的这个人就是宾汉姆的约会对象。"他一边说,一边点击了播放键,画面上可以看到一个年轻的女孩走进了502房间。

"这个漂亮女孩在502房间正好待了两个小时,现在……"他快进到了合适的位置,"我们看到她离开了,在那以后,再也没有人看见过活着的宾汉姆。"

德尔里奥将这个每小时六百美元的应召女郎的脸部画面定格截图后,取出了光盘,将它交到克鲁兹手中。

德尔里奥继续说:"我们想和这个女孩谈谈,如果她不是凶手,我们就不会再找你的麻烦了。

"我想提醒你的一点是,如果你不合作的话,我们就会把这张光盘交给警察。所以,希望你能配合我们的工作,怎么样,苏珊女士?这个穿着蓝色短裙的女孩是谁?我们如何才能找到她?"

二十六

"让我们去看看应召女郎在下午两点时是什么样子。"克鲁兹一脸春风地对身旁的德尔里奥说道。他们顾不得违章,将奔驰车停在查尔斯街旁边,这里正好是加州大学洛杉矶分校格芬医学院的大门口。

"你走前面。"德尔里奥说,"我殿后。"

他们要找的应召女郎名叫吉莉安·德兰尼,现在刚好是两堂课之间的课间休息时间,准备换教室的德兰尼顺着一条校园小路朝德尔里奥和克鲁兹走了过来。

她是个浅黑肤色的女人,身材苗条,手里夹着几本书,背上还背着一个书包。趁她身旁没有别人,克鲁兹迎了上去,将自己的证件亮出来给女孩看了看。女孩吓了一跳,退后了好几步,眼睛四处张望着,想找一条路逃跑。但是,德尔里奥正好站在她的身后,手里也举着证件。

"你们这是什么意思?"女孩强装镇定地问道。

"关于昨晚在比佛利山太阳酒店502房间发生的事……"克鲁兹缓缓地说。

"噢,天哪!"女孩非常惊讶。

尽管嫌疑人已经被控制,但是此刻德尔里奥心里并不轻松,现在面临的难题是,他们不能对这个女孩说"走,上警车,让我们去市区谈谈……"他们能做的只是吓唬吓唬她,尽量让案情有所突破。

他和克鲁兹领着吉莉安·德兰尼走到一条长凳边坐下,克鲁兹自称他们是"侦查员",但没敢提"警察"两个字。

这个女孩身材娇小,而且没有穿五英寸的高跟鞋,现在的她坐在两个大男人之间,看起来比她在监控录像中的样子要小得多。连同衣服和鞋子,她可能只有一百一十磅[①]重。

克鲁兹见气氛有些紧张,便对女孩说:"让我帮你拿书好吗,吉莉安?"

女孩直勾勾地盯着他,"你是要逮捕我吗?"克鲁兹选择了沉默,她还是乖乖地把书交了出去。

德尔里奥说:"现在请把你的手伸出来。"

这个酷似德茜蕾[②]的女孩照做了,德尔里奥仔细检查过她的手背和指甲后,发现她的指甲完好无损,散发着均匀的淡粉色光泽。他又把她的双手翻转过来,使得掌心向上。

[①] 1磅=0.45千克。
[②] 1991年,拳王泰森因强奸美国黑人小姐参赛者德茜蕾被逮捕,继而入狱三年。

她那婴儿般柔软的掌心上也看不到任何伤口或淤青。

即使她作案时戴着手套,要用金属丝勒死一个大男人,也应该会在双手留下一些印记或伤痕。

"你是学什么专业的?"克鲁兹问道。

"我学的是急诊医学。"德兰尼回答说,她将双手叉在胸前,皱着眉看着德尔里奥。

"昨晚你在太阳酒店干什么?"克鲁兹问道,"最好别撒谎,吉莉安,我们手头有'高校女生'和客人的电话记录,而且在监控录像上,我们也看到了你。所以,你最好老老实实地把昨晚'约会'的详情告诉我们。"

二十七

在德尔里奥眼里,这个以应召女郎为第二职业的柔弱的女大学生看起来有些害怕,不过她正逐渐理清自己的头绪,使自己的语言更有逻辑。然而事实上,女孩非常恼怒。

"这么说,你们要因为我从事援助交际而指控我吗?"吉莉安对德尔里奥说,"但是,我即将完成医学院的学业,这可不是一件微不足道的小事。再过几年,我就可以救死扶伤了。你们真的要阻碍我实现自己的目标吗?"

"我们来到这里,并不是为了因为你的课余活动而逮捕你。"德尔里奥说,"给我们讲讲昨晚那个男人的事。"

"你是说莫里斯?他挺和善的,一点也不粗暴,也没有什么奇怪的举动。他只是想寻欢作乐罢了,他在家里得不到这种刺激。"

"在那之后,还发生什么事没有?"

"没有了。所有的经济往来都是通过公司走账的。"

"在你离开时,他看起来怎么样?"

"他很开心。他还说如果下次来这里出差的话,他还会和我见面的。然后,我就和他告别了,公司的豪华轿车还在酒店门外等我。"

"对于宾汉姆来说,没有下一次了。"德尔里奥说,"他死了,被人杀害了。"

"啊?怎么会这样……噢,天哪!是在我离开之后发生的吗?"

"你在他房间里时,有没有见他接过什么电话?"克鲁兹问道,"他有没有提到过他正在为什么事情担心?他有没有什么不对劲的地方?"

"都没有。他是个很整洁很干净的男人,穿着三角裤,戴着婚戒。不论从哪方面看,这都只是一次很普通的约会。"

回到车里后,德尔里奥把碟片放进光驱,将监控录像从头到尾又浏览了一遍,尤其关注吉莉安离开以后的那部分。

录像中的多数时段都是静止的画面,时不时地有一两个人走进自己的房间。突然,一大群人从电梯里涌出来,继而走向屋顶。这些人的身体黑压压一大片,挡住了通往502房间的视线。

也许是人群中的一个人沿着走廊进入到502房间,杀死了宾汉姆。但是德尔里奥从监控录像中没能看到在吉莉安·德兰尼离开后,502房间的房门被打开过。

"你认为是这个女孩杀死了宾汉姆吗?"德尔里奥问克鲁兹。

"我觉得不是。"

"我也是这么想的。我猜测,有个男人来到门边敲门,然后宾汉姆让他进来了,真是引狼入室。依我看,宾汉姆的'死亡之旅'就从这里开始了。"德尔里奥说。

"是的,莫里斯·宾汉姆的最后的旅程。"克鲁兹附和道。

二十八

奔驰车向洛杉矶东部的郊区驶去，克鲁兹拨通了一个叫塞米的人的电话号码。打完电话后，他对德尔里奥说："自打塞米一出生，我就认识他了。我以前从没有想到过我会和他相识这么久。虽然他现在还活着，但是在他的祖母心中，留下的应该只剩下回忆了。"

克鲁兹对塞米了如指掌，他自己原本也可能走塞米的路。克鲁兹是在阿里索村长大的，那里是一个声名狼藉、犯罪猖獗的住宅区。他成为了一个职业拳击手，他本可以沿着这条路继续走下去，或许还能成为中量级拳王。然而在一次比赛中，他被打成了脑震荡，很长一段时间里看东西都有重影。也许这件事刺激了他，让他清醒过来，开始更谨慎地寻找适合自己的出路。

克鲁兹先是在洛杉矶警察局干了一年打杂工作，接下来，他的远房表兄——地方检察官鲍比·裴提诺给了他一份工作，让他在自己的地方检察院的侦查部门做事。克鲁兹的直接领导是一个极其凶悍的人，名叫弗朗哥，曾经是一名警察。跟着弗朗哥工作，使得克鲁兹学到了不少东西。工作中，他看到了很多尸体，而且变得更加了解人性——尤其是警察，还学会了如何寻找证据来协助检察官办案。他和弗朗哥共事了三年。

两年前，杰克·摩根找到鲍比·裴提诺，说自己还需要一个侦查员。裴提诺给了克鲁兹人生中的又一个机会——与杰克·摩根见面。

这是一个非常合适的机会。

在国际私人侦探公司干活，与德尔里奥这个真正的战争英雄一起共事，这是克鲁兹干过的所有工作中最棒的。他在公司里兢兢业业，别无所求，唯一的目标就是成为洛杉矶总部的负责人——只要杰克愿意提拔他，并且退居二线。

德尔里奥问道:"那么,这个叫塞米的人,他是我们公司的职员吗?"

"不。严格地说,他是兼职。"

惠蒂尔大道是一条不太宽敞的四车道,穿过了一个破败的社区。白天,商贩们站在铺子门口,沿街叫卖着 T 恤和圆筒短袜,主顾一般都是为家中年幼的孩子购买服装和袜子的家庭主妇。到了晚上,毒品贩子开始在暗处活动,妓女们也出来溜达。

但是,不管是白天还是晚上,奔驰车出现在这条街都是很不合时宜的。现在,亮丽的它显得过于醒目和突出,就像是一双出现在土风舞会上的黑漆皮鞋。

克鲁兹更喜欢灰色的福特汽车,他在为检察官工作时开的就是一辆灰色福特,可杰克却尤其偏爱豪华汽车。

"我打算把这个招人耳目的家伙停在南索托区的金尼街,那儿离这里有两个街区。"克鲁兹对德尔里奥说。

停好车后,克鲁兹和德尔里奥沿着这条小型商业街一路向前走,两边的商店都很破旧,窗户上还装着铁栅栏。穿过"杰米的捕虾船"海鲜店后,克鲁兹看见了塞米,后者正站在"拉玛诗革"面包房外等待着。

塞米是个三十岁的白人,黑色的头发粗浓而杂乱,下巴上留着山羊胡子,脚上穿着蓝绿色的尖头靴,脸上到处穿着金属环,这些金属足够开一家五金店了。

"他是谁?"塞米指着德尔里奥问道。

"我的搭档瑞克,他是一个很出色的人。"克鲁兹回答说。

塞米个头很高,眼睛很鼓,看上去十分吓人,但此时的他已经准备好要和克鲁兹做一笔交易。

克鲁兹问道:"你有没有听说过,一大票'货'昨晚出现在镇上?"他从口袋里掏出了二十美元,在塞米眼前晃了晃。

"是一辆厢式货车吗?"

克鲁兹点了点头,继续问道:"你对此了解多少?"

塞米一把抢过了克鲁兹手里的二十美元,咧嘴笑了起来,说道:"我只知道那辆车在路上被劫了,关于这件事有很多传闻,更多的我就不知道了。"

克鲁兹说:"这样的消息可不值二十美元吧,塞米?"

"我不知道的事情,我也没法告诉你,兄弟。哦,对了,你认识席格·欧吗?"

"我知道这个人,可我有一阵子没见过他了。"

"再给我二十美元,我就把他约出来见你。"塞米说道。

二十九

席格·欧是一个身高超过六英尺的黑人,体重至少有两百磅,留着一头拉斯塔长发[①]。他是一个第三代瘾君子,在母腹中时就已经吸毒成瘾。

"嗨!老兄。"席格给克鲁兹打招呼,"好久不见了,握个手吧。"

两人的右手紧紧握在一起,左手相互拍打着肩膀。突然,席格甩开右手,继而摆出了一个两腿微蹲的拳击姿势,紧接着右手握拳朝着克鲁兹打了过来。克鲁兹很专业地用双手挡住了席格的拳头,把他推了回去。一番"问候"之后,席格说道:"我在电视上看到你了,老兄。那次是体育频道转播的,你应该还记得,在'米高梅'秀场,你的对手是迈克尔·阿尔瓦雷斯,结果他在第八回合把你重重地打倒在地。"

"没错。"克鲁兹开着玩笑说,"我当时在场。"

"你没留下什么后遗症吧?"

"没有,我现在很好,你呢?"

"我已经过了三十八天正常人的生活了。"席格对克鲁兹说,"我参加了一个戒毒训练班,我没有错过任何一次聚会。"席格变得眉飞色舞起来,"那里有很多漂亮的女人,她们都很想帮助我。那种感觉实在是太棒了,我很希望被人照顾。"

---

① 不梳剪结成自然辫状的长发,源自圣经中的从长发得到力量的大力士参孙。

他们一起大笑起来,过了一会儿,席格问道:"埃米利奥,你找我有什么事吗?"

"我们在寻找一辆昨晚被打劫的货车,里面装了满满一车药物。"

"是不是一辆空调车,外面印着水果和蔬菜的图案?"

"正是这个。"克鲁兹有些惊喜地说。

"我也得过日子,你知道的,老兄,你得告诉我,我能从中得到什么好处。"

"如果你告诉我货车的地点,我就给你五十美元,如果我最终能找回那批货物,那我至少再给你两百美元。"

"噢,一共才二百五十美元? 埃米利奥,车上货物可是值几百万哪!"

经过了一番讨价还价之后,克鲁兹同意先预付一百美元,席格拿到钱后对克鲁兹说:"车在安德森街南面的一间仓库里,那里看上去像是一家花盆厂。仓库周围有很多高科技安防设备,要想随意闯入几乎是不可能的。我听说货车就停在那里,另外,埃米利奥,如果你在这笔交易中算我一份,那我以后一定会报答你的。"

"席格,我们是绝对不会参与药品生意的,不过还是得谢谢你,你还有什么别的消息吗?"

"我听说这辆车是从意大利人那儿偷来的,而且它不会在那间仓库里待太长时间。"

克鲁兹说道:"谢谢你,席格,能见到你真高兴。"

"我也是,老兄,你有我的电话号码吗?"

"给我一个。"

席格把自己的电话号码录入到克鲁兹的手机里,接下来,两个人再次握手,拍肩,继而道别。大个子黑人步履笨重地沿着一条小路走远了。

克鲁兹立刻拨通了杰克的电话。

"我们找到货车的线索了。"克鲁兹说道,"它被藏匿在一间仓库里……当然……好的……真的? 当然是真的,我可没有开玩笑。"

克鲁兹将他们的目标地点告诉给了杰克,然后就挂断了电话。他转身对德尔里奥说:"杰克找了个新人,想让他加入我们,那个人曾经是跳芭蕾舞的。"克鲁兹突然停顿了一下,"天哪! 这是不是意味着这家伙是个同性恋?"

"难道你没听说过'不许问,不许说'①吗?"德尔里奥有些小声地说道。

三十

德尔里奥将奔驰车停在安德森街南面的红猫陶器厂仓库的对面。这间仓库是红砖砌成的,看得出来已经被粉刷过很多次了,白色的涂料层层剥落,若隐若现地透露出这间仓库以前曾经营过的各种业务。

从他们现在所处的位置可以清楚地看到前方拐角处有一个装货码头,那里有一辆十六轮大卡车停靠在海湾边,一个男人驾驶着叉车将货物托盘一个接一个地装进这辆卡车的后车厢。旁边有两三个男人站在人行道上吸烟,片刻之后,他们将烟头轻弹到排水沟里,然后爬进了大卡车的驾驶室。

现在的时间是下午五点,很多辆厢式货车和小卡车正在这个多用途的轻工业区完成一天中最后的工作。码头里的各处大门纷纷被关闭,工作着的人都陆续准备下班了。

他们在原地等了二十多分钟,德尔里奥听到身后的街道上传来了一辆摩托车的引擎声,越来越近,紧接着没过多久,引擎被关掉了。从奔驰车的后视镜里,他看到一个男人从摩托车上跳下来,然后消失在了后视镜的盲区里。

德尔里奥听到奔驰车的后门被打开了。

---

① 为回避美国军队中同性恋的敏感话题,1993年,时任美国总统的克林顿定下了一条"不许问,不许说"的规定,禁止军中谈论这一话题,更不许相关的人员主动公开自己的身份。自规定实行以来,已有1.3万名军人因违反了这一军纪被开除。不过,奥巴马总统上台之后,曾承诺要废除这一规定。

他猛地回头一看，一个戴着银黑相间头盔的男人进到车中，坐到了后座上。这个男人大概三十多岁，皮肤白皙，金发蓝眼，身高大约是五英尺十英寸，体重差不多有一百六十磅，身板非常结实，隔着T恤也能看到他那圆滚滚的肌肉。

想必这就是那个跳芭蕾的新同事了。

新同事将一只手搭在德尔里奥的椅背上，开始作自我介绍："你们好！我叫克里斯汀·斯科特，你们也可以叫我斯科蒂。"

德尔里奥跟他握了握手，说道："我叫瑞克·德尔里奥，这位是我的搭档埃米利奥·克鲁兹。"

克鲁兹说："是的，我经常帮他'补上一脚'。见到你很高兴，斯科蒂。"

"谢谢！我也很高兴见到你们，这就是我们的目标吗？"他一边说话，一边透过车窗盯着红猫仓库。

"根据我们的线索，应该就是这儿了。"

"你们确认过吗？"

"没有，我们还在观望，他们应该在半小时后就关门了。"

"如果我现在去做一些小小的侦查，你们不会介意吧？"

"当然不会，请便。"德尔里奥答道。

这个叫斯科蒂的男人下了车，迈着很有弹性的步子穿过了宽阔的大街，真不愧是练舞的。奔驰车前排的两个人看到斯科蒂走进装货码头，对着叉车司机喊了几句什么。

只见这个司机伸出右手，指着一段金属楼梯上面的一扇门。斯科蒂朝着司机挥了挥手，然后掏出自己的手机，奔跑着上了楼梯，拉开了那扇门。

"我不能确定他是不是同性恋。"德尔里奥说，"不过，他的脚步很有弹性，所以……"

"我敢跟你赌一百美元，斯科蒂是个警察。"

"你有什么依据？"

"我认识一千一百个警察，他看上去和他们太相像了。"

"那好吧，我和你赌，我待会儿再去问他。"德尔里奥说。

十五分钟过去了，德尔里奥感到有些不安，因为这个家伙在里面待得太久了。此时的他最想弄明白的是，杰克对这个男人到底了解多少，他凭什么认为斯科蒂适合这个团队……终于，斯科蒂从角落里走了出来，他的手上握着一张卷成一束的纸。

他左顾右盼，小心地避让着往来车辆，顺利地穿过马路，回到了汽车后座。

"我假装是去找工作。"他咧嘴笑着说，"这就是我的求职申请表。刚才，他们让我去里面观光了一番。"

德尔里奥心中暗喜，但没有表现出来。斯科蒂这家伙实在是太机灵了。

"你看到什么了？"

"里面的安防措施很严密。"斯科蒂说，"门上有摄像头，窗户外有电网。里面那辆货车应该就是我们要找的，白色的车身，左侧被刮擦得厉害。货车停在仓库的东北角。我不能表现得太明显，可我还是找到了一个机会从它旁边走过。"

"天哪！"克鲁兹惊叹道，"好家伙！你在这十五分钟里做了很多事啊！"

斯科蒂冷静地说："让我们尽快把这辆价值五万美元的豪华车开走吧，免得被人怀疑。对了，我还拍了些照片。"他展示着自己的手机，"或许我们可以通过照片理出一些头绪来。"

三十一

我驾驶着一辆"兰博基尼"回到了我的别墅外的车道，用门卡打开了大铁门。进去以后，我看见房门前用胶带贴了一张通知。因为距离有些远，我看不清楚上面的文字，不过我完全可以猜到通知的内容。

"未经许可,不得进入!——洛杉矶警察局。"

我关掉了引擎,在车里静坐了几分钟,脑子里浮现出了这样一个情景:我的孪生兄弟用枪指着科琳,两个人一起来到房门前,然后他强迫她用手指打开了门禁系统。

我仿佛看见他一直用枪口紧紧地抵着她的后背,并且跟在她后面一起走进了别墅。再往后所发生的事,我就想象不出来了。

难道汤米真的如此心狠手辣,如此穷凶极恶吗?真的是他杀害了科琳吗?我向上帝发誓,我现在真的不知道。

我走下车,沿着侧院狭窄的小道行走,贴着栅栏来到了海边的沙滩。现在是下午五点,阳光依旧很明媚。然而就在昨天的这个时候,有人带着科琳走完了她人生中的最后一段旅程。

我继续沿着海岸朝南面走去,经过了两幢巨大的别墅和一幢相对比较小的别墅,这些别墅都空着没有人住,但主人拒绝出售,也不想出租。第四幢房子是按照维多利亚女王时代的风格设计的,屋顶有一个颇具格调的露天平台,非常显眼。

这里就是波比·纽顿的家。

波比在一家电视台主持黄金时段的名人新闻,是名副其实的话题女王,也是一个华尔街金融家的前妻。此时她正坐在露天平台上休息,手里举着一个又细又高的酒杯,两只脚很随意地搭在平台的围栏上。

走近以后,我看到她穿着一件开襟衬衫,里面是桃红色的比基尼泳装,头上戴了一顶白色的遮阳帽,盖住了她金黄色的卷发。她戴着墨镜,左耳还别着一只蓝牙耳机。

她的眼睛注视着海浪,似乎正和什么人在交谈。

我呼唤着她的名字,她将双脚从栏杆上放下来,紧接着坐直了身体。

"波比,我可以上来吗?我想和你谈谈。"

"还是我下来吧。"她对我喊道,之后她又对着耳机说:"我过一会儿再打给你,现在我得走了。"

她放下酒杯,顺着一段小木梯走了下来。

我开始回想自己和波比的恋情,那是在我与朱斯蒂娜第一次分手之后,与科琳坠入爱河之前。我原本以为我和波比友好地分手后还可以继续做朋友，因为我们毕竟是邻居。但是，当我在某一天回家后，发现后门放着一个信封，上面没有写任何字，里面也没有夹任何字条，只有一把我家的钥匙。我立刻明白，这是一个非常清楚的信号——去你的！给我滚蛋！

波比是一个情绪容易激动的女人，我不喜欢她这一点。当然，我也确信自己身上也有一些她不喜欢的地方。不过，自从我们分手后，我们一直都像普通邻居一样平和，没有发生过新的摩擦。

现在，她正穿过自家沙滩，缓缓地向我走来，一群海鸟从她身边的沙滩上飞向天空。我从她的表情可以看出，我们不再是朋友了。

她将双手叉在腰间，目光冷峻地说："杰克，如果你来找我是因为你想知道，我是不是告诉过警察说我昨晚看到你了，那么我现在就可以回答你，是的。"

三十二

"昨晚我没在沙滩上。"我对波比·纽顿说。在她取下眼镜后，我发现她的眼睛略微有些充血。她很早就开始喝酒了，而且经常酗酒，这就是我不喜欢她的另外一个原因。

"我看到的绝不是幻觉。"她一本正经地说，"当时你正在打电话，而且此前我还听见电话铃声了的。我从你身边跑过时还大声给你打招呼，'嗨！杰克。'你用手指着手机，好像在说'我正在讲电话'。接下来，你朝我挥了挥手，那可是你的招牌动作。"

"什么？你说我还有招牌式的挥手？"

"就像这样。"

她举起右臂，手心向上，指尖朝后，手指略微张开，就像握着一个皮球。

我在大学期间经常参加篮球比赛,汤米却没有这样的经历。

"从来没有人告诉过我,说我有一个独特的挥手姿势。"

"哦,是真的吗?那么让我来告诉你吧,我至少看到过几万次你做这个动作。"

"当时是晚上六点啊,甚至还可能更晚,波比,这可是你告诉警察的。"

"这又怎么样?"

"那个时候太阳都已经落山了,也许你认为你看到的人是我,是因为你自己的潜意识在控制你。波比,你看到的人真的不是我。"

"那你自己跟法官说去吧。"她面无表情地说。

波比将右手举过头顶,又比画了几下所谓的"杰克·摩根的招牌动作",然后转过身一路小跑,离我越来越远。

我呆呆地注视着她的背影,她到底在说些什么啊?

事实上,科琳死在我的床上的那个晚上,我并没有去过海边。然而,波比却对此深信不疑。另外,由于她是个八卦记者,所以很喜欢捕风捉影,散布各种真假不明的消息。她一定就是那个在网上大肆宣扬"杰克·摩根是科琳·莫洛伊谋杀案的头号嫌疑人"的家伙。

当波比跑出二十米远时,我将目光转移到海面上,心里想着她是不是真的看到汤米,并且把他误认为是我了。还有,会不会她其实什么都没有看见?

她是不是编造了一个谎言,目的就是想报复我?

我转过身,沿着沙滩往回走,回到了我的"兰博基尼"里,继而再次出发,顺着太平洋海岸高速公路向南边的圣塔莫妮卡镇①驶去。我想去见见科琳生前最亲密的朋友,通过科琳的引荐,他和我也成了知己。我很想和一个认识并了解科琳的人待在一起,分享我的感受,而他可以真正理解我的伤悲。

一路上我的思维上下起伏,当我再次集中精神查看仪表盘时,发现车的时速居然只有十英里……真不知道是我在驾驶"兰博基尼",还是它在

---

① 美国著名海滨旅游胜地,紧邻洛杉矶。

驾驭着我。

尽管如此,我很清楚地知道我应该到哪里去找迈克·多纳赫,我的脑子里浮现出了最后一次见到他的情景,当时他正站在吧台后面……

三十三

迈克·多纳赫开了一家爱尔兰风情酒吧,里面不仅可以喝酒,还可以用餐,这种风格的酒吧在爱尔兰的戈尔韦市和科克市都比比皆是。迈克的酒吧坐落于卢斯菲利斯街区,我和科琳以前的"爱巢"也在这里。

科琳从爱尔兰来到洛杉矶之后,下定决心要取得美国绿卡,所以每天的生活都很积极。下班以后的业余时间,她一般都会在家里学习,在回家的途中,她时常会到多纳赫的酒吧消遣片刻。在这里的人们都相互熟识,不论是吧台前还是吧台后,几乎每一个人都是爱尔兰裔,或者有亲属在爱尔兰。

迈克·多纳赫的家乡距离科琳长大的地方只有几英里远,他还和科琳的父亲是校友,所以当科琳在美国见到多纳赫时,他顺理成章地成为了她在"天使之城"[①]的叔叔。

天已经黑了,我正站在多纳赫的酒吧外面。酒吧的外墙漆成了红色,大门上挂着一块用金色字母写成的招牌。一拨老顾客正蜂拥而来,熙熙攘攘地挤进了酒吧的大门。

酒吧里面非常嘈杂,由于音乐声震耳欲聋,人们必须大声吼叫才能彼此听见。在这种喧闹的环境下,只需待上几秒钟就会感到心跳加速。U字形的吧台周围挤满了人,吧台背后正在进行一场飞镖比赛。

迈克站在啤酒龙头旁边,正准备给客人上酒。他是一个体格魁梧的

---

① 洛杉矶。1769年8月2日(天主教圣母节第二天),西班牙远征队为寻找开设教会地点来到这里,1781年在此建镇,并把这里称为"天使女王圣母玛利亚的城镇",后简称"天使之城"(西班牙语的音译即洛杉矶)。

男人,留着浓密的络腮胡子,眼睛周围和额头上都有深深的皱纹,与他的年龄不太相符,那都是吸烟、日晒和过度的大笑所形成的。

当他抬起头来,看到我正站在门口时,我看出他的脸上极其悲伤和凄凉,我以前从来没有在他的脸上看到过这样的神色。

他将一张抹布扔在吧台上,然后从后面走了出来。当他穿过拥挤的人群时,他从我的视线中暂时消失了。紧接着,他突然从一堆酒徒中冒了出来,并向我张开双臂。

我以为他想拥抱我,但我还没来得及看清他的动作时,就被一记重拳打倒在地,好像是被一根木棍猛击了一下。我的下巴感到异常疼痛,这种疼痛掠过了我的神经系统,传遍了全身,我的鼻子、脖子、肩膀甚至指尖都感到疼痛。当我好不容易睁开眼睛后,看到四周围了一群愤怒的人,迈克也在其中。

看来我在这里是不受欢迎的。

我对事态的估计完全错了,而多纳赫显然也对我有误解。

我被多纳赫的重拳激怒了,这里的每一件东西和每一个人都让我感到愤怒。我很想重重地还击,越快越好。我可以制伏多纳赫,我想我还可以制伏另外三个站在他身边的暴徒。然而,万一我失败了呢?相比之下,也许现在这种情况还好受一些。

我把精神上的愤怒全部转化成了身体上的痛苦,这样做可以让我平静下来。

我挣扎着站起来,不依不挠的多纳赫将他的一只手抵在我的胸前,把我推到墙角。他咬牙切齿地说:"杰克,你不应该出现在这里的。我现在非常狂躁,这种情绪足以使我在上帝和这些目击者的面前打死你。"

我的两只手都握紧了拳头,嘴里说道:"迈克,那不是我干的,凶手不是我。"

"难道你还想撒谎?"

"撒谎?我一直都为科琳痴狂,我怎么可能杀害她?"

"杰克,也许是她束缚了你的生活,让你感到不满了吧。"

"请听我解释。"

我极度渴望他能够相信我,我抓住他的双臂使劲摇晃着,对着他大喊道：

"那不是我干的，但是我发誓，我一定会找到凶手，而且让他不得好死。"

三十四

我用一只手把一个冰袋敷在下巴上，另一只手端着一杯"吉尼斯"黑啤酒①。多纳赫坐在我的桌对面，酒吧里光线很暗，一棵小蜡烛的火苗在我们之间摇曳着。经过了二十多分钟的高声争论以后，我终于使得多纳赫相信我是清白的。

"我向你道过歉了吗，杰克？"多纳赫用他那爱尔兰口音的土腔对我说道。

"是的，刚才你已经道歉了。"

多纳赫叹了口气。

"没关系，迈克，我能理解你的心情，还好你没有真的把我打死。"

侍者把我的晚餐端来了，他将餐盘放在我的面前，上面摆着一盘排骨和一份炸薯条。我不想再喝酒了，此时的我看着眼前的盘子，脑子里突然产生了两种截然不同的想法。

第一，我已经很长时间没吃东西了。

第二，我真的很想呕吐。

不过，既然这份晚餐是多纳赫送给我的和解礼物，所以我理当接受。我放下冰袋，拿起了餐具。

"上次见到她时，她很伤心。"多纳赫说，"我们曾谈论过她的新男友，就是在都柏林那个，我感觉她有点喜欢这个男人，可是还没有达到让她心

---

① 英国产强性黑啤酒的一种。

跳加速的程度,你能明白我的意思吗?"

"她爱得还不够深。"

多纳赫点了点头,问道:"需要我帮你把肉切开吗,兄弟?"

我费力地笑了笑,叉起了几根炸薯条,一边吃一边说:"她没有告诉我这个,她只说自己有了新男友,而且很开心。"

"她不过是在强颜欢笑而已,我想大概是这样吧。"多纳赫说,"也许她只是想看看你是不是真的已经变心了,想试探一下你是不是还依然爱她。

"不过,无论如何,我已经不担心她会再度伤害自己了,然而我绝没有想到居然会有人对她下毒手。"

"每个人都很喜欢她,迈克。"

"所以,这到底是为什么呢?"多纳赫大声问道。他用拳头重重地击打着桌面,瓷器都震得跳了起来,啤酒也溅了出来。"早知如此,我为什么要让她在这种左右为难的情况下回到都柏林去呢?"

我放下刀叉,推开了餐盘。

"这和科琳的死没有关系。"我说,"凶手杀她是为了陷害我,这个人一定是和我有着深仇大恨的人。"

"杰克,这个畜生会是谁呢?"

"我现在还不知道,我正在调查这个案子。不管怎么说,这家伙都是个手段狠毒的职业杀手。他本可以直接干掉我,而不是把科琳牵扯进来。但是,显然他的目的不仅仅是让我死那么简单。

"他陷害我,这样我就会一步一步地倒下去。首先,失落感会折磨着我,紧接着,我的周围处处充斥着羞辱和白眼,最后,我会感到人生失去了意义,永远心神不宁,生不如死。这就是他想要达到的目的。"

"希望这个畜生被打入十八层地狱,而且永世不得超生。"

"对,我也是这样想的。"

侍者走过来,开始清理餐具,我们陷入了短暂的沉默。

等侍者离开后,我直视着多纳赫的眼睛说道:"科琳的死真的太令人伤心了。迈克,我欠你太多,如果科琳没有和我产生交集,那她现在一定还活着。"

三十五

我驱车前往比佛利山太阳酒店——"厄运"·普尔的旗舰店,到达的时候已经是午夜了。我吃力而缓慢地走出那辆价值二十万美元的兰博基尼,看上去就像是我跟在车后面跑了好几英里一样。我把车钥匙递给酒店门童,来到前台办理入住手续。

前台员工对我说:"摩根先生,我想那边那位坐在红色沙发上的女士应该是在等你。"

那个人是朱斯蒂娜。

谢天谢地。

能见到她我真的非常开心,我感到自己的眼眶都湿润了。想象着待会儿可以舒舒服服地躺在干净的床单上,朱斯蒂娜就在我的身旁,我可以感受到她的肌肤,那将是多大的安慰啊。

可是,她为什么会在这儿呢?我叫着她的名字,她抬起头来,但没有起身。我穿过金碧辉煌的酒店大厅走到她身边,问道:"你在这里等了多久了?你还好吗?"

她的脸上没有任何表情。

"出什么事了,朱斯蒂娜?"

"只是……我们得谈谈,不带伪装,敞开心扉,坦诚相待。"

"去我的房间谈好吗?"我问道,接着还转了转脑袋,指着青肿的下巴说:"我需要休息一下。"

"你身上有酒气,你在酒吧和人打架了?"

"看来真的是什么事都逃不过你的眼睛。"

"请坐,我不会耽误你太长时间的。"

不论她将要说什么,我都预感到情况不太妙。我变得有些谨慎,坐在了她旁边的沙发上。

"我现在差不多处于脑死亡状态,也许明天谈会比较好。"

"杰克,这只需要动用你的很少一部分脑细胞就足够了。"

我看着她,她也直勾勾地盯着我。这一刻,我感到自己真的很爱她。没错,千真万确!

"上周你见到科琳了,在你出差去欧洲之前,你们俩之间到底发生了什么事?"

"我们在斯密提餐厅一起吃午饭,发票我还留着,我还没来得及去检查我的信用卡账单呢。"

"你和她睡觉了吗?"

"天哪!你可不能这样对我啊,我有盘问过你吗?难道你不信任我?"

"你对我说'信任'?哼!我认为这恰恰意味着你们不仅仅是吃了一顿午饭那么简单。唉,杰克……"

她摇了摇头。

我无奈地摊开双手。

"如果你在这一点上都不肯信任我。"我对她说,"那么,你到底想对我说什么?如果我们是这种状态,如何才能把事情调查清楚呢?"

朱斯蒂娜没有答话,她站起身来,把手提包挎在肩上,看都没看我一眼,就径直从十字形旋转门走出了酒店。我透过玻璃墙,看到她将自己的停车票递给了酒店门童,在门童帮她将车开过来的那段时间里,她一直面朝街道,没有回头。

朱斯蒂娜就像联邦调查局(FBI)[①]的测谎仪一样洞悉我的内心,对她撒谎是没有用的。我本可以追过去拉住她,可追上后我又能说些什么呢?

门童把她的车开过来了,她迅速坐进驾驶室,系上安全带,发动了汽车,向南面的圣塔莫妮卡镇开去了。

这一次,我确信我真的失去她了。这个结果不是我想要的,但我认为这是我应得的报应。

[①] 美国联邦调查局是世界著名的情报机构之一,隶属于美国司法部,英文缩写为FBI。

第二部
双塔监狱
Private #1 suspect

三十六

　　第二天早上，我走出自己的办公室，穿过走廊，来到了公司的"战情室"。一路上我都想着科琳，我想知道她在人生中的最后几个小时里做了些什么，并试图通过她的眼睛，看到她是如何被一个有杀人动机的男人胁迫和控制。杀害她的那支枪很可能就是我的枪，当那把枪瞄准她的胸部时，她是何等的恐怖、惊骇、痛苦和绝望，杀手在扣动扳机之前一定还免不了嘲弄她一番。

　　我突然产生了一个令人毛骨悚然的想法。

　　如果她以为杀害她的人是我呢？

　　我伸手推开门，看到会议室里已经挤满了人，西摩·克龙彭伯格博士、莫琳·罗斯、克鲁兹和德尔里奥正围坐在会议桌旁，西摩埋着头喝咖啡，其他人正玩弄着自己的手机。当我走进会议室以后，他们都抬起头看着我。

　　公司里的其他员工坐在他们身后靠墙的旋转椅上，闹哄哄地谈论着一件引人关注的案子，这件案子在今天凌晨四点被侦破了——公司里的一队侦查员抓捕了一个十来岁的女青年以及她的瘾君子男友，当时他俩正用她母亲的银行卡从 ATM 机上取钱。

　　朱斯蒂娜的座位是空着的，她参加公司会议从来就没有迟到过，在过去的五年里一次都没有。

　　当我拉出自己的椅子后，房间里喋喋不休的闲谈声终于停止了。

　　科迪为我拿来了红牛和一份名单。

　　"这是什么？"

　　"是接替我工作的候选人名单，我精挑细选出了三个资质最好的，现在我正在安排他们与你见面的时间。"

我点了点头,继而说道:"那我们就开始开会吧。"我首先介绍了克里斯汀·斯科特,并告诉大家斯科蒂曾经在乔佛瑞芭蕾舞团工作,膝盖受伤以后,他加入了加州高速公路巡警局,成为了一名摩托车巡警。

"斯科蒂和另外两名巡警一起制伏了一个大毒枭,从卡车里搜出了四百磅大麻,斯科蒂立下头功,因为他凭借直觉让卡车驾驶员靠边停车……"

"……直觉让我看到卡车屁股在高速路上发出了火花,让我有了灵感。"斯科蒂补充道。

"他有很好的直觉和预感,而且我已经提到过,他可以相当漂亮地完成脚尖立地旋转。"我对周围大笑着的同事们说道,"斯科蒂刚刚完成了六千小时的加州急救室侦查员工作,他的证书正在邮寄途中。"

"请站起来,让大家认识一下你。"

在大家的鼓掌和欢迎声中,斯科蒂站了起来,说他很高兴来到这里。接下来,侦查员劳里·格林举起了右手,说道:"杰克,我得马上走了,我现在只想告诉你,玛拉·特蕾西已经被取保候审了。"

劳里正在谈论的人是一个装作顾客在商店行窃的电影明星,她拍一部电影就有一千万美元的酬金,但她却在一家精品时装店里偷了一件价值一百美元的连帽衫。各家小报对这件事争相报道,狗仔队也会突然从她身旁的灌木丛中出现。根据现在对外公布的日期,下个星期她将会被审讯。

玛拉的丈夫雇佣我们公司的人监视她,接下来,我们又花了一些时间讨论了跟踪她的事宜。在这之后,克鲁兹站起来,向众人讲述了比佛利山太阳酒店死去的商人的案子。他简略地补充了案子的一些背景资料,以及在另外几家酒店里死去的四个死者的名字,还介绍了他们对陪护服务机构的调查线索如何中断的概况。最后他提到了他现在正在进行的背景调查,即挨个找酒店员工谈话等等。这些事情都是在极其隐蔽的情况下完成的,因为警察已经参与了这个案子。

但是,克鲁兹并没有提到多西亚的那辆装满了偷来的药物的卡车被劫的事情。当他坐下后,我打开了自己的电脑,然后将科琳的照片通过投影仪映射在了墙上的幕布上。

当我看到照片的时候,我突然感到自己的耳朵嗡嗡作响,而且心率加速。两天之前科琳还活得好好的,可现在……

我的目光回到了键盘上,努力控制住自己的情绪,然而当我再开口说话时,声音已经沙哑不堪。

"你们当中的大多数人都应该认识科琳。杀害她的人很可能是为了折磨我,并且还要陷害我。"

德尔里奥在我身边轻声说道:"老兄,振作点。"

我重重地咽了一口口水,继续往下说:

"正如你们很可能已经听说的那样,我不仅仅是头号嫌疑人,而且还是唯一的嫌疑人。与此同时,杀害科琳的真凶却逍遥法外,躲在暗处乐不可支地大笑不已。"

三十七

我坐回到会议桌后面的座位上。我清楚地知道,当我注视着投影幕布上的科琳的脸时,同事们一定都在注视着我。科琳的表情非常阳光,图像也很清晰。事实上,这并不是生活照,而是一张证件照,是她第一天来公司时为了制作员工工牌而拍摄的,那已经是十五个月之前的事了。

我还清楚地记得,在照完相之后一个小时左右,她正坐在我的办公室外面,整理和查看着我的邮件及包裹。当我从她身边走过时,她抬起头来对我说:"摩根先生,你知道有人想伤害你吗?"

"我能想出一大堆,为什么问这个?"她拿出了一个鼓鼓囊囊的 A4 纸大小的快递信封给我看,信封上用红色的油性笔写了几个字:"限时紧急派送,收到立即打开。"

寄件人还用油性笔画了一个红色的箭头,指着信封的拉条。我仔细听了一下,信封里没有发出嘀嗒声,封面上也没写寄件人的地址和姓名,而且文字看起来非常潦草和疯狂。

我立即指挥所有的人都撤出了办公楼,包括我在内的八十个人一起站在菲格罗亚街耀眼的阳光下面。与此同时,拆弹小组的人也来了,他们遥控一个机器人取出了信封,送到一辆防爆车里用 X 光仔细检查。结论让人哭笑不得,信封里面装满了报纸碎片和一张字条,字条上同样用红色的油性笔写着"嘣——嘣——嘣——嘭"。

通过信封上残留的指纹痕迹,我们查到了一个惯犯,名叫佩恩·鲁尼恩,他是个精神病患者,曾因非法贩卖枪支而被监禁在加州监狱,几个月前他被释放了。

当我们找到鲁尼恩,质询他的作案动机时,他说他在报纸上看到了一条和我有关的新闻,那条新闻说我追击并逮捕了一名逃犯,而这名逃犯是他的朋友。

事实上,是汤米制伏了他的那个朋友,并不是我。

这是个很简单的错误:我的名字是杰克·摩根,我的公司叫国际私人侦探公司;他的名字是汤米·摩根,公司叫国际私人警卫公司。很明显鲁尼恩把我们俩弄混淆了。

鲁尼恩很想知道他是不是已经把我杀死了。这位老兄实在是太好笑了,你不过是邮寄了一个"碎纸炸弹"给我而已。

所以,鲁尼恩制造了一出蹩脚的闹剧。

不过,科琳却做得很好,确保工作万无一失。她是我的所有助理中最好的一个。另一方面,我也确实非常在乎她。

我中止了对科琳的回忆,将自己的注意力拉回到现实中。我对我的侦查员们说:"科琳在这里工作了一年多,我和她经常约会,这并不是什么秘密。"

"她是个很不错的女孩。"德尔里奥说。

"是的,千真万确。上个星期,她来到洛杉矶拜访朋友,可不知怎么回事,她被人挟持或者哄骗,以至于最后在我的家里被谋杀了。"

我述说着在我家卧室所呈现的可怕场景,接下来,我示意西摩博士讲话。今天西摩穿着一件印有菠萝图案的夏威夷花衬衣和一条抽象画派短裤,脚上是胶底网球鞋,这身行头使他看上去只有十五岁。

他朗读着手里的一份研究报告，里面提及了科琳的死因。报告说科琳的死是他杀而不是自杀，子弹击中了她的心脏，另外还有证据表明她在死前曾有过性行为。

"我们会在今天晚些时候对证物进行 DNA 分析。"西摩说道。

我对大家说："不管我们发现了什么，洛杉矶警察局都不会买账的，因为我们不能对任何人说我们曾经动过犯罪现场。所以，我们必须先依靠自己的努力来圈住罪犯，然后再把警察引过去。"

在这之后，大家又提出了许多问题，包括科琳死亡的时间，事情发生时我的方位，杀人的武器是否被找到，凶手有没有留下什么口信等等。

"杀手非常专业，这是一次计划周密的谋杀行动，而且还是一个陷害我的阴谋。我们需要加班加点地工作，直到我们将凶手绳之以法。"

这时，会议室的门被打开了，朱斯蒂娜走了进来。她很高，也很瘦，姿态非常优雅，穿着深蓝色的套装和奶白色的领结。

"很抱歉我迟到了。"她一边说，一边坐到我旁边的座位上。

"我们正准备结束会议。"我对她说，"你想谈谈丹尼·惠特曼的情况吗？"

"这应该是个新案子。"她告诉大家，"这位年轻的电影明星面临一系列刑事指控，我今天将会与他见面。"

"谢谢你，朱斯蒂娜。还有其他人想发言吗？"

"我想和你单独谈几分钟。"朱斯蒂娜对我说，"如果你有时间的话。"

我宣布散会，等同事们都出去以后，我关上了会议室的门，来到朱斯蒂娜身旁。

三十八

七年前，当我从战火中回到美国后，很快就开始接受心理治疗。我有幸遇到了一位很杰出的心理医生,他叫乔希·莫斯科唯茨,专门研究像我这样的退伍军人。确切地说,是那些曾经经历过战争中的各种血腥场面,回家以后无法调整好自己的心态的退伍军人。

就像我们中的大多数人一样,我也常常会在半夜里惊醒。

我总是听见在CH-46运输直升机被袭击并且着火爆炸时,机上那些同伴们的尖叫声。

莫斯科唯茨医生在圣塔莫妮卡镇有一间办公室,那是一间很狭小的办公室,位于圣塔莫妮卡镇第15号街的一栋高楼里。那时我还不知道,朱斯蒂娜·史密斯医生也在那栋楼里工作。

有一天晚上,我正准备回家,看到电梯门即将关闭,我赶紧跑了进去。朱斯蒂娜正站在电梯里,那一瞬间我仿佛被电击了一般。那是一种无法用言语解释的感觉,不单单是因为她的头发、眼睛和身体的曲线。我一直注视着她,电梯上升了十层楼,直到这时我才突然发现,电梯运行的方向与我想要的是相反的。

她礼貌地朝我微笑,或许她只是想享受一下这种在短短几秒钟内就将一个素不相识的男人征服的那种自豪感。当我再一次在电梯里见到她时,我把自己的名字告诉了她,然后请她和我一起吃晚饭。

她答应了。

那种美妙的感觉,就好像是她用手掌托起了我的心窝。

朱斯蒂娜比我年轻几岁,但似乎比我聪明得多。她是个漂亮而且敏锐的女人,一周中的大部分时间,她都在一家精神病院工作。同时,她还拥有一家私人诊所,她会在每个周一和周三接待少量的病人。

我们在赫莫萨海滩①上的一家意大利小餐厅吃饭,整个进餐的过程中,我一直都在不停地讲话。在那餐饭的时间里我向她透露的关于我自己的事情,要比自那以后的所有时间加起来都还要多。我感觉她是一个很可靠的人,值得信任,也没有什么偏见。正因如此,当时她很可能认为我是一个可以对别人敞开心扉的人。

---

① 赫莫萨海滩位于洛杉矶西南,太平洋岸边,被誉为"天堂般的海滨小镇",是美国单身人士最喜爱的度假胜地。

然而没过多久,她就说我像蛤蜊,壳上还缠着一条橡皮筋。我对此一笑置之,告诉她现在的我才是逃离危机环境后的真实的样子。不过,在进行这次谈话之前,我们俩就已经双双坠入爱河了。

现在,朱斯蒂娜坐在一把圆形的皮转椅上,轻轻地左右转动着。我绕过会议桌,走到她身旁坐下,我看到她脸上的表情非常僵硬。

她还在生我的气。

"我找到了一个新的工作机会,看上去很不错。"

"哦,你的动作真快。"

"但是我走之前还是会先处理完手头的案子,包括今天这个新案子。我还没有答复对方,不过我想那只是时间问题,我很可能会接受那份工作。"

"我知道我这样说并不能挽留你,朱斯蒂娜,但是请你想一想我是多么的无辜,想一想我从来都没有像现在这样需要你。"

"好吧,杰克,那么现在你也可以想一想,其实我根本就不再在乎你了。"

三十九

朱斯蒂娜驾驶着自己那辆深蓝色捷豹轿车,斯科蒂坐在她身旁的副驾驶座位上。他们的车途经梅尔罗斯市,穿过"丑角电影制片场"的拱形大门,停靠在了门卫亭的旁边。

朱斯蒂娜对门卫说:"我是朱斯蒂娜·史密斯,我来找丹尼·惠特曼。"门卫仔细查看了笔记本电脑上的预约访客名单,又将朱斯蒂娜的驾驶执照上的照片与她本人的脸作了一下对比。确认完毕后,他对着通话器说出了朱斯蒂娜的名字,紧接着转过头来对她说:"你先向右转,看到 P 街道后再左拐,一直向前走,找到在角落里的第十一栋房子,你要去的房间的门牌号是231。"说完,门卫挥手示意她可以进去了。

斯科蒂说:"我看过丹尼·惠特曼主演的所有电影,他的第一部电影《贪睡的獾》讲述的是一个小孩和豹狗的故事,我那时就知道他一定会走红的。"

朱斯蒂娜敷衍地笑了笑,前面出现了一个减速带,所以她减慢了车速,并在第二个十字路口左拐,继而向东行驶。这条路的两旁是一排排的摄影棚,还有很多两到三层楼高的外墙粉刷成白色的小楼房。这些房子曾经是编剧和演员的工作室,现在主要用作制片和管理办公室。

她一边开车,一边想着自己的心事。她想到了杰克,以及杰克和科琳纠缠不清的关系。她确信杰克口中描述的关于与科琳最后一次见面的情形是对她有所隐藏。朱斯蒂娜还想到了自己即将得到的新工作,事实上,这份新工作并不像现在的工作那么好,但有一点非常重要:在新的工作环境里,她不需要在每个工作日都见到杰克。

斯科蒂还在看着她,她突然想起了斯科蒂刚刚说过的话。马上就能和大明星丹尼·惠特曼见面了,那将是多么的激动人心啊!

"我还没有把这个项目谈下来,斯科蒂,但是如果我们接手了这个案子,我敢和你赌十美元,搞定它以后,你一定会感到非常愉快。"

目的地快到了,朱斯蒂娜升起了挡风玻璃上的遮阳板,减慢了车速,同时对斯科蒂说:"他的新电影才刚刚开拍,又是一部动作片。现在的问题是,他还能完成这部片子吗?"

"这部电影叫《绿色恋情》。"斯科蒂说,"我看过简介,影片讲述的是21世纪的间谍与反间谍的故事。"

"哦,我太感动了。"朱斯蒂娜朝他露齿一笑,"你的准备工作太充分了。"

朱斯蒂娜的心思又飞走了,她真希望自己没有告诉杰克她想接手这个案子,因为这个案子或许会拖延很长时间。可以预见的是,和电影明星接触并调查办案,绝对是非常棘手的。

愿上帝保佑,让这个案子成为一个例外,让这个案子容易一些。

"对不起,你刚才说什么来着?我没听清。"她对斯科蒂说道。

"你错过了公司会议,错过了杰克谈及科琳·莫洛伊的那部分。看起来大家都很喜欢科琳啊。"

"嗯,她很讨人喜欢。"朱斯蒂娜心不在焉地回答说,"刚才门卫说的门牌号是多少?"她一边问,一边用眼睛扫视着路边这些看上去都差不多的白色楼房。

"'讨人喜欢',你选了一个很有趣的词哦。"

"好吧,还可以是诚恳,幽默,自然。"

"对了,你不是也在和杰克约会吗?"

"你这小子,简直是个背景调查员。"朱斯蒂娜有些不满,"哦,找到了,在那个角落里,231。现在,听着,斯科蒂,我还不确定我们能不能接下这个案子。所以,我们要多看多听,千万别轻举妄动。"

"我听你的。"斯科蒂笑着说,"但是,你还没有回答我的问题呢。"

朱斯蒂娜将车停在路边,看着这个新来的同事。他很年轻,看上去像是混合了德国人、英国人和美洲印第安人的血统。外表英俊,有些自负,但他也很有好奇心,而且比较固执,同时性格也很和蔼。如果这个人能够一直保持这种积极乐观的状态的话,那他对于国际私人侦探公司来说是一个不可多得的人才。

"杰克总是让人伤心。"朱斯蒂娜说,"他就是这样的一个人,我甚至不知道这究竟是不是他的过错。女人们总是想吸引他的注意,而且她们总是以为自己可以得手。其实,我自己也是这样认为的。"

她把手伸到后面,将后座上那个有光泽的皮手提包取了过来。打开手提包以后,她找到了一个化妆包,从里面拿出了口红和镜子,给自己涂上了亮丽的唇彩。

斯科蒂转移了话题:"那么,是不是正像杰克所说的,他是被陷害的?"

"杰克是有很多问题,但他不可能是杀手。"

朱斯蒂娜"啪"的一声关上了手提包,打开车门准备下车。斯科蒂还在追问:"但是,他不是参加过战争吗?他不是一名海军陆战队队员吗?"

四十

231号房间的门被打开了，一个长相酷似约翰尼·德普①的赤脚男人介绍说，他叫拉里·舒斯特尔，是丹尼·惠特曼的经纪人。

朱斯蒂娜和舒斯特尔握了握手，并将斯科蒂介绍给他。他们一起走进了房间，空气中弥漫着大麻、烤焦的面包和空调冷却剂的气味。

斯科蒂环顾了一下这间漂亮而又时髦的办公室，地上铺着硬木地板，房间一侧有几把颜色明亮的圈椅，另一侧是几张工作台，上面乱七八糟地堆着水果篮和一叠叠的剧本，盛在盘子里的吃了一半的早餐，以及好几个打开过的礼品包装袋。这些包装袋里都是手表等值钱货，看着就像个聚宝盆。

墙上挂着惠特曼之前的四部动作电影的巨幅海报；每一部都引发了轰动效应。

一个大约四十岁的男人走了过来，他的脸上有很多痤疮的疤痕，眉头紧锁，头发稀疏，穿着一件皱巴巴的蓝色亚麻布长袖T恤，袖子是很随意地卷起的。他对朱斯蒂娜和斯科蒂说："我叫默文·克洛斯，来自梅尔罗斯电影制片厂。"

克洛斯正是电影《绿色恋情》的制片人。

朱斯蒂娜再次作了自我介绍，然后所有的人都坐下了，四个人坐在四把又矮又宽的椅子上，身前是一张很矮很小的桌子，使他们看起来都像小孩一样。

这时，一个女孩走了进来，问有没有人想喝点什么，舒斯特尔说："谢

---

① 美国好莱坞明星，曾经获得过三次金球奖提名。《剪刀手爱德华》是他的成名作，被很多人推崇为爱情经典，从2003年开始出演《加勒比海盗》系列，让他在好莱坞踏入当红影星的行列。

谢,我不用。"克洛斯说:"我要一杯斐济矿泉水,不加冰。"

朱斯蒂娜说:"请给我一杯咖啡,加奶加糖。"

斯科蒂从自己的口袋里取出了一本便笺簿和一支笔,问道:"我可以做些笔记吗?"其余的人都点了点头,"没问题。"

通过交谈,斯科蒂知道了舒斯特尔是一个需要亲自动手,为演员们的职业生涯负责的经纪人,他的佣金是百分之十。这个叫克洛斯的制片人——邋遢的中年男人——对电影能不能顺利杀青非常在意,这和他有着很大的利害关系。难怪他看上去十分焦虑,因为他手下的明星遇上了麻烦。

朱斯蒂娜向这两个人解释了国际私人侦探公司是如何运作的,他们的工作方式和收费标准等等,以及她准备如何着手办理这个案子。经纪人和制片人都非常认同一点,那就是"不惜一切代价控制住事态的进展"。

最后,所有人都站了起来,舒斯特尔走向饮水机旁边的后门,打开门说道:"史密斯医生,我想你应该与其余的这些人见见面。"

四十一

斯科蒂最后一个走出办公室的后门,外面是一个沥青篮球场,两栋相邻的小楼的外墙上各挂了一个篮球框。球场上还画了一些停车指示线,看得出这里也经常当停车场用。

就在这时,一颗篮球从斯科蒂的眼前飞过,落进了篮框里,紧接着听到有人发出了一阵叹息声。

进球的是一个看上去大约二十二岁的年轻人,身高差不多有五英尺十英寸,棕色短发,打着赤膊,右臂上文了一块刺青,图案是带刺的铁丝网,此刻的他正得意洋洋地笑着。

舒斯特尔介绍说，这个年轻人叫罗里·柯凡克斯，是丹尼以前的老同学，来自内布拉斯加州。他俩是一块儿长大的，现在罗里趁着假期来到洛杉矶陪伴丹尼。

舒斯特尔又指着艾伦·巴斯托介绍道，他是丹尼的注册税务师代理人，很有天分，而且拥有一个顶级的顾客——丹尼。巴斯托现年三十多岁，中等身材，喜欢酗酒。

最后，舒斯特尔又分别介绍了兰迪·布恩——丹尼的助理，以及凯文·罗斯——丹尼的防身教练。至此，他已经将丹尼·惠特曼身边的所有随从人员都介绍完了。

舒斯特尔大声叫喊道："伙计们，暂停一下，我们有客人了。"

篮球嗖嗖地飞进篮网，落在沥青地板上，弹起后又掉进草坪中，紧接着这些形形色色的球员都来到草坪边聚集起来了。舒斯特尔告诉这四个人，朱斯蒂娜和斯科蒂来自国际私人侦探公司，他们已经被雇佣成为丹尼的损害控制员。

接下来，舒斯特尔请朱斯蒂娜讲话，其余人有的站着，有的坐在草坪上。斯科蒂在球场边缘徘徊，一言不发地观察着这些人。

朱斯蒂娜先是向大家问好，表明自己的身份是国际私人侦探公司的高级侦查员，然后她又说："那些小报正觊觎着他们可以拿来炒作的各种素材，我们之前已经讨论过这个和案子有关的女孩——凯蒂·布莱克威尔，我们认为她的父母很可能也雇佣了其他的私人侦探。这些家伙也许会想尽一切办法跟踪丹尼，以及你们这些与丹尼有关联的人。他们的目的是找出你们的问题，逮住你们的把柄，这样一来他们就可以把问题和把柄放大，继而泄露给小报，以此来玷污丹尼的人格。"

"对于丹尼的这件案子来说，最关键的一点是，丹尼以及你们所有人都应该控制住你们的行为和舌头，直到他的审讯结束。这就意味着在这段时间里，你们不能沾染毒品，也不能酗酒，尤其不能和女孩来往。"

"当然了，而且还得加上以下几点，吃饭时不能张嘴咀嚼，不能光着脚走进公司。"柯凡克斯很不满地说。

防身教练凯文·罗斯也在一旁附和道："史密斯医生，我无意冒犯，但是我们确实不需要一家私人侦探公司来搅扰我们。"他又转而对拉里·舒斯特尔说:"你不会是当真的吧?"

斯科蒂看着朱斯蒂娜,只见她面带微笑,双手手指在身前交错着。朱斯蒂娜平静地说:"罗斯先生,选择权在于你们自己。如果你们不能接受我们提出的条款和建议,那么我们可以安静地离开,就像没有来过一样。"

斯科蒂眼看情况越来越不利,这可不是他想要的局面。

他面对这些围在球场边的发牢骚的人,义正词严地说道:"你们这是在干什么啊?丹尼·惠特曼,他需要你们的帮助。他即将因为被控强奸一名十四岁的少女而受到审讯,难道不是吗?难道你们不想帮助他吗?或者说,你们这些笨蛋只是想待在这里,等着吸干他的血?"

四十二

舒斯特尔刚刚平息了一场械斗,武器是花园用的浇水软管,交战双方是斯科蒂和那四个刚刚打完篮球、身上还冒着汗味的男人。朱斯蒂娜告诫不够冷静的同事:"斯科蒂,你只管看和听就好了。"随后,朱斯蒂娜和斯科蒂来到三楼的一间音乐室,站在这里可以清楚地看到"丑角电影制片场"的全景,这是好莱坞最古老的片场之一。

丹尼·惠特曼正坐在钢琴边,他弹奏的曲子叫《平静下来,莎莉》。

朱斯蒂娜对这个电影明星说:"丹尼,请告诉我们究竟发生了什么事。"

丹尼叹了口气,离开钢琴凳,坐到了一把舒适的椅子上。朱斯蒂娜心想,丹尼看起来比他在大荧幕上的形象还要年轻许多,现实中的他体格更加强壮,身材匀称,脸颊上有他招牌式的酒窝,棕色的头发非常浓密。尽管他已经二十四岁了,可看上去却像一个擅长篮球的高中生。

朱斯蒂娜还注意到,丹尼的右手的虎口部位用圆珠笔写了一串数字,很可能是一个电话号码。

丹尼说："我知道这样说可能很愚蠢,但是,我真的不知道到底发生了什么。我只记得我在艾伦·巴斯托的家里参加派对,他是我的代理人,你们认识吧?"

朱斯蒂娜点了点头说:"我们刚刚和他见过面。"

"艾伦举办了一场家庭派对,他请了很多女孩,可能有好几十个吧。当我醒来时,发现自己独自一人躺在自家卧室的床上。然后,在我的闹钟还没有响的时候,警察就来到我的家门口了。他们说,他们说……凯蒂·布莱克威尔对我提出了控告。"

"刚才你在说她的名字时,感觉就像你根本不认识她一样。"斯科蒂说道。

"我知道她是谁。"丹尼说,"我曾经见过她,但仅此而已,我从来没有和她约会过,更不知道她的年龄。如果不是因为我的人告诉我说他们曾看到她紧紧抓住我的话,我甚至不知道她那天晚上是不是去了艾伦的家。"

"那么,凯蒂的说法又是什么呢?"朱斯蒂娜问道。

"她说,我和她是一起离开派对现场的,我要求她和我在车里做爱,事后,我让她在她的家门口下车。你们可以去看看我的车,在那种地方做爱根本就是不可能的。但是,她的一个女朋友说,她看见我和凯蒂一起开车离开的。另一方面,我本人觉得这真是一件众说纷纭的怪事。"

"后来凯蒂去医院了吗?"

"没有,她在录口供时说她觉得很尴尬,所以回家后立刻就洗了澡,什么事都没有告诉父母。第二天早上,她终于还是给父母说了,然后他们就通知了警察。"

惠特曼继续说道:"最重要的是,那天晚上我喝得酩酊大醉。如果真是我干的,我理当受到惩罚。但是,我确信自己没有和那个女孩发生过性关系。我相当肯定,我对那天发生的事记得一清二楚。"

朱斯蒂娜问道:"相当肯定?"

"基本上大概应该是这样。我只记得派对上的笑声,我记得我醉得摔倒了,女孩们跑过来抚摸我。嗯,就只有这些了。和我一起的人,没一个看见我和凯蒂一起离开的。"

"她本该撒谎的,这样就不会被父母责怪了。"朱斯蒂娜说,"比如因为她回家太晚,诸如此类的事。"

这个明星按摩着自己的下嘴唇,好奇地看着朱斯蒂娜,就好像她是在搜寻丹尼自己的回忆,而不是在作猜测。

但是,惠特曼也是一个演员。

"史密斯医生,我不妨告诉你,这并不是我第一次对自己的处境感到迷茫。我的生活有一点不真实,甚至有些虚幻,你知道吗?

"当我来到这里时,我还是个孩子,一个普普通通的孩子。这里有很多事情让我眼花缭乱,我的时间也不再属于我自己。多数时候,我的生活就像是属于别人的一样。"

朱斯蒂娜说:"我想做的只是帮助你,使事情不会变得更糟,让你顺利通过审讯,并且不会带来更多的负面报道。你想听听我的建议吗?"

"是的,太好了,请告诉我你有什么好主意。"

朱斯蒂娜心想,这个丹尼还真挺讨人喜欢的,现在她有责任帮助他保持清白,并且不要再和女人发生纠葛,这样他就可以顺利完成这部足以一鸣惊人的新巨作。

她递给惠特曼两张名片,说道:"这上面有我和斯科蒂的联系方式。你要做的很简单,不要再和任何女孩约会,这样一来,就不会有狗仔队的照片,也不会有关于你的头条报道。不要在外面和任何人一起过夜,上班和下班都得独自一人。最后,保持手机畅通,有什么情况随时和我们联系。"

"好,我听你的。"

"你手上记的号码是谁的?"朱斯蒂娜问道。

"噢,我不知道,这就是我想说的。快看,它消失了。"惠特曼一边说,一边往手上吐了一口唾沫,然后在牛仔裤上使劲擦拭着。

"好吧。"朱斯蒂娜说,"从现在开始,你就得过一种僧侣般的隐士生活,我们将会去查清楚凯蒂·布莱克威尔那边到底是怎么回事。"

四十三

　　国际私人侦探公司里的楼梯是一条宽阔的呈螺旋形上升的楼梯，五层楼房环绕着底层接待区的中心。这种楼梯的设计方案是受到了达芬奇绘制的一幅鹦鹉螺横截面画作的启发。楼梯的石材则来自梵蒂冈，当我在梵蒂冈感受过这种石头阶梯以后，我就再也无法忘怀那种感觉。

　　我沿着楼梯向上走，准备去我的办公室，就在这时，西摩·克龙彭伯格博士大步赶了上来，在四楼追上了我。他气喘吁吁地说道："杰克……等等。"他的脸上带着阴郁的表情。

　　我的心突然沉到了谷底。

　　"什么事，西摩？"

　　"对不起，我带来了一个坏消息。"西摩说，"刚才布鲁诺打电话过来了。"

　　布鲁诺是西摩的朋友，也是洛杉矶鉴别犯罪检验所的高级技术员，和警察有着密切的关系，而且他正是那个希望通过西摩的关系来国际私人侦探公司上班的人。

　　我们穿过了科迪的座位，走进了我的办公室。

　　西摩坐了下来，用他的脚抵住了我的办公桌边缘，小声说道："这场对话仅限于你我之间，好吗？否则我们就必须雇用布鲁诺，这样一来，我们就无法再与鉴别犯罪检验所保持信息畅通的渠道。"

　　"继续吧，西摩。噢！不，等等，我想让朱斯蒂娜加入我们的谈话。"

　　"你真的想这样做吗？"西摩有些疑惑。

　　"的确如此。"

　　我用内线电话通知了朱斯蒂娜，她说她很快就会过来。还没到一分钟，她就走进了我的办公室，几乎是看都没看我一眼，径直坐在西摩旁边的座位上。

西摩说："洛杉矶鉴别犯罪检验所在科琳体内发现了残留的物证,物证的DNA和你的是一样的。"

"哦,然后呢？"我说。

朱斯蒂娜什么都没有说,但我可以从她的脸上看出她的疑惑——杰克,你为什么那么平静呢?

西摩继续说："很明显,警方已经定下了这宗谋杀案的结案日期,我们的时间不多了。另外我还听说,在谋杀案发生的当天,科琳用她的信用卡给车加满了油,顺便还买了一些日常生活用品,地点是拉西安哥大道上的太阳石油公司加油站。之后,她独自一人在罗伯森北街上的新闻咖啡馆吃的午饭,警察在咖啡馆旁边的停车场里发现了她的车。"

在西摩讲述的同时,我的脑子里飞快地闪现着上述场景。不过,我努力将科琳体内残留的物证的问题阻隔在大脑之外。

"警方已经获取了你的通话记录详单,杰克。"西摩说,"在科琳被杀害的期间,你的电话曾被使用过,而你自称当时你不在家。"

"杀手用过我的电话?"

"是的,看上去像是他用电话拨通了一个号码,对方应答之后两秒钟,电话就挂断了。这通电话是从你家的座机打给汤米的手机的。"

"天哪!这他妈的到底是什么意思?"

这到底是什么意思呢?

"这就意味着……"朱斯蒂娜终于开口了,"如果汤米和科琳上床了,那么他的DNA和你应该是一样的。"

"正是这样。"西摩说道,"汤米的DNA与杰克是完全相同的。"

"那警方是如何认定的呢?难道他们认为我和科琳发生了关系,然后杀死了她,接着又给我的兄弟打电话?或者,我们俩联手杀了她?"

"杰克,我所知道的情况是,米切尔·坦迪警官很想因此逮捕你,而且他还希望同时能抓到汤米,这将会成为他职业生涯中的大日子。"

四十四

汤米。

看来我必须得面对这个问题了。我那该死的兄弟很可能已经牵涉进了科琳的谋杀案,他是不是疯了?他真的是为了伤害我而杀害科琳的吗?

我回想起了我和他的过节,以及因此而导致的永远决裂。那时我和汤米都只有十四岁,在读九年级。

艾普丽·兰顿比我们大一岁。

她非常迷人,非常可爱,有些轻佻,但又不失自然。她可以用手倒立着行走,还敢去骑一匹没有马鞍的马。现在的她在巴黎生活,去年夏天,她结识了一个法国男朋友,从而知道了法国的卧室是什么滋味。

她喜欢走在我和汤米中间,将她的两只手分别放进我俩的后裤兜里。她说她同样地喜欢我们两个人——我们两个人也同样地为她疯狂和着迷。艾普丽没法在我俩之间作出选择。

汤米和我都非常清楚,我们当中只有一个人可以得到这个女孩。后来,艾普丽想出了一个办法——举办一场亲吻比赛。在比赛中,她将蒙上自己的双眼,谁的吻更让她心动,谁就能最终获胜。这场比赛意味着一个承诺:赢家可以得到一切。

我俩体内的荷尔蒙都无比活跃,这样的一吻很可能是最后一吻,但必然美妙无比。我们都认为自己会赢,而且都没有考虑到后果。我和他都没有想过要放弃这个方案。

比赛在一个星期六的早上如期举行,十来个伙伴一起出现在果汁吧后面的沙滩上,他们都是来为我们这场既精彩又邪恶、既大胆又刺激的比赛喝彩和助威的。

艾普丽先吻了汤米,然后又吻了我。我全情投入到这个吻中,就好像我从此以后再也不能和任何女孩亲吻了一样。第一轮,艾普丽选择了我。

接下来,通过三局两胜制,她最终选择了我。

汤米没有原谅艾普丽,也不肯原谅我,我们的纠纷又因为父亲的介入而升级了。他总是偏袒我们中的一个,可不久之后又无缘无故地偏袒另外一个,我们都很容易看出这一点。他这种难以琢磨没有原则的处理方式实在是太残忍了。

我们的怨恨不断地积聚,关系变得更加恶劣,甚至开始拳脚相向,而且这种怨恨在艾普丽·兰顿进入大学,与别人结婚,成为了四个孩子的母亲之后,依然继续存在。我的父亲给了我一千五百万美元和公司的支配权之后,我和汤米的矛盾依旧没有消除。

直到父亲去世,情况也没有丝毫好转,甚至更加恶化。

所以,我和汤米共处的历史是不堪回首的。但是,他真的会为了报复我而谋杀科琳吗?

我想他是可以做到这一点的。

不过,我依旧无法确认这件事究竟是不是他干的。

我的眼睛看着西摩和朱斯蒂娜,心里想着我得去汤米的办公室,把他拖出来,采取一切人道和非人道的手段,逼他把事情说清楚。

我叫来了科迪,吩咐道:"通知德尔里奥和克鲁兹来见我,马上!"

朱斯蒂娜伸出一只手,越过办公桌,按住了我的胳膊。

"再等等。"她说,"要等到你取得足够多的证据,并可以真正制约他的时候再出手。"

四十五

耗资数百万美元建立起来的洛杉矶鉴别犯罪检验所实际上是杰克·摩根投资的,但杰克·摩根并没有对外宣称这是国际私人侦探公司的一部分。这间总面积达到两万平方英尺的法医检验所拥有当今最前沿的技术，被公认为是全国最顶级的独立检验所之一。除了为公司的客户提供服务之外，检验所也是公司的利润中心，因为全国各地的警察局都经常会来租用它，尤其是当警察们需要快速得到检验结果，而且必须凭借最先进的技术才能实现的时候。

西摩·克龙彭伯格博士是检验所的所长兼首席科学家，此刻他正和莫琳·罗斯一起待在后者的办公室里。这间办公室是一个没有窗户的"黑洞"，莫琳喜欢把这里称作"舒适的洞穴"。莫琳正在办公室里"焚香"，她用罩布将房间里的灯都覆盖起来了。办公桌上有十几个排成一排的正在放映屏保程序的电脑显示屏，每个屏幕上都滚动显示着她的丈夫和孩子的照片。

打开着的电视机里，9频道正在播报本地新闻，大特写镜头下的新闻记者正在讲述一个耸人听闻的"马里布谋杀案"。

西摩向后靠在转椅上，轻轻地左右摇动着，不动声色。旁边的莫琳则坐在椅子的边缘，看得出她非常愤怒和焦虑。她突然化身为一个技艺精湛的勇士，出现在一个即时战斗模式的网络视频游戏里……莫琳经常会感到游戏和现实之间的界限模糊不清。

现在这种感觉又来了，勇士的形象充斥着她的头脑。

她注视着电视屏幕里正对着摄像机说话的新闻记者，与此同时，她开始假想自己在游戏中的虚拟人格，想象着游戏里的军械库里的武器，以及听从她指挥的虚拟军队。

透过屏幕注视着莫琳的记者是兰迪·特纳，她在过去几年中一直都是9频道的王牌记者。特纳对着镜头说道："杰克·摩根，国际私人侦探公司的首席执行官，现已被视为其前女友兼私人助理科琳·莫洛伊谋杀案的头号嫌疑人。"

屏幕上映出了清晰的杰克的照片，紧接着又是一连串狗仔队拍摄的照片：杰克的手臂环绕着科琳的脖子，他们一起从马奎斯餐馆出来，在大雨中跑向杰克的汽车。接下来，播放了一部短片，内容是他们在好莱坞的一场派对里窃窃私语，卿卿我我的样子俨然是一对情侣。

在整个节目放映期间，特纳一直都在说话。

特纳说："杰克·摩根的父亲是已故的托马斯①·摩根，他在2003年被判犯有勒索罪，2006年在监狱里去世。和父亲一样，杰克·摩根被传与犯罪集团有来往。"

莫琳已经受够了。

她猛地从椅子上跳了起来，对着电视机大喊大叫："与犯罪集团有来往？你的意思是他付清了他兄弟的赌债吗？"

"别着急，冷静点。"西摩劝道，"这只能说明新闻界已经出手了。如果他们真的握有杰克的把柄，那他们就没有必要把他的父亲搬出来说事，也不用暗示任何东西。"

高清电视屏里的特纳继续发表着自己的言论："一个与警方关系密切的消息来源告知9频道，他们在受害者身上发现的物证将杰克·摩根牵连在其中，但是物证的种类和性质尚未对媒体公开。"

"真该死！去死吧！混蛋！"

西摩赶紧从莫琳手中夺下了遥控器，关掉了电视。

莫琳激动地说："我可以砍掉她的脑袋，将她碎尸万段，她甚至无法知道自己究竟是怎么死的。"

"莫琳，太情绪化反倒会产生相反的效果。"

"杰克绝不可能杀害科琳。"

"是的，这一点我们都知道，他没有也不会受到指控，这不过是新闻自由而已，记者们在加油添醋罢了。"

"这么说，你的意思是无罪的人从来都不会进监狱吗？这种冤案从来就没有发生过吗？"

"瞧你都在说些什么呀？我希望你把这些精力都用在这个案子上，而不是胡思乱想。"

"我当然会这样做，但是你和我都知道。"莫琳说，"拯救杰克的唯一办法是让真正的凶手认罪伏法，而且需要说清楚他是如何把杰克的精液弄到科琳的身体里去的。"

---

① 前文中提到过杰克的父亲是汤姆·摩根，在英文人名中，"汤姆"是"托马斯"的昵称叫法。

四十六

我一边开车,一边查阅着自己的语音信箱。

第一条语音留言来自急躁的卡麦·多西亚,我将情况告知给德尔里奥与斯科蒂,让他们去想办法应付。接下来,我又收到了来自克鲁兹的关于比佛利山太阳酒店谋杀案的最新消息。最后,我打电话给罗马分公司,讨论一些事宜,在这期间朱斯蒂娜的电话过来了,因为我正在通话,所以只是给她留了一条几秒钟的语音信息。

"我正在开车。"我说,"稍后我再打给你。"

现在的时间正好是晚上八点,我将车从高速公路转入了我家庄园外的私人车道。我刚刚解开安全带,突然看到一辆警车追了上来,停在高速公路旁的紧急停车带上。警车的顶灯不断地闪烁着,光线穿过了大铁门,别墅的轮廓在黑暗中不断地闪现。

这个光线也让我回到了现实中,在此前的四十分钟里,我一直处于心不在焉的驾驶状态。尽管我顺利回到了自己的家,但我实际上完全没有打算要来这里。

警车的车门在我身后"砰"的一声关上了,我摇下车窗,一束手电筒的强光射了过来,非常刺眼,使我几乎看不见东西,只能隐约看到巡警的轮廓。

"请出示你的驾驶执照和行驶证。"

我不敢发誓,但是我相当肯定自己刚才并没有超速行驶。我将驾驶执照从钱包里掏出来,从车窗递给那位巡警,紧接着又伸出手到副驾驶位子前面的手套箱里摸索一番,找到我的行驶证,也递了出去。

"我很快就回来。"巡警说道。

我在车里等待着,眼睛注视着门上发黄的胶带,以及那张警察局张贴的通知。耳边响起了"噼里啪啦"的无线电杂音，是从警车那边传来的。我开始回忆，两个晚上之前，差不多也是这个时候，我正好在这个地点从我的林肯加长轿车里走出来。

我和奥尔多道别，然后用门卡刷开了大铁门，又按下指纹进入了别墅，在去浴室的路上就急匆匆地脱光了衣服。

一个小时之后，我被两名冷酷无情的洛杉矶警察审问，在我还没有来得及说上一句话的时候，他们就已经认定我就是杀害科琳的凶手。

在我等待巡警回来的时候，我又想起了那天被询问的情景，坦迪警官的主观推测，有那么一部分，看上去还真的是合情合理的。

科琳来到我的房子，真的是为了给我一个惊喜吗？

我可以想象出她这样做的动机。她应该知道这样做挺冒险，但这的确符合她那种喜欢冒险的性格，毕竟我们曾经在一起过，她也许认为她可以让我回心转意。

我的脑海里浮现出科琳蜷缩在我家客厅里的一把椅子上，等待着我回家的画面。也许她还听到有一辆车在大门外停了下来。

我可以看到她走到窗户边，凝视着窗外的黑暗，听到了大铁门打开时所发出的"吱吱"声。也许她打开了别墅的房门，高喊了一声："杰克，是你吗？"

也许有人答道："嗨！科琳。"

那个人会不会和我长得很像？

汤米是不是突然抓住了她，将她摁回别墅，又把她按倒在我的床上？也许科琳努力去拿我的枪——她知道枪放在哪里。但是，她动作不够快，也不够强壮。她手上的枪被抢走了，接下来，她中了三枪。

真的是汤米干的吗？

我的脑子里又出现了另外一些画面。

有人一直在跟踪我。

也就是说，当我在一周前离开科琳的酒店房间时，这个人就开始跟踪和监视我了。他认识我，也认识科琳。他很想伤害我，于是想出了一个狠毒的计划。

我看到了汤米。

当我在欧洲出差的时候,他一直在监视科琳。在那四天中的某一个时候,他先绑架了科琳,然后在我预计到达洛杉矶的前一个小时,他设法控制了她,继而开车将她带到我的别墅。他用她的门卡打开了大铁门,用她的指纹打开了门禁系统……

正在这时,警车的车门在我身后"砰"的一声关上了,我的思路也被打断了。我听见那个巡警向我走了过来。

手电筒的强光再一次照射在我的脸上,与此同时,他将我的证件还给了我。

"摩根先生,你知道我为什么要拦下你吗?"

"我不知道,我住在这里。难道你不知道吗?这里是我的家啊。"

"但是现在这里是一个犯罪现场,你怎么会来这里?"

"我想换身衣服。"

"摩根先生,很遗憾这是不可能的。"

"那好吧。"我无奈地说,接着发动了汽车,引擎发出了低沉的轰鸣声。

但是,巡警并没有立即放我走。他借着手电筒的光,仔细端详着我的脸。

这下我明白他为什么会拦下我了。

警察们一直在监视我的别墅,因为杀手有可能会回到犯罪现场。

这名巡警盯着我的眼色,就好像我就是杀手。

四十七

"厄运"·普尔的旗舰店坐落于洛杉矶圣塔莫妮卡大道和威尔希尔大道交会处的一座小山上,看上去就像是镶在皇冠上的一颗宝石。

我驾驶着"兰博基尼",沿着宽广、弯曲的盘山公路,来到了比佛利山太阳酒店的大门前。我将车钥匙交给酒店门童,自己径直穿过热闹的大厅,来到了电梯跟前。

电梯门打开了,一大群聚会结束的人从我身边穿过,待他们消失以后,我才走进了电梯。我一个人背靠着冷冰冰的用石材装饰的电梯内壁,来到了酒店五楼,正是在这层楼,莫里斯·宾汉姆在房间里被人勒死。现在的我必须住在这家酒店,直到我的别墅回到自己手中。

我缓慢地踱向自己的房间,但是一时心血来潮,我打开了五楼的防火安全门,向上走过一段阶梯之后,来到了屋顶的酒吧。

这里的空气很凉爽,一串串霓虹灯闪烁着,就像天上的星星,照亮了这个充满了艳遇机会,同时也充满了浪漫情调的地方。

在露天平台的远端,爵士乐队正在演奏《波尔卡音符与月光》,音乐声飘荡在泳池四周。情侣们有的在吧台旁边调情,有的在躺椅上相互依偎在一起。白色的帆布更衣室的门是关着的,我不知道里面有没有人。

我仿佛游离在眼前这个朦胧的、快乐的、充满了享乐主义的世界的边缘。我走到吧台边坐了下来,朝酒保问道:"请问有什么好的推荐?"

他看了我一眼,没有说话,紧接着递给我一大杯双份的芝华士威士忌,没有加冰块。

我并不是一个酒量很好的人,但是,如果我在一天中的某个时刻需要饮烈性酒的话,那应该就是在此刻了。

我埋下了头,这样就不会有人误会我来这里的意图。我不需要任何人陪伴,相反,我只希望被所有人淡忘。

但是,我感到有双眼睛盯住了我。当我抬起头来看时,发现吧台的尽头坐着一个女人,她正直勾勾地望着我。这个女人看上去大约二十多岁,深色的头发往后扎成了一个马尾。她穿了一件宽松的衣服,遮挡住了她纤弱的身体曲线。这件衣服的颜色对于加州风格来说,实在是太暗淡了,而且对她来说显然是太大了。

这个女人看起来很面熟,但是我并不认识她。我转过头去,示意酒保过来,又点了一杯同样的酒。

几分钟过后,当我的目光从酒杯转移到吧台尽头时,那个女人已经不见了。

四十八

两名年轻的商务人士穿着色彩艳丽的花衬衣,坐在吧台旁离我不远的两个座位上。他们要了一把起子,谈论着股票市场的低迷,以及他们日渐缩减的报销额度。因为报销额度的缩减,他们将无法再免费在比佛利山太阳酒店度过一个有美酒陪伴的周末。

我努力使自己不去关注他们谈话的内容,将注意力集中在爵士音乐和杯子里闪闪发光的苏格兰威士忌上。我思索着西摩博士的报告,一通时长只有两秒钟的电话,从我家的座机打给了汤米,而且正好就是在谋杀案发生的时段。

这通电话对我很不利,因为它看起来似乎证实了一点——谋杀发生时我正好在家。

但是,这通电话不是我打的。

既然我没有打电话给汤米,那么,会不会是他自己用我的座机打他的手机,以此制造我在家的假象?

或者是汤米雇佣了一名杀手?

难道是杀害科琳的杀手用我家的座机打电话给汤米,通知他科琳已经被干掉了?任务完成后,汤米是不是正好就站在外面的沙滩上?波比·纽顿看到的人会不会就是汤米,而她却误认为看到的人是我?

我的身体坐在吧台旁的高脚凳上,可是我的思想却早已飞到了汤米的家。我很想当面质问他,逼他说出真相。还有,我希望不断地殴打他,直到他面目全非,看起来不再像我。那样一来,不论我自己是否会感到内疚,总之他再也不可能冒充我行事了。

但是,朱斯蒂娜是对的。

我需要证据。

如果没有证据,那么科琳尸体内的精液将会成为最充分的物证,使陪审团确信我就是凶手。

我一口气喝干了杯里剩余的酒,把现金放在吧台上,顺着阶梯回到了五楼。

我再次向我的房间走去,这时我又注意到了半小时前坐在酒吧里的那个女人,她正站在二十英尺开外的电梯旁边。她背对着我,伸手在手提包里摸索着,好像是在寻找钥匙。

我的视力非常好,而且当过飞行员。我被训练成可以看出空气中的异常现象,哪怕是一股尘埃,一个移动的影子,或者是黑暗中一万英尺远的一道由金属反射产生的光线,我都能看见。

我盯着这个看似普通的女人,隐约觉察出她有些不太对劲,说不清是因为她的态度、姿势还是表情,总之我的直觉告诉我,有些东西不太对头。

我路过她的身旁,来到我的房间门口,用门卡在卡槽里划了一下,打开了房门。就在这时,我的后脑勺突然感受到了一记重重的猛击。

我眼冒金星,倒了下来。

当我苏醒过来后,后脑勺的疼痛使我感到头昏眼花。我依稀认出了地毯上的旭日形图案,这才意识到自己是趴在比佛利山太阳酒店里某个房间的地板上。

我又闭上了眼睛,然而头上突然被淋了一盆冰水,使我猛地惊醒过来。那个女人,那个我在酒吧里见到过,同时也在走廊里见到过的女人,正面朝我弯下腰,将她的双手放在自己的膝盖上,喋喋不休地咒骂着什么。我听不懂她那浓重的爱尔兰口音,但是,我认得她的眼睛。

那是科琳的眼睛。

我念叨着:"科琳……"可她又继续咒骂起来。疼痛使我的意识逐渐恢复,酒也醒了。我看出来了,尽管这个女人很像科琳,但她的年龄要更大一些。

"西沃恩?"

她的咒骂变本加厉,愈演愈烈。

我挣扎着坐了起来,对着她的脸尖叫着:"你在干什么?我真搞不懂。快闭嘴!闭嘴!闭嘴!"

"杰克,你休想让我闭嘴,除非你告诉我你为什么杀了她。"浓重的爱尔兰口音在我耳边萦绕着。

四十九

在刚刚过去的二十四小时里,我居然挨了两次打。

打我的都是深爱着科琳的人。第一次,多纳赫揍了我,一定也是他告诉了西沃恩在哪里可以找到我。现在,我又被西沃恩亲自痛打了一顿。

我坐了下来,把脚放在沙发前的茶几上,那里还放着一根粗头短棒,刚才西沃恩就是用它来打我的。沙发很漂亮,大概有八英寸长,放置了几个羽绒靠垫,柔软舒适,让我暂时忘掉了疼痛。

尽管西沃恩依旧很粗暴,但她还是递了一个枕头给我,并帮我倒了一杯水。现在,她正坐在我对面的椅子上,凶巴巴地瞪着我。

"好了,你可以解释了。"她说。

我把事情的来龙去脉都讲了一遍,再三强调科琳不是我杀的。我仔细描述了当科琳被枪杀时我在哪里,并告诉眼前这个年轻的女人,我是多么地在乎她妹妹。

"你和她上床了?"西沃恩问道,言辞中带着谴责,"科琳曾给我打电话,说你在离开洛杉矶之前和她睡过了,这一点你否认吗?"

"是这样的,我不否认。"

"你这是在玩弄她。"

"我一直都深爱着她,我只是不能给她更进一步的承诺。"

我想起了科琳的最后一个生日。我和她一起去多纳赫的餐厅吃晚饭,我们选的位子正好就是昨晚我和多纳赫谈话时所坐的地方。那天,多纳赫和一群服务生端出了生日蛋糕,还一同唱起了生日快乐歌。

那一刻,她非常开心,但这并没有持续太长时间。

我知道,我和科琳已经交往了一年,她最想要的生日礼物其实是一枚戒指。

我让她失望了,尽管我已经努力让自己做到最好,可她依旧感到失望。

"你说你爱她?那么,我不明白'不能给她更进一步的承诺'是什么意思。"西沃恩的嘴唇在发抖,泪水顺着她的脸颊流了下来,"既然你没有下定决心,那你为什么还要和她上床?"

"你为什么要打我?"

"我必须得这样做。"

我不再争辩,耐心地等着她把想说的话说完。

"我很想念她,西沃恩。"

我还想说更多,但不论我说什么都不再有任何意义,甚至对我自己来说也是如此。和科琳上床真的是一个错误,如果我没有和她一起回到她的酒店房间,也许她现在还活着。

西沃恩强忍悲痛,继续对我进行审问。

"这么说,科琳不是你杀的,那会是谁干的呢?你不是很擅长解决这类事情吗,调查谋杀案?"

西沃恩终于还是忍不住,开始抽泣起来。

我站起身,朝她伸出双臂。

她摇了摇头说:"不。"

"没事的。"我劝道,"一切都会过去的。"

她向我走了过来,趴在我怀里哭泣。

"找出那个混蛋,这是你欠科琳的。"

"我会尽力的,我一定能做到。"

"我也很想念她。"西沃恩哽咽着说,"我非常爱她,我们是最要好的朋友,从来没有红过脸,我和她彼此间也没有任何秘密。我甚至不知道,失去她以后,我的生活该如何继续。"

"我很难过,西沃恩,失去科琳,这真的是一件令人非常痛苦的事。"

我的声音变得有些沙哑,接下来,我们俩都开始哭起来。我已经好多年没有哭过了,而现在,失去科琳的悲伤吞噬了我。对我来说,将她的姐姐搂在怀里，就好像是找到了最后的机会，对她说再见。

也许西沃恩也感觉自己在对科琳作最后的道别。

西沃恩把我推开，但是她的手紧紧地抓住了我的双臂。她抬起头来，直视着我的脸。

"你是真的爱她的，不是吗？那你为什么没有给她她想要的东西？"

"我以为我给了，我给了她自由。"

五十

德尔里奥的办公室里弥漫着一股意大利腊肠比萨的味道。

已经是晚上九点多了，他和克鲁兹今天一整天都在为普尔酒店的谋杀案忙碌着，一直忙到现在。他们的主要工作是对比和分析在过去的一年半时间里，几家位于加州的酒店里发生的五起谋杀案。

第一起案子和第二起案子相隔的时间长达半年，而且两家酒店之间的距离有几百英里，因此以前一直没有人认为这两起案子是有关联的。

第一个受害人叫索尔·卡普瑞希，他被勒死在"厄运"·普尔的圣地亚哥月亮酒店。第二个受害人叫亚瑟·瓦伦丁，尸体被发现时已经高度腐烂，地点是海景酒店——位于洛杉矶的一家酒店。

接下来，第三个受害人康拉德·莫尔顿被勒死在旧金山星座酒店里，这家酒店也是普尔连锁酒店之一。警方正在寻找这几起谋杀案的联系，然而，即使已经有好几个警察局参与其中，或许也正是因为有三个警察局参与调查，造成了相反的效应，嫌疑人至今未能找到。

迄今为止，包括莫里斯·宾汉姆在内，一共有五名商务人士遇害。受害者的年龄在三十五岁到五十一岁之间，都是在他们自己的酒店房间里被各种不同的绳索勒死。这些人并没有在同一家公司上班，从事着不同行业的工作，并且居住在不同的城市。其中有三个已婚，另外两个则是单身汉。

此时此刻,德尔里奥正坐在电脑前,反复核对着这些人的通话记录。克鲁兹坐在另一台电脑前,检查着这些人的信用卡支出记录。

克鲁兹说:"宾汉姆和瓦伦丁找过同一家陪护服务机构,后者用六百美元购买了两个小时的服务。"

德尔里奥向后靠在椅背上,揉了揉眼睛,"这些人都找过应召女郎,尽管不是同一家服务公司,这会是一个线索吗?或者说,难道每一个出差的男人都要做这种事?"

"我感觉我们应该立即申请出差。"克鲁兹笑着说。

"哈哈!我也是。"

"所以这一定是个线索。"克鲁兹说,"陪护服务是线索,绝对不是巧合。也许是一个有着杀戮倾向的应召女郎从一个地点换到了另一个地点。"

现在,德尔里奥已经知道接下来的几天里该干些什么了:先找应召女郎和嫖客们谈话,再去询问那几个寡妇,从而寻找更多的线索。他关掉电脑,把装比萨的盒子扔进了垃圾桶,然后穿上了外套。

桌上的打印机发出了轧轧声,一份印有各个陪护服务机构的名称和电话的名单从出纸口缓缓地吐了出来。

德尔里奥说:"帮我关一下灯好吗,埃米利奥?明早八点会合,现在我们先去喝杯咖啡吧。"

五十一

米切尔·坦迪警官在别墅四周闲逛着,试图找出一些蛛丝马迹。他很希望能够发现清晰、明确的证据,使得杰克·摩根与科琳的谋杀案扯上关系。

他想起了辛普森杀妻案中的手套①,这只在辛普森的别墅边被警察发现的手套,本来应该是一个决定性证据,然而却因为警察和检察官的无能,最后反倒变成了帮助被告律师维护被告权益的关键证据。

既然连手套的大小都不合适,那么被告一定是无罪的。

辛普森杀妻案真是洛杉矶警察局的耻辱,坦迪暗自心想。

不过没关系,现在已经今非昔比了。

来自警察局犯罪调查中心的十名工作人员正在海滩上搜寻证据。几名潜水员在浅滩里作业,寻找金属物件。在别墅里面,其他的犯罪现场调查员正在彻底搜查这所房子。

杰克·摩根很聪明,但他不可能做到天衣无缝。如果杰克·摩根在清理犯罪现场时有一丁点疏漏,坦迪确信他们一定能找出来,从而得到可以指控杰克·摩根的证据。

这时,坦迪听到齐格勒正在大声喊叫自己的名字。

"我在这里。"他回答道。

齐格勒找到坦迪,和他一起站在一排栅栏旁边,这排栅栏将太平洋海岸高速公路上湍急的车流与杰克·摩根的庄园分隔开来。

坦迪问道:"找到什么了没?"

"没有。"

坦迪说:"他把精液留在那个女人的身体里了,这家伙居然没有用安全套,这真是一个冒险的行为,就像自杀。"

"可这件事也有可能是他兄弟干的。"

他们曾就这个问题讨论过。双胞胎兄弟有着相同的 DNA,使得情况变得复杂化了。这类事情可以作为"合理怀疑"提交给陪审团进行审议。早些时候,当他们找到汤米进行询问时,对方却提供了一个案发时间不在场的证明。汤米的妻子发誓说,案发时汤米和她一起待在家里。

不过,尽管发过誓,她还是有可能在撒谎。

---

① 辛普森杀妻案是指1994年美式橄榄球运动员辛普森谋杀其妻子和另一男子的刑事案件。此案当时的审理颇具戏剧性,由于警方的几个重大失误,导致有力证据的失效,从而使辛普森逃脱了法律制裁。本书所提到的手套是辛普森案中的一个关键物证,在审理时最终被判无效。关于此案的真相,至今众说纷纭,有兴趣的读者朋友可以自行研究。

"一定是汤米和杰克中的某一个人干的,但是,只有杰克具备作案动机。"

齐格勒突然大喊起来:"快看!那是什么?"

"哪里?"

齐格勒指着葡萄树下的一堆杂乱的覆盖物,由于有树荫做隐蔽,那个区域很难被人看到。

坦迪用脚刨开了那些松树皮。

两人长久地注视着显露出来的物品。

"我去拿相机。"半晌之后齐格勒说道。

坦迪点了点头,弯下腰继续查看。这正是他们最想找的证据。坦迪心里突然涌出了一种难以用言语形容的兴奋感觉。虽然他的工作经常需要跑腿,经常陷入死胡同,经常面对繁杂的手续,可他依旧喜欢自己的工作,原因便在于此。

这种感觉实在是太美妙了,就像足球明星在关键比赛中踢进制胜球一样兴奋无比。

这个白痴,居然把如此确凿的铁证留在这里了。

五十二

第二天早上八点,我正朝着自己的办公室走去,此时我的脑袋仍然感到疼痛,就好像有一个手提钻在我的右眼后方的某个位置钻孔。

科迪正在讲电话,但是当我经过他的办公桌时,他举起了右手,示意我等一下。我听见他对着话筒说道:"好的,先生,我去看看他在不在。"

他找出一个信封,在背面潦草地写道:"警察局局长米奇·菲斯克。"

"我马上进去接。"我对科迪说。

我来到自己的办公桌前,迅速抓起了正在响铃的电话听筒,"是米奇吗？"

"杰克，我打电话来是为了提醒你，赶紧联系你的律师。"

"出什么事了？"

"坦迪和齐格勒找到了你的手枪。"

米奇的话语，就像一颗速度极快的棒球击中了我的要害，使我感到很不舒服。我突然有些六神无主，思维飞快地掠过了过去两天中遇到的各种事情。同时，我也在努力弄明白米奇究竟在说什么。

我的嘴唇不听使唤，半晌才吐出一句话："发现了，在哪里？"

"在你家前院，一棵葡萄树下。"

"一定是有人在栽赃我，我在科琳被杀害的当晚就报告说我的枪失踪了，这你是知道的。"

"我当然明白，杰克，现在的问题是，那的确是你的枪，一把定做的金柏手枪，是以你的名义注册的。而且，上面还有你的指纹。"

"只有我一个人的指纹吗？"

"是的。"

我边说边坐了下来，科迪帮我拿来了红牛，将罐子打开后放在杯垫上。这一次，他前前后后用了比较长的时间才转身离开。我一言不发地注视着他，直到他退出了房间，并关上了办公室的门。

"杰克，你还在听吗？"

"是的，我在听。米奇，请再说清楚一点，他们到底是在哪里发现手枪的？"

"在一堆覆盖物的下面，方位正好是你家院子的大铁门旁边。你那把金柏点45手枪的口径和杀害科琳·莫洛伊的子弹是匹配的。"

"杀手一定戴了手套，"我说，"所以枪上只有我的指纹。而且，他故意把枪放在警察可以找到的地方。"

"我明白你的意思，弹道学专家正在进行比对工作。"我的朋友在电话里说道。这个局长的城府很深，此刻并没有对此事表态。我的脑海里浮现出一幅画面：一个大个子男人，差不多有六英尺四英寸高，脸上带着微笑。我和朱斯蒂娜站在他的身边……那是在六个月前，我和朱斯蒂娜一起去了米奇局长的办公室，他很感谢我们，因为我们帮他抓获了一名杀手。

在那个时候,他一定非常信任我。

菲斯克的语气变得缓和了些,"杰克,我问你,受害者身上找到的子弹是不是从你的手枪里打出来的?"

"也许吧,很可能是的。但是,我绝对没有杀害她。再说,如果真是我干的,我怎么会如此愚蠢地处置我的手枪?米奇,我问你,我怎么可能把杀人凶器放在我家大门口呢?"

"给你的律师凯恩打电话吧,他会告诉你该怎么做。"

"谢谢你打电话告诉我这些,米奇。"

"不用谢,注意不要离开这座城市。"

"我住在一家很棒的酒店里,在那儿一切都很方便。"

"你真的一切都好吗?"

"什么?当然是好得很啊!像我这样一个被陷害,为一宗不是自己干的谋杀案背黑锅的人,感觉当然好了。"

"等这件事了结之后,我请你吃饭吧。"

我告诉他,那顿饭一定价格不菲,说完就挂断了电话。科迪又走了进来,说道:"对不起,打搅了。"他走到我的身后,帮我打开电脑,调出了我的日程表。

我的眼睛注视着日程表,精神却无法集中。

科迪说:"杰克,大家都在会议室等你,会议将在十五分钟后开始。"

五十三

我的思想和知觉之间产生了一个巨大的裂隙,我周围的一切——人们从我的身边走过,手机在我的口袋里响个不停,说话声和笑声从楼梯井那边传来——这一切看上去都非常遥远,似乎和我完全没有干系。

我穿过走廊,打开了会议室的门,看到二十五个身着职业装的男人和女人围坐成一圈。这些人都是国际私人侦探公司在世界各地的分公司负责人,他们来到这里参加一年两次的业务会议。

我认识会议桌前坐着的每一个人,我曾经参加过其中一些人的婚礼,曾经在其中一些人的家里暂住,也有几个人曾经在我的家里留宿。

他们正等待着我宣布新的工作计划,作出新的决定,他们需要我的领导。

然而,此时此刻,我真希望自己身在别处。眼前的这二十五个人在加入国际私人侦探公司之前,都曾在军队、司法界或执法机构工作。我知道,短暂的平静过后,我在这些一流的私人侦探面前很难完全掩盖内心的恐慌。

科迪的座位紧邻着我,他的身旁是精通多国语言的莫琳·罗斯。

当我拉出自己的椅子坐下时,所有的谈话都中止了,二十五双眼睛全都聚焦在我的脸上。

我可以想象,此时此刻,很多不言而喻的问题正在二十五颗脑袋的上方盘旋着。

科琳·莫洛伊是你杀的吗?

你是凶手吗?

在过去的六十个小时里,我无数次设想着科琳被杀害时的场景,那种感觉就像是我站在床边,看着子弹从我的枪里飞出来,钻进了她的胸膛。

十分钟之前,菲斯克的电话让我的心思意念变得更加直接和实际。警察们找到了我的手枪,他们现在正在进行弹道学比对。而且我很清楚,差不多可以肯定在不久之后,我将会因为二级谋杀罪[①]而受到指控。

我对大家说:"早上好。"紧接着摆正了我面前的打印好的会议议程表,用笔头轻轻地敲击着桌面。

我把科琳谋杀案的最新情况告诉给了同事们,然后说道:"杀害科琳

---

① 二级谋杀罪是美国刑法中谋杀罪的一种,是指有杀人的故意(这里是指行为人本身对其杀人行为有认知,而不是指一般所谓的"想要"那种故意),而其杀人行为并非经预谋或计划,且非出于义愤者。死亡结果的产生乃是肇因于行为人之危险行为且行为人对其危险行为有未加以注意的明显过失。

120

的凶手是一个职业杀手,这家伙试图将我牵连在其中,而且顺利实现了他的目的。他是在经过了充分调查之后才下手的,他知道科琳在洛杉矶,也知道她和我的行动计划。他进到我的别墅,杀死了科琳,然后离开,整个过程中没有犯下任何明显的错误。警察认为除了我,他们没有必要再怀疑任何人了。

"警察们为什么会有这样的想法呢?因为受害者是我的朋友,死在我的床上,而且是被我的手枪打死的。

"这真是一个完美的陷阱。我不知道是谁杀害了科琳,但我现在稍微有一点头绪了,邪不压正,我们必将打败他。如果你们有任何疑问或想法,或者有什么点子,请随时来告诉我。

"回去以后请告诉你们的职员和顾客,杰克·摩根是无罪的。你们之所以可以那样说,是因为你们都很了解我,而我现在告诉你们的也的确是事实。"

"杰克,不好意思,请告诉我们你有什么主意。"巴黎分公司负责人皮埃尔·柏聂特问道。

"我打算等找到确凿的证据之后,再来讨论这件事情。"

我询问大家是否还有其他问题,没人再说话,于是我低下头看着议程表。

"伊恩,你先讲,你说你想谈谈把伦敦分公司的业务扩展到格拉斯哥市[①]……"

我摆出了认真听讲的表情,但事实上我完全没听清楚伊恩在说些什么。他正在讲解一张投射到幕布上的图表,就在这时,会议室的门被打开了,坦迪先走了进来,齐格勒紧随其后。

我感到一阵突如其来的极度恐惧,就好像有一群暴徒刚刚破门而入,正举着自动武器进行扫射。看来菲斯克没有为我留下足够的找律师的时间,甚至没有时间让我开完这个会议。

"很抱歉,伊恩。米切尔,让我们到外面去谈吧。"我对坦迪说。

"没这个必要。"坦迪冷冷地说,"摩根先生,请站起来,转过身去,面

[①] 苏格兰最大的城市。

对墙壁。"

我已经山穷水尽无路可走，只好让科迪去找凯恩律师和朱斯蒂娜，然后照着坦迪的指示做了。

一副冰冷的手铐锁住了我的手腕，坦迪将逮捕令塞入我胸前的口袋，然后读出了我可以行使的权利。整个会议室一片寂静，只有坦迪的声音像放录音一样回响着。

坦迪这个混蛋！他想尽一切办法，找出一切机会羞辱我。

我趁着最后一点时间对同事们说道："我很快会和你们每个人面谈的。"接下来，齐格勒开始推搡我，我在两名洛杉矶警察局派来的凶杀案警察的监护下走出了会议室。

五十四

坦迪揪着我的左手肘，齐格勒勾住我的右手肘，他俩一起押着我走下了五段螺旋式楼梯，每一段楼梯的尽头都是那一层楼的客户接待区。公司的客户和潜在客户，以及公司的员工都在这些楼梯之间上上下下，所有人都看到了我被捕的模样。

每个人脸上的表情都带着无比的震惊。

"我们准备了一辆车。"齐格勒说，"当然不会是你通常的座驾，杰克，但它依旧有引擎和四个轮子。"

"你们没必要这样做。"我说，"不过，我想你们其实也知道这一点。"

坦迪大笑起来，这个该死的混蛋今天非常愉快。当我们到达底层时，齐格勒用手推开了大门，三个人一起走了出去，来到了菲格罗亚街。

很明显，警察局把这件事透露给了媒体。在阳光的照射下，无数张热切的脸上倒映出淡淡的光辉，这些脸都是新闻记者的脸，他们像潮水一般向我涌了过来。很多不知情的旁观者也停下脚步，挤进了人群的边缘。

坦迪的声音有些嘶哑,"嘿!杰克,没有什么事情比负面宣传更糟糕了,我在各种渠道都散布了这个信息。"

科迪站在路边等我,他看起来快要哭出来了。

"朱斯蒂娜和凯恩先生正在去双塔监狱的路上。"他对我说,"他们会在那里和你碰面。"

双塔监狱是一所超大型综合监狱,在1994年地震以后,它还取代了洛杉矶司法大楼。这是一所众所周知的全美国最忙碌也最糟糕的监狱,由一个放风操场和三栋监狱楼组成,总占地面积达到了十英亩①。

双塔监狱的残忍和恐怖是闻名遐迩的,如果你不能及时得到保释,那么在你等待着见到法官的那几个月里,你一定会在监狱里失去健康的身体,甚至生命。不论你是否真的犯了什么罪,都是如此。

"我应该如何向大家交代呢?"科迪问道。

"就说我是被冤枉的,等我一回到办公室,我就会尽快对媒体作出一个公开的声明。"

"别担心,杰克,凯恩先生会想办法让你出来的,他是最好的律师。"

科迪努力安慰我,使我放心,我也想让他放心,但我却想不出什么可以安慰他的话语。

现在我真希望自己当初没有听从朱斯蒂娜的建议,而是去找了汤米,并把他打得屁滚尿流。他是一个小心而且谨慎的混蛋,但只要是公平斗争,他是无法跟我正面对抗的,他一定会告诉我一些真相。

新闻记者们叫喊着我的名字,大声问道:"杰克,你对此有什么说法?你想让公众知道什么?"

坦迪按住我的头,将我塞进了一辆便衣警车的后座。我低下头的同时,费力地转动脖子,向上瞥了一眼我的办公楼。

莫琳·罗斯站在二楼,她将身体探出打开的窗户,手上握着摄像机。

她正在将这一切记录下来。

她发现我的眼睛在看她,就朝着我竖起了大拇指。我非常欣赏这个女人。在坦迪"砰"的一声关上车门前的那一瞬间,我给了莫琳一个微

---

① 1英亩=4046.86平方米。

笑。坦迪绕过车身,打开另一侧的后车门,坐到了我的身旁。

在驾驶座,齐格勒正准备发动引擎。

他等待了一两分钟,才从人群中找到了一条通路,新闻记者们挤在两侧使劲拍打着车门和车窗。接下来,车加速离开了。

我看不到一丝希望。

现在我落在他们手里,要是他们愿意的话,他们完全可以让我走向毁灭。

五十五

下车以后,坦迪和齐格勒押着我朝双塔监狱的大门走去。铁丝网围栏与街道之间的空地上站着一大群吊儿郎当的小混混,两名警官好不容易才挤出一条路来。一名狱警打开了大门,坦迪与他耳语了几句,接下来我们被领了进去,经过了几个检查站,最后来到了一间位于一楼的审讯室。

这个空间狭小、光线暗淡的房间是通往男子重刑犯监狱的必经之路,男子重刑犯监狱是一个过于拥挤、如地狱般可怕的地方,这里收容了双塔监狱一万八千名囚犯的四分之一,并且随时等候着像我这样的新人的到来。

我本以为凯恩律师已经在这里等我了,但是,我应该更加清楚的一点是,双塔监狱是一所令人怯步的一百五十万平方英尺的大迷宫,而且律师在这儿是不受欢迎的。

齐格勒关上了审讯室的门,用纸巾擤了擤鼻子,然后将纸巾揉成一团,扔进了房间角落里的垃圾桶。

坦迪问道:"你还有什么需要的吗,杰克?"

这家伙装腔作势的姿态,比他卑鄙的真面目还更加令人觉得恶心。

我沉着地说:"在见到我的律师之前,我什么都不会说。"

"坐下。"齐格勒命令道。

他将我推向一把金属椅子,在我蹒跚着朝椅子走过去时,齐格勒伸出他的一只脚,把我绊倒了,我的下巴重重地摔在了油布地板上。

坦迪用一只手把我扶起来,嘴里说道:"很抱歉,杰克,伦恩不是有意的,这只是一个意外。"

尽管我戴着手铐,尽管齐格勒体格健壮,但我依然可以往他的腹股沟猛踢一脚,这足以让他痛苦好几个月,不过,我也知道那样做的后果是什么。

"那当然了,不然还会是什么原因呢?"

坦迪说:"杰克,看起来你好像不太愿意和我们说话,这可不明智啊。"

齐格勒和坦迪一起把我拖到椅子上坐下,我很想知道是什么人在双向玻璃①背后注视着这一切,也很想知道菲斯克局长是否知道我即将被他的手下殴打和折磨。

"我不得不承认。"坦迪说,"我们找了个借口,让你的律师绕了点弯路,他要过一段时间才能找到你,但我们这样做也是为了你好。待会儿我们会提供一些让你感激的信息。"

"噢!我知道了,米切尔,原来像你这样的人渣也会帮我。"

坦迪走到我的身后,站在一个我看不到的位置。齐格勒坐在离我两英尺远的地方,他正用一把珍珠柄折叠刀清理着自己的指甲。伦恩·齐格勒是一个非常自负的男人,他热衷健身,衣着讲究,但是对于自己难看的小下巴和老鼠眼,他却无能为力。

"听着,杰克。"齐格勒说,"洛杉矶警察局眼中的你,看起来就像是即将飞入篮框的篮球。"

他列举了他们所掌握的各种对我不利的物证,紧接着又说:"在被害

---

① 双向玻璃即双向镜,也称单面透视玻璃。这种玻璃可把投射来的光线大部分反射回去。这种玻璃装在汽车上,人坐在汽车里可清晰地看到外面,但车外的人却无法看见车内的一切。双向玻璃可用于室内隐蔽观察,在需要暗中观察的地方,它是监视、保安和监控的理想选择。在照明充足的房间,单面透视镜的一面看起来像镜子,但从另一面看就是一面普通的有色玻璃窗。

人遇害的大致时间点,你给你的兄弟打了一个电话。我们已经找汤米谈过了,我们对他施加了很大的压力,使他不敢说谎。汤米说他只是接到了一个刚打通就挂断的电话,但是问题就在于,这通电话成为了你当时在场的证据。"

"你为什么要打这个电话呢?"坦迪问道,"这对我来说始终是个谜。你是无意中拨通的吗,还是潜意识中的罪恶感驱使你这样做?"

"我不知道这通电话是怎么回事,我也没有给汤米打电话,我回家后一看见家里的情景,立刻就拨打了911。米切尔,既然你的推测能力很高强,那么请你来说说,我为什么要给汤米打电话呢?"

坦迪说:"好吧,我已经找过汤米,花了好几个小时跟他谈话。他有不在场的证明,很确凿,而且也没有说什么对你有利的证词。坦率地说,作为一个当了二十年警察的人,我只能告诉你,你的嫌疑非常大。我想不出自己还有什么时候比现在更开心,伦恩,你见过我像现在这样开心吗?"

"我记得你在圣塔安妮塔①赌马时中了三重彩,当时你非常开心,可那实在是太侥幸了。"

"是啊,'美好的一天',我还记得那匹小母马的名字就是这个。"

坦迪享受着美好的回忆,嘴角露出了笑容,他继续说:"现在我只是一个中间人,你应该想象得到,局长让我来帮助你走出困境。"

齐格勒收起他的折叠刀,放进了后兜,面无表情地说:"菲斯克让我们告诉你,如果你为城市节约了审讯费和不必要的麻烦,如果你对犯罪事实供认不讳,那么他会酌情照顾你的。米奇说过他一定会这样做。还有,我想提醒你的是,他还和地方检察官是最要好的朋友。"

"我没有杀害科琳。"

坦迪将他的双手搭在我的肩膀上,使我和椅子一起向后倾斜。紧接着,我和椅子一起向后倒了下去。这时,我的脑袋就像足球一样放置在地板上,而且无法动弹。齐格勒用他的鞋尖轻轻地敲击着我的脑袋,虽然只是几下轻微的碰撞,但是却让我感到浑身发冷。我想象着他此时如果用

---

① 圣塔安妮塔赛马场位于南加州的亚凯迪亚市,是全美最有名的纯种马赛马场之一。

大力踢,那么我的脖子将会被折断,这就是所谓的"内部斩首"①。

如果真的出现那种状况,我就再也不能复原了。

坦迪正在对我说话,他说他对椅子倒下这件事表示非常抱歉。

"让我们直截了当一点吧。"我保持着现在的姿势说道,"我不是在陈述或招供,根据重罪保释条例,谋杀罪是可以准予保释的。等凯恩来了,我们会支付一百万美元保释金,接下来我就会离开这里。"

坦迪弯下腰,把他的双手按在膝盖上,这样他就可以看着我的眼睛说话。

"特殊情况下的谋杀是不准予保释的。"坦迪说道。

"你在说什么?什么特殊情况?"

"杰克,当你杀害科琳的时候,她已经怀孕了。这就是特殊情况,你一次害死了两条人命。"

五十六

坦迪的话,我感到无法接受。

科琳怎么可能怀孕呢?她没有表现出任何异样。再说,就算她真的怀孕了,她也应该会告诉我的,不是吗?

齐格勒从椅子上站起来,走到我的身旁,与坦迪一道将我连人带椅拉了起来。

"你在撒谎!"我大声说,"科琳没有怀孕。"

"你怎么知道?"齐格勒说,"你有尸检报告吗?我们有。我们很快就能拿到 DNA 样本了,但是孩子的父亲是谁已经无关紧要了。不论是哪个

---

① 医学术语,指头骨与颈椎分离,但皮肤、肌肉和神经等器官依旧连接着的受伤现象,多见于车祸伤员。

男人使她怀孕,总之这次谋杀也杀害了她的孩子……"

坦迪拍了拍我的肩膀。

我转过头看着他。

"杰克,你愿意相信我们吗?现在我还没有打开摄像机,但我马上就会去打开它。趁现在还有一点时间,你得告诉我们真相啊。"

说完,坦迪离开了房间。不出所料,天花板角落里的摄像机突然发出了"呼呼"的转动声,继而镜头开始对焦,接下来,红色的录影指示灯开始闪烁。

坦迪回来了,他的手上拿着一本黄色便笺本和一支比克圆珠笔。

"准备好了吗,杰克?一旦我们和你说拜拜,就没有人还可以帮你了,连菲斯克也无能为力,事实就是这样。"

他重重地把便笺本和笔扔在桌子上,就在这时,我的老朋友埃里克·凯恩突然气冲冲地走进了审讯室。他毕业于哈佛大学法学院,是国际私人侦探公司的首席法务顾问。

凯恩个子很高,头发早白,和我一样,他在读大学时也是橄榄球队的。通常情况下,凯恩是一个谨言慎行的人,拥有不动声色的幽默技巧,而且自我控制能力卓越超群。

然而,此时的他却勃然大怒,这让我感到很舒服,因为他很在乎我。

他对着我喊道:"杰克,你说了什么没有?"

"没有,一直都是刑警们在说话。"

凯恩朝我走过来,反复检查着我的头部。

"哎呀,你在流血。"

他对坦迪和齐格勒说:"殴打犯人是违法的。你们不仅会受到起诉,而且这也会导致他刚才说过的任何话都不能作为呈堂证供。"

"他只说自己是无辜的。"齐格勒嘲讽地说。

"就像一条狂吠的大狗,"坦迪说,"汪,汪……"

坦迪是对着齐格勒说的,他的脸没有朝向凯恩。

凯恩表情严肃,丝毫没有笑出来。

"我要求让我的委托人接受医生的全面检查,我是说现在!立刻!马上!"

五十七

　　我夹在两名警察之间，慢吞吞地走到了双塔监狱的医务室，一位护士在我的伤口和擦伤的部位涂抹了酒精，还为我的下巴缠了一块绷带。

　　我又想起了科琳，如果她真的怀孕了，那个孩子也不可能是我的。

　　除了　周前的约会，我至少有半年时间没有见到科琳了。也就是说，如果她在六个月前就怀孕了，那我一周前一定可以看出来，难道不是吗？

　　尽管如此，正如坦迪所说，在杀人时连同腹中的胎儿一起杀死的确是一种特殊情况。是的，我将会被拒绝安排保释。事实上，也许在我去法庭正式受审之前，未来的一年时间里，我都会在这个无比龌龊的地方度过。

　　我重新把目光集中到几英尺之外的地方，坦迪正比手画脚地向医生解释我刚才是如何在椅子上倾翻的，由于我的双手被铐住了，所以无法在倒下时支撑自己的身体。

　　"那他后脑勺上的淤伤是怎么回事？"医生问道。这名医生是个中年白人，不管他是从哪里毕业的，只要他在班级里的排名是前99.9%，那他都一定不会在这种破地方工作。

　　"杰克做任何事都很拿手，"坦迪半开玩笑地说，"不过面临着被拘留的窘境时，他就不太在行了。当我让他进到我们的车后座时……"坦迪扭动着自己的身体，演示我是如何把自己的头撞在车门框上的，"他重重地撞了一下头。"

　　医生问我："是这样吗？"

　　在这种时候如果说"不"显然是不明智的。几年前，一名囚犯曾向美国公民自由联盟的理事长投诉，说他所在的监狱大隔间里没有一个人可以被允许在三到四个星期之内洗一次澡。在那之后，他被人残酷殴打，腿被打断了。美国公民自由联盟知道了便介入调查，但是据我所知，那名囚犯至今仍然还待在双塔监狱里候审。

"正如这名刑警所说,我确实有点笨手笨脚的。"

"好的,我知道了。"医生说。

"我可以要一片阿司匹林吗?"

坦迪点了点头:"给他一片吧,医生,作为我们送给他的告别礼物。"

凯恩说道:"坦迪,请你闭嘴。"

我很想重重地伤害坦迪,我希望自己可以活得足够长久,从而实现这个愿望。坦迪和齐格勒挥手和我告别后,沿着蜿蜒的走廊离开了。

凯恩对我说:"杰克,你得坚持一下,还有一件事情等着我去处理,搞定后才能帮助你出去。我以前从来没有让你失望过,这次也不会。"

又来了一位护士,她先是测量了我的血压和心率,然后对我进行了精神状态测试,看我是不是有癫狂的迹象,以及是否有自杀或者杀人的倾向。

接下来,我又被带进了一个宽阔的开放式房间,脱光衣服进行了一次军事化体检。我的双手放在身后,握住了自己的臀部,按照指示咳嗽了几下,然后让狱警检查我的口腔。

最后,我被公开宣告身体状况良好,可以离开医务室。一名年轻的实习狱警负责护送我去放风操场,一路上这个人和我攀谈起来,他说他希望今天能在五点钟之前下班,因为他需要去机场接他的亲人。

他还没收了我的手表、手机、钱包、皮带和鞋带,我的指纹也被电子指纹识别器记录下来了。我被带到一个身高表的前面,胸前握着一块写了我的名字的纸板,按照一个手拿相机的男人的无聊要求,不停地左转右转。

以上这些,我都坚持遵照指示完成了,但是我感觉自己已经被很多种负面情绪淹没了——沮丧、泄气、丢脸、受辱。

在我周围,犯人们在呕吐、尖叫、威胁、吐口水,而且经常有狱警走上前去对他们一顿拳打脚踢。

我也想尖叫,我和这些人不一样,我是无罪的!

就算我尖叫了,在眼前这种环境下,就像是对着地面上一个深不可测的无底洞吼叫,声音全被地洞吸走了,没有人听得到。

这一切还只是个开始。

五十八

我穿过走廊,来到了男子重刑犯监狱,在这里又再次被进行了脱衣搜查。之后,狱警分发给我一卷"监狱行头",里面有一条橙色的裤子和一件相同颜色的衬衣,还有一双塑胶鞋。接下来,我开始了自己的囚犯之旅,顺着指定的通道来到了我的牢房。

这个监狱是由好几百个双层的大隔间组成的,每一个大隔间里都有十几间小牢房。按照原来的设计,每一个大隔间本来打算监禁三十个男人,但是在我路过这些大隔间的时候,我可以看出每个大隔间里的人数都是翻倍的,差不多有五十个活人,他们有的在哭喊,有的在咳嗽,看上去都非常绝望。

我的牢房的大小和一个步入式衣帽间差不多,大概是六英尺宽,八英尺长,两侧各有一块狭窄的金属板,尽头上是一个散发着恶臭,已经严重堵塞的卫生间。

我是这间牢房里的第四个囚犯。

我坐在其中一块金属板上休息。

头顶的灯发出了刺眼的光,这里没有窗户,也没有挂钟,无法知道时间,但是对我来说,自从我在公司接到菲斯克的电话之后,感觉至少已经过去了十几个小时了。

一个浑身散发出恶臭的男人坐在我身旁的板凳上,年龄看上去大概在二十到四十岁之间。

这个有些健谈的男人叫埃尔文,他告诉我,他已经被监禁了五天了。他被捕的时候,车里有可卡因,以及一个十来岁的女孩,当时他的车停在离校园两个街区远的地方……我突然感觉到,埃尔文需要担心的事应该远远不如我多。

埃尔文的手臂上有一个化脓溃烂的伤口，脖子上也有一个。他还告诉我，监狱里的午饭是看不见肉的三明治，晚饭是玉米煎饼，和通常在加油站门口卖的那种差不多。

我想起来了，自己还没有吃午饭呢。

他又问我有没有一个好律师，我简单地回答说有，然后将自己的头向后靠在墙上。我不想引来各种各样的关注，我快要被绝望的洪水淹没了，再好的律师对我来说似乎也毫无意义。

我曾经顺利通过了海军陆战队新兵训练营的培训，接下来又参加了战争。我杀过很多人，还眼看着很多朋友在我的身边死去。我的父母已经去世。我在战斗中受过伤。事实上，我曾经死过一次，但又被救回来了。我的经历不可谓不丰富。

然而，我以前从来没有经历过的一种感觉，就是像现在这样完全丧失希望。

我说的任何话都无关紧要。

不论我见到任何人，事情都不会有任何进展。

我现在受制于人，身不由己，那些希望我倒霉的人却可以为所欲为。甚至连菲斯克也让我失望了，不管我愿不愿意承认这一点。

埃尔文站了起来，坐到了另外一块金属板上，一个来自社会底层的犯人取代了他的位子。这个人看上去很正派，他说他有一个健全的家庭——一个妻子和几个孩子，他因为一场酒吧斗殴而进了监狱。他还告诉我，因为没钱，他没办法提出保释。他咳得很厉害，听起来就像是肺结核或肺癌。

我假装睡觉，脑子里列出了痛恨我的人的清单。这是一个很长很长的名单，名单上的人都曾经被我逮捕、阻挠、解雇或揭露罪行。

汤米的脸以及他对我的抱怨不断地在我眼前闪现，接下来，我从一个黑暗、阴郁的梦里醒了过来。头顶上的灯全都亮着，一名狱友正在卫生间拉屎。不过，使我惊醒的是监狱的广播系统所发出的低沉而伴有回响的声音，广播里被念到名字的犯人将会被巴士车送到某某法庭去。

埃尔文说："他们总是在凌晨四点钟做这件事，就像现在这样，因为法庭在九点钟以后就不再受理新的申请了。"

我没有听到自己的名字。

广播里没有出现我的名字。

我绝望地闭上了眼睛,片刻之后,一名狱警按下了牢房外的蜂鸣器,接下来牢房的推拉门滑开了,狱警说道:"你就是杰克·摩根吗?赶紧穿好衣服,你要上法庭了。"

五十九

凯恩的势力很大,使我挤到了队伍的最前面,一辆巴士车将我从双塔监狱转运到了位于西庙街的克拉拉·肖特里奇·福尔茨刑事审判中心。到达后,我被带进了审判室外面的监禁室,与另外三名狱友用链条拴在一起。其中一个人大约只有十八岁,因为极度恐惧,脸色非常苍白。

这里的空调开得很冷,或许这也是使人脸色苍白的另一个原因吧。

感谢上帝!我能来到这里真是个奇迹。

我在这个房间里坐了好几个小时,这期间,我的狱友们纷纷离开又回来。接下来,轮到我和这些临时室友分开了。

凯恩找到了我,他伸出双手,紧紧地拥抱着我,嘴里小声说道:"你一定要记住你的身份,加把劲!"

我身上的味道很不好闻,就像我的牢房里那些底层社会的人一样。我还穿着昨天的衣服,身上有许多伤口和淤伤,而且一整天都没有刮胡子。

我对我的律师说:"好的,我想我至少还可以装成那样。"

我跟着凯恩走进了审判室,这个房间看起来非常文明,非常公正,可眼前的一切还是让我想起了一群埃利斯岛①难民的故事,他们在阴冷潮湿的货船里躲了三个星期以后被起诉,这些人都不知道自己会遭遇什么样的厄运,此时此刻的我也是如此。

审判我的法官是霍尼韦尔·斯金纳·卡福因,我以前从来没有见过他,但是我听说过很多关于他的事迹。他差不多有五十来岁,被公认为是一个敏感易怒、固执武断的家伙。朱斯蒂娜曾经说他擅长"创造性解释法律"。

我不知道这对我来说究竟是好事还是坏事。

当卡福因法官正与他的法警交谈的时候,我扫了一眼旁听席。旁听席那边发出了嘈杂而低沉的声音,夹杂着人们的交谈声、耳语声和他们进入座位时的声音,偶尔还能听到婴孩们的哭泣声。突然,我听见有人在叫我的名字,我转过头去,看见了罗比·佩斯,这位新任市长正朝着我的方向走来。

他穿着一身深蓝色的西装,看上去十分整洁,而且一看就是刚刚修过面的,脸皮闪闪发亮。他走近我,倾下身子,对着我的耳朵说:"我给法官写了封信,讲了不少好话,我想你应该会没事的。"

"谢谢你,罗比。"

"不客气。"

审判室的前门被打开了,进来的是菲斯克,他顺着中间的过道走上前来,接着停下来跟佩斯市长交谈。在他们聊天的时候,菲斯克不时地越过佩斯的肩膀看着我。谈话结束后,罗比点了点头,表示同意。接下来,菲斯克又朝着我点了点头,然后向旁听席后面的座位走去了。

前门再次被打开了,朱斯蒂娜走了进来,她的姿态非常优雅,看起来像是娇艳欲滴的玫瑰。但是她的笑容略带悲伤,显得心事重重。她微笑着朝我走来,在我面前停下,并没有拥抱我。看来,我们之间的身体接触

---

① 埃利斯岛位于纽约市曼哈顿炮台西南部,距曼哈顿只有十五千米,离自由女神像仅有三百米远。从1892年到1924年,它是美国的主要移民检查站。大约有一千二百万的外籍移民经由此地而先后进入山姆大叔的家乡。埃利斯岛在1892年1月1日到1954年11月12日期间是移民管理局的所在地。许多来自欧洲的移民在这里踏上美国的土地,进行身体检查和接受移民官的询问。目前,埃利斯岛上的移民管理局已经改建为移民博物馆。

已经成为她的禁区了。

"我们都和你站在一起,杰克,公司里每一个人都是如此。我们正四处搜寻新的证据,仔细查看和筛选我们得到的每一条信息。我们会一直坚持这样做,直到我们找到有用的证据。对了,你还好吗?"

"见到你的感觉真好。"

"我希望我也可以这么说,我知道你在监狱里吃了不少苦头。"

我心想,你并不是真的知道,因为你没有进过监狱,你真应该为此感谢上帝。

我问她:"你们什么新证据都没找到吗?"

"暂时还没有。另外,汤米有不在场的证明。"

"嗯,我已经听说了。"

"他的妻子作证,那天晚上他们俩一起在家。"

我叹了口气。

"我们还在努力。"朱斯蒂娜补充道。

"不用担心我。"

"我知道。"

我这个大笨蛋,为什么要和科琳上床啊?

为什么我没能控制住自己的冲动呢?

朱斯蒂娜又说了一些祝福的话,接下来,法警喊出了一个号码,凯恩说道:"那是我们的号,走吧。"

六十

助理地方检察官的名字叫埃迪·圣威诺,这个年轻人只有二十多岁,肤色黝黑,面容俊朗,而且正处于职业生涯的上升阶段——至少他给人的印象是这样的。

圣威诺说:"法官大人,摩根先生被控谋杀科琳·莫洛伊——他的众多女友中的一个。他朝着她的胸膛打了三枪。我们从受害人的体内提取了他的 DNA,谨慎地进行了分析查证。"

助理地方检察官得意地笑着,他还扫了一眼旁听席,发现没有得到任何回应,便继续说道:

"这起案件还有个特殊情况,莫洛伊女士身亡时,已经怀有六个星期的身孕。"

"请继续。"法官说道,"但不要讲得那么复杂,也不用绕圈子,埃迪,这里没有陪审团,只有我。"

"好的,法官大人。"助理地方检察官回答道。他迷人地笑了笑,然后继续陈述:"杀人凶器是一把点 45 口径的手枪,登记在摩根先生名下。案发后,凶器被发现隐匿于离他家前门大约十五英尺的灌木丛中。此外,这把手枪的口径与从被害人体内取出的子弹是完全匹配的。"

卡福因法官第一次正眼看着我,与此同时,圣威诺还在作陈述,他一边讲话,一边掰着手指列举项目。

"杰克·摩根非常富有,他有枪,而且很危险。他曾经是一名飞行员。法官大人,他不仅可以驾驶飞机,而且还拥有一架私人飞机。如果这都不能定义为潜逃风险的话,我真不知道还有什么条件可以被定义为潜逃风险了。

"公众要求将摩根先生还押候审,送回双塔监狱,等待正式审讯。"

圣威诺陈述的每一件关于我的事情都是真的——除了杀死科琳和有潜逃风险之外。我感到自己的情绪发生了变化,我已经度过了恐惧和自怜自哀的阶段,现在开始变得狂怒。

卡福因法官说:"凯恩先生,现在该你发言了。"

凯恩站起来说:"圣威诺先生的发言很精彩,法官大人,但是我的委托人并没有潜逃风险。他现在打算因这些可憎的虚假指控为自己辩护,因为他根本就是无罪的。警方匆忙、武断地作出了裁决,由于警方的懒惰和无所作为,摩根先生成为了首当其冲的受害者。"

卡福因打断道:"请只陈述事实,凯恩先生,今天我还需要审理上百个人的案子,他们都等在外面。"

"很抱歉,法官大人。我想说的事实是,摩根先生是一位战争英雄,他是一名卓越的飞行员,就好比秃头鹰是一只非常优秀的鸟。他在海军陆战队服役时是一名上尉。他在阿富汗驾驶运输直升机,后来被授予银星勋章。摩根先生和警察局局长以及洛杉矶市长在私底下都是好朋友,这两位都愿意为他做担保。

"而且,法官大人,摩根先生雇用了超过三百名员工。因此,不论社会的英杰应该是什么样子,杰克·摩根都符合标准。"

"请为你刚才的陈述作一个总结,凯恩先生。"

"法官大人,我的总结陈词是,摩根先生出差后回到家中,发现前女友死在自己的床上。这显然是一起陷害,他及时打电话通知了警察。

"如果我的委托人真的是凶手,那他比任何人都更有条件和能力清理现场的各种证据。他是独居的,案发时间距离他第二天早上去办公室的时间还差十三到十四个小时。在这段时间里,他完全可以处理好尸体,清理犯罪现场,并制造一个不在场的证明。真该死!他本可以邀请十二个朋友去吃一顿好莱坞式大餐,即使那样做了,他依然有足够的时间销毁证据。而且,他还可以驾驶自己的私人飞机去瓜达拉哈拉①。

"然而,警方是怎么说的呢?他们说他杀死了那个女人,把她的尸体放在自己的床上,还把作案用的凶器放在离自己家门口只有十五英尺的一堆覆盖物下?

"那简直是一派胡言,法官大人,如果摩根先生真的有潜逃到墨西哥的打算,那他为什么没有采取行动呢?

"因为杰克·摩根根本就不是杀害科琳·莫洛伊的凶手。他在第一时间就通知了警方,并且尽最大努力与警方配合工作。这些行动足以证明他是一个清白无辜的人。"

---

① 墨西哥西部一城市。

六十一

凯恩完成了一记强有力的反击,他的工作能力实在是太出色了。我对凯恩充满了感激之情,几乎就要控制不住地放声痛哭。但是,卡福因法官一直都是一副冷冰冰的面孔,看上去他对凯恩的发言完全无动于衷。

卡福因法官说:"摩根先生,你被指控犯有重罪谋杀罪①,并且还附有特殊情况。你准备如何为自己辩护?"

"我是无罪的,法官大人。"

法官含混不清地应了一声:"嗯……"接下来,他弯下身子,盯着自己面前的笔记本电脑,开始用指尖轻敲着键盘。

卡福因用两只手指敲打键盘,动作十分别扭。当他正看着键盘缓慢地打字时,旁听席上突然出现了一阵喧哗,就好像有台风从海岸线席卷而来。走廊上也出现了一些争吵和推搡,警卫们好不容易才将激动的人群平息下来。法官拿起他的小木槌,连续猛击了四次,并对着旁听席怒目而视。

一切恢复平静之后,卡福因低下头,俯视着我。

"摩根先生,你有过逃跑的打算吗?"

"绝对没有,法官大人。"

"好的,既然这样,我得说我们碰到了一个极不寻常的情况,摩根先生是一位诚实的公民,他在案发后及时向警方汇报了情况,可是另一方面,

---

① 重罪谋杀罪是英美刑法中比较特殊,并引起很多批评和质疑的罪名。目前,美国大部分州的刑法仍保留有该罪名,但其适用范围和条件受到越来越多的限制,实际上被限于在实施重罪过程中故意或过失造成死亡结果的情形。由于该罪名的设置仍具有一些积极意义且限制了适用范围,尽管存在比较严厉的批评之声,但绝大多数州的刑法仍然保留了重罪谋杀罪规则,短期内没有被废除的迹象。

这起案件又有一个特殊情况。"

法官用手摸着自己的下巴,看上去正在思考,大家的注意力都被他吸引过去了。

"我找到了一个判决先例①,迈耶与斯皮诺歌提的案子。"

听到这话,圣威诺看起来有些困惑:"法官大人,那不是一起绑架案件吗?"

"你说对了,圣威诺先生。两者的共同之处在于受害人都怀有身孕。凯恩先生,我要求取消摩根先生使用私人飞机的资格,并对他的飞机进行严加看管,这样他就无法接触自己的飞机了。摩根先生,你得交出自己的飞行员执照、驾驶执照、携带武器许可证,还有你的护照。

"当这些条件全都得到满足之后,你们去找一个保释代理人,提供两千万美元的保证金,然后摩根先生就可以自由行动了。"

法官的小木槌敲了下来。

法警开始喊下一个人的号码。凯恩对我说:"别担心,杰克,我会处理好一切的,明天你就可以回家了。"

凯恩说的是真的吗?或者他只是在安慰我?

一名警卫来到我的身旁,猛地拽住我的手臂,让我跟着他走出了审判室的后门。在门正要关上的那一刹那,我回头望了望,希望能看到朱斯蒂娜,结果却只看到了菲斯克。

他正与坦迪、齐格勒和埃迪·圣威诺私下交谈,我可以从他们投射过来的目光中判断出他们正在谈论我。

我心里很清楚,法官宣布我可以提出保释,这使得起诉方非常不满。

我再次被带到审判室后面的监禁室,在那里,我又被链条与其他三个犯人拴在了一起。在接下来的六个小时里,我一直都在寂静中冒着冷汗。时间到了,巴士车将我运回了男子重刑犯监狱,我又回到了自己的牢房。

我们又多了一名新狱友。

他也是一个非常健谈的家伙。

---

① 在英美法系下,判决先例指的是先前已经建立法律原则的案件。法院审理后来的案件时,若遇到有相同或类似先例情况的案件,会使用先例里建立的法律原则处理案件。

新狱友的名字叫文森特,他的眼睛看上去有些疲倦,就好像他昨晚是睡在隔栅上的。他的语速很快,滔滔不绝地向我谈论着他所谓的"房地产市场泡沫",他认为这个问题至少要等到2015年才能得到纠正。他还谈到了婴儿潮①,分析了不久前美国婴儿出生率的提升对经济环境造成的各种压力,接着又大谈特谈现有的福利计划所存在的问题和漏洞。依照他的观点,我们将无法再看到经济牛市,除非国家穿上"矫形鞋"。

他虽然入狱,却仍然很有幽默感,这一点真令人钦佩。

"你是从事金融行业的吗?"我礼貌地问他。

"我是开车的。"

"开车?"

"我是出租车司机。我少付了几张罚单,就是这个原因,他们把我送到这儿来了,你相信吗?"

"哦,我真遗憾听到这个。"

"当我们出去后,如果你需要叫出租车,请记得我的号码1-800,我叫文森特。"

我回答说:"好的,我记住了。"

我又开始想念朱斯蒂娜了,想起了她看着我时的眼神。我能够体会她的痛苦,以及她深深的失望。我幻想着和她一起躺在一张大床上,身上盖着凉爽的被单……

突然,耳边传来了一阵尖利刺耳的从扬声器发出的声音,回荡在我所在的监狱大隔间里,将我的思绪拉回到现实。

这一次,我听到了自己的名字。

---

① 婴儿潮指的是在某一时期及特定地区,出生率大幅度提升的现象。历史上有记载的几次婴儿潮,通常是起因于有振奋人心的因素,像是农作物丰收、打赢战争及赢得体育竞赛等。但也有因为迷信的因素。婴儿潮这个词的首次出现,主要是指美国第二次世界大战后的"4664"现象——从1946年至1964年,这期间婴儿潮出生人口高达七千八百万人。

六十二

凯恩站在铁丝网围栏外等着我,他伸出一只手环绕住我的脖子,催促我迅速穿过在监狱外溜达逗留的人群,那都是些飞车党小混混或黑帮分子。

我的汽车停在巴奇特大街旁,驾驶座上的奥尔多一看到我们,就迅速地跑下车,帮我打开了后车门。

"你还好吧,杰克?"奥尔多问道。

"再没有比这更差的感觉了,就好像我被车撞了,本想好好地睡几天觉来消除撞车后的身体不适,却只能睡在排水沟里。"

奥尔多笑着说:"哦,天哪!这可真糟糕,但是现在你终于回到我们身边了。对了,我在车上为你准备了咖啡。"

自从奥尔多在机场接到我,送我回家后,真的只过去了五天吗?我怎么感觉好像过了十年一样呢?没错!至少有十年。

凯恩也上了车,坐在我旁边的座位上。奔驰车飞奔出去,汇入到巴奇特大街的车流当中。

"我想先回家换身衣服。"

"杰克,还是先去酒店好些。"奥尔多说,"他们在一小时前才取下了围绕着你的别墅的警示带,还有那些狗屎般的胶条。现在还没有人去清理你的房子。科迪帮你带了一些衣服去酒店。"

我点了点头,一想到那张被血浸湿的床,我就觉得自己的家已经被血永远地玷污了。

我身旁的座位上摆了一份报纸,头版上有一张巨幅照片。我用了整整一秒钟才反应过来,那个戴着镣铐,站在队伍中等待双塔监狱巴士车的人,竟然就是我自己。

醒目的大标题写着:"摩根已获保释释放。"副标题是"被指控的杀人犯支付两千万美元后获得保释"。

导语段落中的文字讲述的是科琳谋杀案,里面还提到了菲尔·斯佩克特、罗伯特·布莱克和辛普森,这些人都是洛杉矶著名的杀人凶手。

"审判是在什么时候?"我问凯恩。

"目前我们还不知道具体时间。"凯恩说,"而且我们也不希望来得太快。"

我明白他的意思。现在的局势对我们有利,我有足够多的时间告诉警方我没有杀人。换句话说,杰克·摩根即将展开他的绝地大反攻。

奔驰车停放在比佛利山太阳酒店门外等我。我上楼走进我的豪华、阔气的房间,脱掉衣服,站在天花板上有六个喷头的大理石淋浴间里。干净的热水几乎让我获得了重生的感觉。

半小时过后,差不多是正午,我穿过国际私人侦探公司的大门,迈着大步走上了楼梯。

科迪的办公位是空的,但是有一个客户正在我的办公室门外的空地上来回踱着步。那个人是杜威·阿诺德,汉密尔顿·普赖斯的首席律师,全世界最有名的体育经纪人之一。

"杜威,快请进,我没想到你会来。"

"杰克,我不用进来了。"

"为什么?"

我本来正要走进自己的办公室,听了杜威的话,我不由得停了下来,转过头去看着他那张布满皱纹的脸。

我十多岁时就知道杜威了。我在职业橄榄球队里只待了一个赛季,在那个赛季里,杜威的公司正好就是我的经纪公司。汉密尔顿·普赖斯曾经是我的父亲的客户,同时他也是我的舅舅弗雷德的好朋友,后者是奥克兰突袭者队[①]的经理。

汉密尔顿·普赖斯在过去的五年里一直是国际私人侦探公司的重要客户。

[①] 奥克兰突袭者队创立于 1960 年,是美国橄榄球联盟最初的八支球队之一。

"杰克,我就直说好了,你被解雇了,我们不想再与你合作了,永远都不。"

"杜威,请进来说,让我们好好谈谈。我是无罪的,这是一场……"

"我听说了,这是一场陷害。"杜威打断了我的话,"这个我们并不在乎,我们只是不愿意和丑闻纠纷扯上干系。我已经结清了全部账款,而且今天下午我们会发布一个新闻通稿,我们将会把相关业务转到国际私人警卫公司。"

"你是说……你们要去和我的兄弟合作?"

"我们这样做是为了体现对你的家族的忠诚,汉密尔顿还委托我告诉你,'祝你好运'。"

杜威说得唾沫横飞,我用手擦拭了一下自己的脸,眼睁睁地看着他趾高气昂地朝着电梯走去了。

六十三

我转过头来,不愿再去看杜威·阿诺德。这时,我看见一个高个子黑女人从我的办公室里走了出来。她很漂亮,大约二十三岁,穿平底鞋时差不多有五英尺十一英寸高。她穿了一件V领部位镶有蕾丝花边的衬衣,和一条黄绿色的裤子。她脸上带着害怕的表情——难道,刚才那次淋浴没能洗掉过去几天里的可怕遭遇,现在的我看上去依然十分可怕?

更重要的一点是,我根本不认识她。

那么,她在我的办公室里干什么呢?

"我叫瓦莱丽·肯尼。"她说,"我是科迪的继任者。"

她向我伸出手来,我尴尬地握了握,可我还没弄明白这究竟是怎么一回事。科迪告诉过我,他还会在公司待上一个星期,而且会让我面试他挑选出来的三个候选人。

"科迪想让我适应一下环境,在他还没有离开公司的时候对我进行一些培训。"瓦莱丽说,"他已经为我安排了一些会议。"

"请到我的办公室来吧。"

我示意瓦莱丽·肯尼在会客区就座,并对她说:"我相信他本来会先跟我谈到你的,但是我已经有好几天都没能用手机了。"

"没有手机在身边,这真可怕,难道不是吗?"

听到这话,我笑了,这是我这段时间以来第一次笑。

"接下来,请谈谈你自己吧,瓦莱丽?"

她简要概述了自己的经历,说的都是要点,听得出来一定是预先演练过的,但也并不是过于死板和墨守成规。瓦莱丽来自迈阿密,她的母亲现在仍然居住在那里。四年前,她从波士顿大学毕业,获得了理科学士学位。

"毕业后,我又到迈阿密大学进修犯罪学。"她告诉我,"有一阵,我妈妈需要我在家里帮助她管教我的弟弟。我的弟弟现在十多岁,你应该想象得到,这正是不听约束的叛逆年纪。你还记得曾经有一次,你来到迈阿密大学做了一场关于犯罪侦查的演讲吗?"

"是的,我当然记得。"

"我坐在第一排。"

"哦,真抱歉,当时人太多了。"

"哦,这没关系,但是,你的确给我留下了非常深刻的印象,摩根先生。"

"叫我杰克好了。"

"杰克,你觉得我怎么样呢?"她问道,"我现在有没有被解雇?"

我第二次笑了起来。我心想,连笑的次数都可以数清楚,可见我是多么地需要开怀大笑啊。

"我想听听后面的故事。"我说,"请继续讲下去吧。"

瓦莱丽告诉我,她曾在迈阿密警察局的后勤部门工作过一段时间,并利用晚上的时间学习,获得了她的犯罪学硕士学位。在那之后,她告诉她的母亲,总有一天她将会搬到洛杉矶居住,并且进入国际私人侦探公司工作。

"最后那部分一定是谎言。"我说。

她露齿而笑,"这是人们在参加面试时常说的话啊,后面应该还有一句,'我一直都想来这里工作。'但是,我这样说确实是真心的。"

"你真的搬到洛杉矶来了?"

"是的,我一向都是特立独行的。"

最开始的十五分钟谈话,她看上去还有些紧张,而我的脑子里也不断地闪现着杜威·阿诺德嘴上说"祝我好运",心里却希望我得上瘟疫的那个场面。

"科迪回复了我的邮件以后,我立即乘飞机去与他会面。关于未处理邮件和电话的内容,我想你现在应该已经知道大部分信息了。我们流失了三个客户,我把他们的联系信息录入到你的电脑里了。如果你准备好了,我将为你预约五个会议。"

"德尔里奥先生有非常紧要的事情找你,普尔女士也是,还需要我继续说下去吗?"

"你知道我遇到什么麻烦了吗?"

"是的,我当然知道。"

"为了对付科琳·莫洛伊的谋杀案,我们需要夜以继日地加班,周末也不例外。你有很高的学历,你确定你真的想来这里接电话吗?"

"是的,而且我能够做好你安排给我的任何事情。这是我梦寐以求的工作,杰克先生,我一定会非常努力的,这是我的承诺。你眼前的女孩是一个多次获得奖学金的好学生,我曾经靠奖学金进到了最好的大学。"

瓦莱丽的双手紧握,放在膝盖上。她前倾着身体,满怀期待地看着我。

我不得不再次笑起来。她很聪明,而且非常积极,但是她真的像她所表现的那么好吗?

"如果你认为我合格了,那我们来谈谈让我加入调查的事吧。"瓦莱丽·肯尼说道。

我的头顶戴着一个谋杀指控的紧箍咒。

我有必要尝试一下,让这个聪明积极的肯尼小姐来辅助我的工作,现在的我需要尽最大努力,使出一切办法来拯救自己的性命。

我伸出手，再次和她握手。

这一次，我对她说："欢迎加入国际私人侦探公司。"

第三部
峰回路转
Private #1 suspect

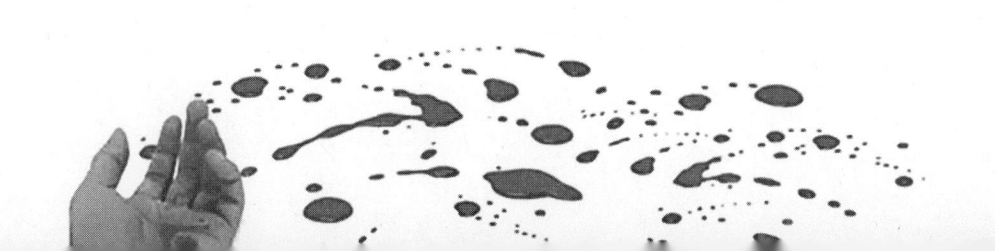

六十四

拍摄《绿色恋情》的片场位于洛杉矶北部的一个农场里，离欧加镇很近，农场外是一条蜿蜒、曲折的乡间小路。

德尔里奥站在一片鳄梨树林下，注视着《绿色恋情》摄制组的工作人员，他们正忙着为第一个镜头做准备。几米远的地方，斯科蒂斜靠在草坪旁边的白色马栅栏上，这一排马栅栏将这个看上去有些古怪、也许有超过一百年历史的农场与外面的车道分隔开来。

现在是早上八点一刻，摄制组的工作人员正在调试灯光和录音设备，并调整好了摄影机的角度，使镜头聚焦于停放在别墅外面的一辆蓝色法拉利跑车上。

丹尼·惠特曼坐在驾驶座上，与他对戏的是十六岁的派普·温尼克，后者坐在他旁边的副驾驶座位上。两人正在打情骂俏，做着入戏前的准备。他们在影片中饰演的角色是两个陷入爱河的年轻间谍，丹尼是一名暗杀者，为了完成任务，他需要克服重重困难。

德尔里奥回想起了"伯恩"系列电影[①]中的角色形象，主演是英俊健硕的马特·达蒙，女主角的名字他已经想不起来了。与"伯恩"系列电影中的浅黑肤色的女演员不同，派普·温尼克是一位漂亮白皙的金发女郎。她留着柔顺闪亮的齐肩长发，穿着一件黄色的背心裙，头上戴了一顶草帽，帽檐遮挡住了她的眼睛。

丹尼·惠特曼穿了一件蓝色的马球衫，下装是牛仔裤，头上戴着棒球帽。他正与女搭档亲昵爱抚，后者假装将他推开，并称呼他为"傻瓜"，然后两个人一起大笑起来。

[①] 又名《谍影重重》，该系列电影已经出了四部，前三部均由马特·达蒙主演。

德尔里奥对这个地方很满意,因为这里除了农场以外,再看不到其他任何房屋和建筑,而且看上去一切情况都在他的掌控之中。他慢悠悠地点燃了一支烟,尽管没有烟瘾,但有些时候,看着嘴里吐出的烟气随着微风飘散,也是一桩很惬意的事。

他注视着这两个演员,心里想象着这部电影基本上可以保证在明年夏天成为一部轰动一时的大片——如果丹尼没有去坐牢的话。不过,如果他真的入狱了,没准这部电影还会更加卖座呢。

导演正在喊话,吩咐两个演员进入拍摄状态。他们下了车,走进了布满了古怪装饰的老房子。就在这时,那三名丹尼·惠特曼的核心助手悠然地从公路上走了过来。

斯科蒂离开了位于围栏旁的"哨所",来到德尔里奥身边。

他对德尔里奥说:"这三个人当中,我只觉得舒斯特尔——丹尼的经纪人看上去顺眼点,我想他是真的很喜欢丹尼。巴斯托,就是那个注册税务师代理人,他看起来不会喜欢任何人。至于制片人默文·克洛斯嘛,我很了解他,他毫不掩饰地表明了他的心里只有钱。"

德尔里奥说:"其实他们三个人都是只在乎钱的,斯科蒂,他们不过是不同类型的'绿色恋情'①而已。"

三个男人翻越过围栏,朝着这两个侦查员走来。舒斯特尔率先发问:"你们是国际私人侦探公司的员工,对吗?"

德尔里奥觉得舒斯特尔看上去非常兴奋,而这确实有充足的理由。舒斯特尔等待了很长的时间,就是为了等到电影开机的这一刻,今天正是他的大日子。

巴斯托说:"如果你们愿意的话,可以先去吃点东西。餐车就停在别墅背后。"

德尔里奥说:"谢谢,我们现在不饿。"

他心里暗想,偶尔当一回垒球手也不错,一切都在掌握之中。

---

① 在美国俚语中,"绿色"是"钱"的同义词,因为美元就是绿色的,所以在美国绿色也代表金钱、财富和资本主义。德尔里奥在这里是一语双关。

六十五

在距离鳄梨树林五十英尺远的地方,导演的助理朝着工作人员喊叫着:"请大家保持安静。"

一名工作人员轻轻敲了一下场记板①,说道:"第一幕,准备。"紧接着,助理导演开始倒计时:"四,三,二……开拍。"

摄影机聚焦于别墅的前门,丹尼从里面走了出来,派普紧随其后。丹尼转过头对派普说道:"你必须明白,那家伙已经疯了。"

"奶酪蛋糕!② 哦,不对,我想说的应该是,水果蛋糕!③"派普的英语带有浓重的意大利口音。

他们一起进到车里,惠特曼说:"你以后说话还是直接点吧,可以吗?"

温尼克说:"我本来是知道的,奶酪蛋糕指的是美女照片,水果蛋糕才是疯子的意思。好,听你的,我保持低调好了。"

电影明星对着片中的女朋友说:"我真是一个水果蛋糕,所以让你和我一起来到了这里。如果你遇到任何事情……"

女孩笑着说出了一个词:"笨蛋。"这时,丹尼发动了这辆时髦的跑车。他启动引擎后,猛地加大了油门,派普尖叫一声,身体一下子倒在了靠背上,"法拉利"像火箭一样向西萨公路冲了过去。

车开得非常快,快得让人难以置信。

这是剧本里没有提到的情节。

---

① 上面写着场次、镜次、导演、片名、影片公司等资料的小木板,一端可以开合,可以拍出清楚响声,以便剪接时声画同步作业的进行。
② "奶酪蛋糕"(cheesecake)在美国俚语中还有"性感玉照"的意思。
③ "水果蛋糕"(fruitcake)在美国俚语中代表"疯子"、"蠢人"、"怪人"等等。

摄制组的工作人员和旁观者全部都站在原地目瞪口呆,张大嘴巴看着跑车疾驰着穿过了打开着的农场大门,然后继续向前冲去。导演大声喊道:"卡!"可是跑车并没有停下来。

相反,丹尼驾驶着法拉利,丝毫没有减速,车子一甩尾,硬生生地拐上了西萨公路。那辆跑车变成了一个逼真的蓝光火箭,越来越小,直到它从人们的视野里消失,引擎的声音也随之消失了。

导演咒骂着:"妈的!这他妈的到底是怎么回事?"

舒斯特尔站在德尔里奥身旁,拿出手机开始拨打电话。不远处的默文·克洛斯也在做着同样的事。

"丹尼,我是默文,该死!"克洛斯对着手机喊道,"丹尼,你快回话,这可不是闹着玩的。"

"他很快就会回来的。"斯科蒂自言自语道,他又转身对德尔里奥说:"他只是喜欢这辆车和这个女孩而已,他很快就会开车回来的,他只是想出去兜兜风。"

"但愿你是对的。"德尔里奥说。

德尔里奥刚才回味着的满足感瞬间就消失了,取而代之的是一种新感觉,就像是一股冷风穿透了他的胸膛。

他掏出了自己的手机,给朱斯蒂娜打电话,当她接通电话后,他说:"我们在这里守了一个小时了,但是,很遗憾我们跟丢了,这个该死的家伙……嗯,是的,就是丹尼,他驾驶着一辆价值三十万美元的法拉利跑车逃跑了,时速至少有一百二十英里……你得做好心理准备,朱斯蒂娜,他还带走了一个女孩……女孩叫派普·温尼克……不!不是这样的,就算他对人说过他要去哪里,我们这儿也没一个人知道。"

六十六

马上就到下午五点了。

朱斯蒂娜和斯科蒂花了一整天的时间寻找丹尼。他们去了丹尼的别墅,还有派普在比佛利山的公寓。他们也联系了双方的朋友和家人,此时此刻,他们正准备离开电影制片厂。离开之前,两人已经挨个咨询过电影制片厂的每一个人,了解了每一个人对丹尼消失这件事的看法。千真万确!每一个人他们都仔细盘问过。

差不多有一半的人认为,丹尼是一个不负责任、不可靠、不成熟的家伙,他完全不知道他的这种行为的后果。

另外一半的人猜测,丹尼本人其实很清楚这种行为的后果,他们认为他的消失只是一次作秀,是在模仿电影里的情节。甚至有人相信,这件事是丹尼的注册税务师代理人——艾伦·巴斯托一手策划的,丹尼只是在照章办事。

不论真相是什么,朱斯蒂娜都知道,很快警方就会开始寻找一辆蓝色的法拉利跑车,以及两个年轻的电影明星。

朱斯蒂娜吩咐斯科蒂系紧安全带,然后发动汽车,离开了丑角电影制片场。加速的车胎与路面摩擦,发出了一阵刺耳的尖叫声。汽车穿过梅尔罗斯市,朝着比佛利山的方向开去了。

朱斯蒂娜一边开车,一边用两只手掌疯狂地拍打着方向盘。现在她的心情无比沮丧,而且伴着狂怒。她很想搞清楚,丹尼作出这种荒唐、危险的举动,究竟是什么原因。他总不能声称,他开着车带着坐在副驾驶座位上的派普·温尼克离开片场的行为是他暂时失去正常行为能力后的一时之举吧?

还有什么环节是被自己忽略了的?

丹尼是一个无比自恋的孩子吗？

或者说，他是一个精神病患者？

不管怎样，他的这种行为都是自毁人生。

丹尼·惠特曼，他拥有很多人所羡慕的一切，可他很可能会在监狱里度过他的二十五岁生日。

而且这个结果还是以他没有伤害派普为前提的。

汽车行至新月山庄时，朱斯蒂娜在通过一个路口时猛地加速，在交通灯还是黄色时穿了过去。她对斯科蒂说："你听到过我对他说的话，'你要做的很简单，不要再和任何女孩约会'。"

"朱斯蒂娜，再过两个街区，你就得转弯了，也许现在你应该提前进入左车道……"

"他明明同意了我们给出的建议，我不断地问自己，这家伙是不是疯了？我的意思是，他会不会本来就是个疯子？"

斯科蒂坐在副驾驶的位子上，用脚比画了一个踩刹车的动作，因为他身旁的朱斯蒂娜在极速左转时完全没有注意到红灯。

朱斯蒂娜说："唉！其实我挺喜欢他的，斯科蒂，我真的非常喜欢他。对了，再给我说一下地址。"

"枫叶街345号，可能再过三个街区就到了。朱斯蒂娜，这件事应该由我负责，但我的确不知道自己当时还能做出什么不一样的举动。在他驾驶着'法拉利'飞驰而去的时候，我们不得不闪开让路。"

"是的，你当然不可能知道，我是说真的，斯科蒂。"

公路右边出现了一栋四四方方的楼房，大概有十五层。朱斯蒂娜驱车沿着大楼东侧的一个斜坡向下开去，将汽车驶入了一个阴暗的地下停车场。

几分钟过后，朱斯蒂娜和斯科蒂在芭芭拉·克罗利演出人才中介所的接待处登记了自己的名字。

六十七

接待处的工作人员用对讲机通知了芭芭拉·克罗利,不到一分钟,这位派普·温尼克的经纪人就出现在了接待处。她是一个看上去魅力十足的女人,四十岁出头,穿了一件非常高档的黑色西装,戴着金手镯,指尖涂抹了亮黑色的指甲油,一头短发被染成了金银混合色。

朱斯蒂娜注意到,克罗利唇上的口红不太完整,这看起来跟她这身精致的打扮很不协调。

"你有丹尼的消息吗?"经纪人率先发问。

朱斯蒂娜答道:"现在还没有。"

她将克里斯汀·斯科特介绍给对方,接下来,她和斯科蒂跟着克罗利顺着一条走廊朝办公区走去。走廊两侧的墙上挂满了巨幅的电影明星照片,这些照片上都有明星本人的亲笔签名和留言,字里行间中透露出对克罗利的深深的感谢和爱意。

当朱斯蒂娜和斯科蒂在克罗利的办公桌对面坐下后,克罗利立即关上了办公室的门,小声说道:"我很担心派普,其实这样说还不太准确,我几乎要抓狂了。"

"你认为丹尼会伤害她吗?"朱斯蒂娜问道。

"他能吗?他会吗?他是一个蜕变成电影明星的普通孩子,还是不止于此?不久前丹尼曾入院接受治疗,你们听说过这件事吗?"

"没有人告诉我们这个。"朱斯蒂娜说。

"好的,那现在让我来告诉你们吧。丹尼·惠特曼住进了蓝天医院,进行所谓的'调整理疗',消失在公众的视线之外,时间长达好几个月。"

朱斯蒂娜知道蓝天医院,汤米·摩根也曾经在那里住了几个月,目的是戒掉自己的赌瘾。

"那里是一家戒瘾疗养院,是吗?"斯科蒂问道,"一个专门帮助瘾君子和有不良嗜好的人戒掉恶习的疗养中心。"

"不仅仅是这样,有的社会名流,还有其他一些可以支付高昂费用的有钱人,都会去那里疗养,只为了休息和娱乐。"克罗利说,"我听说丹尼的问题与压力有关,当他两个月之后出院时,默文·克洛斯向我保证丹尼已经完全康复了。他说丹尼只是需要一些休息。"

"在那之后,我和丹尼见了一面。"克罗利继续说道,"他看起来很清醒,很冷静,而且也很理智,不然我决不会让派普接下这部戏。后来,当凯蒂·布莱克威尔声称她受到性骚扰时,我找到派普,告诉她我想为她取消合同,但是她很想和丹尼一起工作。再说,她的父母也很希望她能参演这部电影。"

朱斯蒂娜问道:"那你还记得丹尼是什么时候住进蓝天医院的吗?"

"大概是半年前吧,我记不太清楚了。"

办公桌上的电话铃响了,克罗利迅速抓起听筒,侧身避开了面前两个人的目光,然后小声说道:"好的……好的……嗯,我很高兴听到这个,这下好了。"

她放下了听筒。

"警察已经知道此事了。"她对两个访客说道,"派普的父母报了警,真是遗憾,但是丹尼绑架了派普·温尼克,在这个女孩回到父母身边以前,我恐怕是连觉也睡不成了。"

六十八

朱斯蒂娜让斯科蒂在事先约定好的执行监视任务的仓储区下车,然后强迫自己拨通了汤米·摩根的电话号码。这种感觉就像是光脚走在碎玻璃上,而且是在下着冰雹的夜晚,眼睛什么也看不清。

汤米接了电话,他还在自己的办公室里。

"汤米,我有个问题想问你。"

"洗耳恭听,你想问什么?"

"我听说丹尼·惠特曼在蓝天医院住院时,你也在那里。"

汤米说:"啊哈,我现在不方便说这个。朱斯蒂娜,一起吃个饭好吗?"

她无奈地说:"好吧。"紧接着又加了一句,声明这笔费用由国际私人侦探公司承担。

现在,他们来到了普罗维登斯餐厅,这里是全美顶级的餐厅之一,风格很现代也很高雅,但毫无情色氛围。以上这些特点都是朱斯蒂娜选择这家餐厅的原因。她想让汤米感到高兴,体会到她的诚意,可又不能传递给他任何错误的信号,因为他在她面前曾经不太安分。

他们坐在房间角落里的一张餐桌上,桌上的烛光摇曳闪烁,两人手里各端着一个葡萄酒杯。普罗维登斯餐厅的海鲜非常有名,甚至连那些红肉爱好者也不得不承认,这里的野生三文鱼配上蘑菇薄片,远比丁骨牛排美味。

汤米正在吃牛里脊肉,看上去非常陶醉。他靠在椅背上,注视着朱斯蒂娜,一边咀嚼,一边色迷迷地微笑着。

朱斯蒂娜抿了一小口葡萄酒,她再一次体会到了那种无法控制的触动——汤米看起来和杰克太像了。他们有着完全一样的深金色头发和淡褐色眼睛,甚至连体型和姿势也十分相似。但是,在那些真正能体现人格和性格的地方,汤米却和杰克正好相反。

杰克为人坦荡,没有私心,汤米却是个畏畏缩缩的懦夫。杰克与人谈话时会完全专注于对方,并且会认真聆听,汤米的眼睛尽管会注视对方,但他却试图操纵对方,还拼命找出对方的弱点进行攻击。

汤米说:"我不知道我能告诉你多少关于丹尼·惠特曼的事情,他是个很古怪的小家伙,而且我和他也不太熟。你为什么想知道他的事?"

"他是我们的客户。"

"杰克知道我们一起吃饭的事吗?"

"等我提交费用报销单时,他就会知道了。"

汤米大笑起来,朱斯蒂娜等着他笑完,然后再次问道:"丹尼·惠特曼为什么会住进蓝天医院?"

"抑郁症,我猜可能是这个原因吧。他看起来很沮丧,不过,也可能是其他什么原因。他去找过精神病医生,但他不喜欢和其他人来往。"

"但是,你和他交谈过吧?"

"朱斯蒂娜,我和他并没有敞开心扉啊。"汤米说,"这些社会名流,你应该很了解,他们一向都是守口如瓶的,即使有什么可以公开的故事和秘密,他们也只可能将其卖给媒体,而不是随便和人谈论。现在轮到我问你了,杰克怎么样了?自从他去双塔监狱之后,我就再也没有听到他的消息了。"

"他现在已经从那里出来了。"

"你认为他为什么要杀害科琳?"

"得了吧,汤米,你知道科琳不是他杀的。"

"不,朱斯蒂娜,你别再为他辩解了,我知道这是他干的。"

"他没有理由这样做,完全没有。"

"也许他是突然暴怒,从而失去理智。你不知道他的脾气吗?让我来告诉你我的亲身经历吧,他可以一拳让你的下巴裂成三块。"

汤米脱掉外套,卷起了右边的袖子,开始假惺惺地演戏。他给朱斯蒂娜看了一块旧伤疤,那个伤疤正好位于右手肘上方,差不多有五英寸长。

"这是他打伤我的手臂后留下的伤疤。"汤米说,"我们只是为了争抢前排的座位。"

汤米真是个卑鄙小人,她从心底恨透了他。她知道她必须掩盖自己的内心世界,但是汤米已经打开了话题,她只得接过话头。

朱斯蒂娜微笑着说:"希望你不是在诬陷杰克。"

"不会吧,你居然还爱着这家伙。"

朱斯蒂娜做了一个手势,示意服务生结账。

"还有什么需要我帮忙的吗?"汤米装腔作势地问道。

"当然有了!离杰克的客户远点,并且向警方承认是你杀害了科琳,或者你雇人杀了她。"

"我不会那样做的,我的小傻瓜,我总不能为了取悦你,就得去承认我没有做过的事情吧。但是,我还可以做其他很多事来让你开心啊,现在何不让我带你出去,来一场'真正的约会'呢?"

"这就是我们的约会,汤米,已经结束了。这是第一次,也是最后一次,而且是唯一的一次。"

六十九

我独自一人坐在屋顶酒吧里等待"厄运"·普尔,要了一杯不加冰块的毕雷矿泉水①。我享受着夕阳给泳池涂上了一层粉红色光彩的美景,突然,她在不知不觉间坐到了我身旁的座位上。

"你好!杰克,很抱歉我来晚了,办公室里的事情让我耽搁了。"

"没关系,我很喜欢这里。"

"厄运"笑着说:"我听说,过去几天你吃了不少苦头。"

她身上散发着香水的味道,就像夜晚盛开的茉莉花。她穿着深蓝色的真丝长袍和黑色紧身裤,金色的高跟凉鞋套在她那可爱迷人的脚上。她的脖子上戴了一条钻石项链,在余晖的照耀下闪闪发光。

"在双塔监狱的经历是我人生中一次宝贵的体验。"我对她说,"我得以看到了围栏那边的情形。相信我的话,我们这边的草地并不比围栏那边的更绿。"

"你看起来像是挨过打了?"

"这是宝贵体验项目的一部分。"

我本以为这样说会使她发笑,但是她却伸出手来,轻轻抚摸着我青肿的下巴。我没有阻止她这样做。

"我只是摔了一跤。"我对她说。

"看来摔得不轻啊。"

---

① 英文名"Perrier",法国南部产的一种冒泡的矿泉水。

我对着她笑了笑。她将自己的双手搭在吧台上，找酒吧侍者要了金酒①和汤力水。我看着她坐在我的身边，毫不掩饰地将兑好的酒一饮而尽。现在她就坐在那里，这个女人被一系列的杀戮纠缠上了，她很可能会因此而失去她所拥有的一切，所以找到我求助。

我说："我们正全力以赴地为你的案子努力工作，'厄运'女士，但是如果你想把业务转到其他公司，我也会理解的。而且，我们之前的工作全是免费的。"

"警察是无可救药的。"她说。

"你应该这样说，警察'也'是无可救药的。"

"上个月的这个时候，酒吧里的人多得只能站着喝酒。"

"我们还会继续努力的，如果我们还可以继续为这个案子工作的话。'厄运'女士，如果我们没有得到结果，你也不欠我们任何东西。"

"你现在正在对付一个引人注目的案子，而我也因此会继续跟你合作。"

她终于还是笑了。

"我不得不承认，"她说，"我喜欢你，杰克。"

听了这话，我感觉到了片刻的尴尬，因为我不知道自己应该如何回答她。不论她的脑子里想的是纯粹的友谊还是其他更多，对我来说都很不合时宜。而且，这恰恰是最糟糕的时刻。

"'厄运'女士，我明天早上就会退房离开了。"

她一脸愕然，很明显，她把我的这句话理解成了断然拒绝。她问我："这里的一切都让你满意吗？"

"是的，但是我得回到自己的家，继续我的生活。"

"哦，那是当然的。"

她站起身来，说道："伊基，把摩根先生的酒水记在酒店的账上。杰克，我还得回办公室去打几个电话，让我们保持联系好吗？你自己也要多保重。"

我看着她穿过露天平台，从出入口下到了五楼。她的身影消失后，我

---

① 又名杜松子酒，最早由荷兰生产，在英国大量生产后闻名于世，是世界第一大类的烈酒。

也离开了酒吧,朝自己的房间走去。

我可以列举出四到五个原因,表明现在的我为什么不需要浪漫并发症。但是,我感受到了一种毫无理由的强大推力,将我推向这个女人。我很想帮助她,就像我很想为自己洗清罪名一样。

如果她能在酒吧里再多待一分钟,我就会告诉她,我也喜欢她。

七十

晚上,克鲁兹驾驶着奔驰车来到位于洛杉矶西北郊的好莱坞,然后将车停在中心城区一个破烂的街区的一盏路灯下方。道路两旁的店铺都已经关门了,不过金属卷帘门的上方还依稀看得见店铺的名字:高质量商品市场,露比塔美容院,美国汽车协会认证消声器折扣店……还有一所教堂,看起来是由一家电器行改装而成的,招牌上用西班牙语写着"基督教教堂——救赎之源",在夜晚的这个时候也关门了。

街对面有一块黄色的霓虹灯广告牌,上面显示的是一个翻转的鸡尾酒杯,以及一个用西班牙语拼写的名字——哈瓦那夜总会。广告牌的下面是一栋在其他方面无显著特征的砖砌房屋。克鲁兹松开了自己的马尾辫,用手指捋了捋头发,接着又重新用橡皮筋把头发扎起来。他走下车,设置好汽车报警器,并整理了一下自己的外套,然后朝街对面走去。

夜总会门口站着一个肌肉发达的男人,大概三十多岁,剃了个光头,胳膊粗壮但个子不高,戴着一副金属边框的眼镜。克鲁兹用西班牙语对这名保安说:"晚上好!"

保安生硬地说:"你有预约吗?"

"我是埃米利奥·克鲁兹,我来这里见一个叫凯伦·里奇的女士。她告诉我说她已经和门卫打过招呼了。"

保安仔细打量着克鲁兹,至少有半分钟之久。接下来他问道:"你带武器了吗?"

"我有携带武器许可证。"

"这我不管,反正不能带枪。"

克鲁兹叹了口气,从腋下手枪套里取出自己的手枪,抖出弹匣,然后把枪递给了对方。保安把这把枪放在一个很结实的公共储物柜里,接着递给克鲁兹一张小票,上面印有储物柜的开箱号码。接下来,保安打开了大门。

克鲁兹走进了前厅,前面是一段狭窄的楼梯。他顺着楼梯走了上去,脑子里一直回想着自己的枪。这段楼梯的尽头是一个小房间,里面只有一个家具,看上去像是一个人工雕刻的大型衣橱。

一个舞女站在衣橱旁边,看上去接近三十岁,西班牙裔,褐色大眼睛,身材非常苗条,穿着一件紧身的粉红色绸缎礼服。这绝对是克鲁兹喜欢的类型,不过,她几乎没有正眼看他。大部分女人见到克鲁兹时,至少都会看上几眼。

她打开了衣橱的门,对克鲁兹说:"你穿过这里,再走下一段楼梯,就到了。"

"你的意思是让我穿过这个衣橱?"

女人点了点头。

衣橱里的横杆上挂了一排古巴样式的衬衣,看上去就像是一道门帘。

克鲁兹用手捋开这些"瓜亚贝拉"衬衣①,将它们推到一边,这时他才发现这个衣橱原来是一道经过了精心设计的隐蔽门,直接通往一段螺旋式楼梯的顶部平台。拉丁音乐和喋喋不休的说话声从下面的酒吧传了上来。

克鲁兹走上前去,顺着螺旋式楼梯走向那间黑暗的酒吧,四周的墙壁涂满了鲜艳的红色和金色,这使得克鲁兹感觉到好像回到了 20 世纪 20 年代的朗姆酒②酒吧。

电动蜡烛吊灯让这个地方有了一丝柔和并且讨人喜欢的光彩。房间

---

① 宽松、舒适、胸前打褶的四兜衬衣,在拉美和加勒比地区随处可见。
② 朗姆酒是以甘蔗糖蜜为原料生产的一种蒸馏酒,也称为兰姆酒或蓝姆酒。原产地在古巴,口感甜润、芬芳馥郁。

四周的小桌子旁都坐满了人,但是大部分客人都挤在一个大理石台面的吧台周围,吧台后面是堆积如山的朗姆酒酒瓶,看上去至少有七十多个不同的品种。

当克鲁兹走到最底层的台阶时,他看见酒吧后面有一条走廊可以通往吸烟室,那里的设计就像是哈瓦那的穷街陋巷。

就在这时,人群中爆发出了一阵热烈的掌声。

一个脱衣舞女跳上了小舞台,聚光灯迅速打在她的身上,使得她衣服上的金色亮片闪烁发光。她使劲甩了甩头发,然后开始跳一段性感的加勒比舞蹈。

克鲁兹站在场边,在人群中仔细搜索着。他终于看到了那个女人,她独自一人坐在安全出口附近的一张桌子旁喝酒。他穿过一群乌合之众,来到她的桌子旁边,问道:"请问你是凯伦·里奇吗?我是埃米利奥·克鲁兹。"

女人说:"请坐吧。"

克鲁兹拖出椅子,坐了下来。凯伦·里奇有一头褐色的长发,没有化妆的脸蛋焕发出一种自然的美感。半晌之后克鲁兹才意识到,她是坐在一把轮椅上的。

"你带来了我的包裹吗?"她问道。

克鲁兹拉开自己的外套,这样她就可以看见一个装在他外套内包里的信封的边缘。

他又合上了外套,问道:"需要我再帮你买点喝的吗?"

七十一

一名服务生走了过来,对凯伦·里奇说:"还是和往常一样要代基里酒①吗?"凯伦答道:"是的。"服务生又问克鲁兹:"你喜欢朗姆酒吗? 我建议你试试'糟糕的西班牙人'。"

克鲁兹点了点头,表示同意。服务生离开以后,凯伦对克鲁兹说:"你的酒里会有一个完整的鸡蛋。"

克鲁兹耸了耸肩,露出腼腆的微笑:"我挺喜欢鸡蛋的,你为什么选择这个地方和我碰面呢?"

"你见到门口那个男人了吗?"

"你是说保安?"

"他是我丈夫。"凯伦说道。

克鲁兹对凯伦·里奇的全部了解都仅限于他的线人所透露的那些内容:过去的两年里,她曾经在一家名为"完美约会"的陪护服务机构工作。她负责接听客户的电话,安排约会,并从客户的信用卡收费。

一个叫亚瑟·瓦伦丁的客户,2010年在海景酒店里被人用金属丝勒死。在加州三座城市发生的五起连锁酒店谋杀案中,他是第二个受害者。

凯伦·里奇曾被警方传唤,因为她安排的应召女郎是瓦伦丁生前所见到的最后一个人。

当克鲁兹在两个小时之前与里奇通电话时,她同意将她所知道的关于酒店谋杀案的一切信息都告诉克鲁兹,报酬是一千美元现金。

现在,克鲁兹尝了一口自己的酒,然后将酒杯放在桌子上,问道:"凯伦,请告诉我你能提供给我哪些有用的信息?"

---

① 一种用柠檬汁、郎姆酒加糖调制的鸡尾酒。

"当然是一些警察不知道的信息。你会发现这些信息是物有所值的,不用担心,我会帮你节省不少时间,还可以省去不少麻烦。那个应召女郎,她不是凶手。"

"她是嫌疑人吗?"

"有一阵子是这样的。不管怎么说,毕竟她是大家所知道的最后一个与受害者见面的人。她承认和那个男人上床了,不过警方并没有逮捕她。他们找不出任何证据,除了那个约会。但是,他们一直在骚扰她。她必须在有警察跟踪的情况下才能去工作,这样一来就吓跑了她的大部分客人。"

"既然如此,你知道是谁杀了瓦伦丁吗,凯伦?如果你知道,请直接切入正题。"

"噢!你以为我找你要了一千美元,就只是告诉你凶手不是这个应召女郎?"凯伦笑了笑,喝了一大口代基里酒,然后又拿起调酒器把自己的杯子倒满。

"我的建议是这样的,埃米利奥·克鲁兹先生,你得去跟这个应召女郎谈谈,因为她知道一些可以帮到你的信息。她的名字是卡梅丽塔·戈麦斯,你只需告诉她你是我介绍的就可以了。你的一千美元的用途就是这个。"

克鲁兹从怀里拿出信封,抽出了两张一百美元面额的钞票,从桌子下面递了过去。这时,小舞台上的脱衣舞女刚刚脱去了她的外衣,正对着人群抖动着自己的胸部。克鲁兹靠近凯伦·里奇,小声说道:"等我见到这个女人,再给你余下的酬金。"

"你已经见过她了。"里奇说完后,用下巴指了指楼梯。

"楼上?你是说站在衣橱旁的那个女人?"

"是的。"凯伦平静地说,"她凌晨四点下班。"

七十二

克鲁兹一口气喝完了那杯带鸡蛋的"糟糕的西班牙人",然后对里奇说:"我还会回来的。"

他将二十美元压在自己的空杯子下面,迅速走上了楼梯。

当克鲁兹穿过那个由衬衣组成的门帘时,卡梅丽塔·戈麦斯依旧站在衣橱旁边,于是他把能说的话全都说了。他告诉她,自己是凯伦·里奇引荐的,值得信任,而且他愿意用现金换取信息。此外,凌晨四点时他将在夜总会门口等她。

他还把自己的手机号码告诉给这名女子,然后用西班牙语和英语各说了一遍:"千万别迟到了。"

克鲁兹走出夜总会,在门口的保安那里取回了自己的枪,驾车沿着好莱坞西北大街向南驶去。

在安德森街南侧,靠近阿特穆斯街的转弯处,停着一辆监视车,车上坐着两个人,他们是德尔里奥和斯科蒂。奔驰车来到了监视车的后面,克鲁兹走下车,拍了拍监视车的后门,然后进到了车后座。

克鲁兹向两名同事简要介绍了卡梅丽塔·戈麦斯的情况,德尔里奥告诉克鲁兹,他们监视的那辆装满了价值三千万美元的药物的被劫货车没有任何新的动静。这次监视行动的钱是由货车的老板卡麦·多西亚支付的,他已经气得摩拳擦掌,咬牙切齿,而且给杰克打了无数个电话,很明显他已经接近崩溃的边缘了。

德尔里奥说:"根据我的猜测,这个仓库是一个相对安全的场所,他们会等到找到下家并收取了担保金之后才转移这辆货车。还存在一种可能,这个仓库已经变成他们的药房了,那些药品会陆续地被小批量转卖走。"

克鲁兹让德尔里奥和斯科蒂先睡一会儿，由他来代班监视仓库。克鲁兹、斯科蒂、德尔里奥和朱斯蒂娜都在为自己手头的重要案子无休止地盯着，与此同时，杰克也在夜以继日地拼命工作，使自己能尽早脱离那桩将自己卷进去的离奇命案。

当杰克彻底获得自由，重新回来与大家一起工作时，克鲁兹预感到自己一定会更加兴奋和充满动力，他还希望这一刻不要等到公司的骨干们都已经精疲力竭了才发生。凌晨三点半，克鲁兹摇醒德尔里奥，然后回到了自己的奔驰车里。凌晨四点整，他再次把车停在西北大街的路灯底下，街对面就是哈瓦那夜总会的巨幅广告牌。

街道比六个小时之前更加空旷和荒凉了，只有一群在快餐店里吃酒后快餐的客人们在吵吵闹闹地说个不停。

克鲁兹心想，也许他还有足够多的时间去快餐店里小解一下，就在这时，哈瓦那夜总会的大门打开了，走出来一个穿着牛仔裤、开襟羊毛衫和黑色匡威系带帆布鞋的女人。克鲁兹闪了一下车头灯，卡梅丽塔·戈麦斯便朝着他的车走过来了。她上下左右仔细打量了一下奔驰车，然后从副驾驶那一侧进到汽车，并关上了车门。

七十三

卡梅丽塔·戈麦斯身上既有花的香味，也有雪茄的烟味，她转过头来，用她那双褐色大眼睛盯着克鲁兹，看上去就像是在审核自己的新顾客。

"凯伦刚才对我说，你想谈谈去年死在酒店里的那个嫖客的事。她真是个大嘴巴。"卡梅丽塔说道。

"你也把这件事告诉过她，难道不是吗？"

"那个男人已经死了，我是最后一个和他约会的人。警察们想知道发生了什么事,当然,每个人都想知道。"

"现在我也想知道,但是我会为你所提供的信息付费的,而且绝对不会给你带来麻烦。"

"先把钱给我。"

"生意可不是这样做的啊。"克鲁兹拒绝道。

女孩立即打开车门,将她的一只穿着帆布鞋的脚放到了人行道的路面上,克鲁兹赶紧喊了一声:"等等!"

她又重新回到车里,注视着他,可什么话都没有说。

"喏,这是三百美元。"克鲁兹说,"加上我先前付给你朋友的两百美元,总共就是五百美元了,这是总金额的一半。卡梅丽塔,如果你还想得到余下的钱,那就得开口说话。"

女孩将钞票塞进衣领里,然后缓缓地说:"杀手是一辆豪华轿车的司机,他开车带着女孩们去赴约,在那些女孩离开之后,他又折返回去,杀掉那些嫖客。"

"这是你自己假想的吗?还是事实确实如此?"

"当我还在'完美约会'工作的时候,我和其中一个司机是朋友。"

"他叫什么名字?"

"就是个普通人而已。"

克鲁兹的手臂像蛇一样,迅速地伸进女孩的领口,抓住了那叠钞票。女孩的反应也很快,猛地一把握住了克鲁兹的手腕,急促地说:"他叫什么名字已经无关紧要了,他已经死了,这下你满意了吧?"

克鲁兹举着钞票,在她眼前晃了几下。

卡梅丽塔叹了口气。

"这些司机其实是一个背景很糟糕的群体,他们往往都是有前科的非法移民。他们最不缺的就是时间,很多时候,他们都开着自己的车接活。当有业务来时,无线电广播会把路线告诉这些司机。他们接收到信息以后,会根据自己所处的位置选择业务。"

"我只想知道他的名字。"

"你是说亚瑟·瓦伦丁遇害的那个晚上,带我去海景酒店的那个司机吗?他是一个叫比利·莫凡的男人。我和他彼此交换了不少秘密。"

"举个例呢？"

"比利告诉我，他们当中的一个司机杀死了月亮酒店的嫖客，但他并没有提到那个司机的名字，只是叮嘱我要小心。

"接下来，我的约会对象被人发现死在酒店。再晚一点，比利也死了。我什么都没有告诉警察，他们也不可能保护像我这样的应召女郎，你明白吗？或许比利是自杀的，也有可能是其他人杀害了他。

"我所知道的全部信息都是比利告诉我的。杀手是一个2010年夏天在'完美约会'工作的司机，你知道这个吗？不，你当然不知道。但是，如果你是一个好侦探，也许你可以找到这个司机。"

"我会尽力而为的。"

"他叫布埃诺。好了，现在请把余下的钱给我。"

七十四

朱斯蒂娜伸手去抓正在床头柜上响个不停的手机，好不容易摸到以后，却又不小心掉在了地上，她又挣扎着在地上一阵乱摸，终于在床底下找到了手机。

她眯着眼，努力看清楚手机上显示的来电人信息，可是屏幕上只显示出了一串数字，她不知道这个号码是属于谁的。她抬起头看了看挂钟，现在的时间是凌晨四点。

朱斯蒂娜按下了接听键，对着手机说："喂？喂？"

电话那头传来了呜咽的声音，她又继续问道："喂？请问你是谁？"

"我是丹尼。"

"丹尼？天哪！你在哪里？发生什么事了？"

呜咽的声音还在持续，在啜泣声的间隙中，丹尼给了朱斯蒂娜一个位于托潘加峡谷①的地址。

"请尽快过来。"丹尼在电话里说道。

朱斯蒂娜告诉丹尼自己将在二十分钟之内抵达,挂断电话后,她赶紧拨通了德尔里奥的电话号码。电话只响了一声,德尔里奥就迅速接听了电话,然后告诉朱斯蒂娜他将与她在托潘加峡谷的指定地点会合,而且他打算喝点咖啡。

朱斯蒂娜说:"那你带两罐咖啡吧,我要黑咖啡。"

她迅速穿好衣服,坐进她的捷豹轿车,然后飞驰着离开了寓所,驶上了凡图拉高速公路。公路旁有一个通往托潘加峡谷的出口,她从那里拐了出去。

她顺着托潘加峡谷大道向前行驶,接着又左转拐入了一条狭窄的小路。在这个看不到月亮的清晨,她的车头灯根本不能穿透前方的黑暗。

当朱斯蒂娜发现自己来到普提吉环路时,她减慢了车速,仔细查看道路两侧的门牌号,最后她在一个信箱上看到了"98"这个数字。

她随即驶入了一条看得见车辙的私人车道,车头灯照亮了车道两旁密集的树干。不久,她到了一块空地,这里有一栋乡村小屋,屋子前面停放着一辆蓝色的法拉利跑车。

朱斯蒂娜踩下刹车,将"捷豹"停在空地上,然后摇下了车窗。除了昆虫的鸣叫声,四周一片寂静。她透过车前窗,看见屋子里有一个房间的灯是亮着的。

她从车里找到一把手电筒,然后离开了自己的汽车,走上前去摸了摸"法拉利"的引擎罩,引擎是冰冷的。她又走过一段碎石小路,来到被漆成鲜红色的房门前,门的窥视孔下方有一个黄铜做成的门环。

朱斯蒂娜一边敲门,一边喊叫着丹尼的名字。

里面没有回应。

她敲得更重了,而且继续呼喊,依旧没有任何回应。当她正准备绕过屋子,去查看屋子背后的情况时,突然有一辆车飞快地开了过来,停在"捷豹"的旁边。紧接着,瑞克·德尔里奥的身影出现了。

---

① 美国地名,位于加州西部。

这里的气氛阴森可怖,令人有些毛骨悚然,所以看到德尔里奥以及他携带的手枪后,朱斯蒂娜感到异常欣慰。

"现在是什么情况?"德尔里奥问道。

"要是我知道就好了。"朱斯蒂娜沮丧地说,"法拉利停在这里,但我感觉屋子里没有人。"

七十五

德尔里奥对朱斯蒂娜说:"你去屋子背后看看情况,一分钟后我们在那里碰头。"

德尔里奥试着扭了一下门把手,结果很轻松就把门打开了。他用自己的手电筒照进屋子,并跨过了门槛。

他扫视了一下主室里的大致情况,这是一所装修考究的小屋,赤褐色的地板上铺着地道的印度地毯,壁炉前是一组皮革沙发,上面摆放着色彩鲜艳的毛毯和靠垫。

壁炉里的余火还在发光,壁炉台上的蜡烛还在燃烧。地板上倒着几个空的葡萄酒瓶,窗台上有一个大花盆,里面种着叫不出名字的野花。

德尔里奥大声呼喊:"有人在吗?"

没有人回应。

庄园式厨房那边有一盏灯亮着,那里是另一种设计风格的房间,墙上贴着欢快明亮的墨西哥瓷砖,有梁的天花板上悬挂着一排铁钩,上面挂着各种炊事用具。几个碗碟乱糟糟地堆放在水槽里,水槽旁边的花岗岩台面上摆放着几个浅盘,里面是吃剩的巧克力蛋糕。

他几乎可以看到丹尼和派普曾在这里一起切蛋糕的画面。

德尔里奥走过一段很短的走廊,来到了卧室。一张特大号的白桦树木制成的床占据了卧室的大部分空间,床上的被单很凌乱,枕头落在床垫和墙壁之间，印花的棉布被子在地板上耸成一团。

他还看到了派普的背心裙，就是她拍摄时所穿的那一件，现在正挂在椅背上。背心裙旁边是女人的内衣，椅子底下还有一双平底鞋。

傻瓜也能看出来，两个年轻人曾在这里云雨。事实上，这整个地方看上去就像是为永不停歇的派对准备的。然而糟糕的是，派普只有十六岁，而丹尼也不过才二十四岁。

德尔里奥在房间里继续搜寻，浴室里空无一人，湿毛巾挂在浴帘杆上。他又打开衣柜，看到了男式休闲服和鞋子。

令人稍感安心的是，屋子里没有发现血迹，也闻不到枪击后的气味，现场没有任何暴力迹象。德尔里奥回到厨房，然后从后门走了出去。

屋后的木质平台上备有一个火盆和几把舒适的椅子，平台外就是峡谷的边缘了。德尔里奥突然发现，平台侧面的一条小径上有少许亮光，正上下晃动着。但是，厚厚的灌木丛几乎遮挡了所有的光线。

德尔里奥走下台阶，顺着那条灌木丛中的小径往前走去，一路上偶尔还会遇到几棵大树。他走得很快，而且脚步很轻，眼看就要赶上前面的人了，这时他认出了对方，伸出手去拍了拍那个人的肩膀。

朱斯蒂娜猛地一转身，很明显受到了惊吓。平静下来以后，她急切地问道："瑞克，你发现什么了吗？"

"看起来这两个小家伙玩得很尽兴啊！"

"哎！丹尼怎么会做出这种傻事？"

"现在快给他打电话吧。"德尔里奥说。

朱斯蒂娜拨通了电话，大声喊道："丹尼，丹尼，你在哪里？我是朱斯蒂娜。"

她的声音在空旷的峡谷里回响着，突然，德尔里奥打断了她，小声说："快听。"

他隐约听到了一个男人的说话声："我在这里。"这个声音是从小径的另一头传过来的。紧接着，他们身后又传来了车门关上的声音，方位大概是小屋的另一侧，也就是他们刚才停车的地方。

七十六

四周的能见度几乎为零。

德尔里奥心想,这里实在是太黑了,甚至连黎明的曙光都无法穿透这个没有月亮的漆黑夜空。

朱斯蒂娜折返方向,朝着小屋的另一侧走了过去。德尔里奥循着丹尼断断续续的哭泣声,沿着狭窄的小径继续向前走。小径的两侧种了很多橡树、美国梧桐木和齐胸高的灌木丛,小径的尽头是一块空地。

德尔里奥拿着手电筒四下晃了晃,这一次他终于看到了丹尼。这家伙只穿了一条四角裤,脸朝下趴在地上,看上去非常歇斯底里。

他走上前去,弯下腰,摇了摇丹尼的肩膀。

"怎么了?你受伤了吗?"

"没……有……"丹尼哭着说道,声音含混不清。

丹尼吐词不清,很明显是喝醉了。他的手里握着一只鞋,像是芭蕾舞鞋。在他身旁不远的地方有一个关着的手电筒,也可能是没电了。

"派普在哪里?"

丹尼将身子翻转过来,脸朝着德尔里奥,举起右手指了指前方。那里是这块空地的边缘,再往外走就是峡谷的陡坡了。

"什么?她掉下去了?"

德尔里奥赶紧向前迈了几步,来到峡谷的边缘,用手电筒竖直照了下去。他看到了一团白色的东西,他相当肯定自己看到的是派普·温尼克展开着的受伤的身体,位置距离他所在的地平面大概有一百多英尺。

德尔里奥注视了很久,他非常希望自己看错了。女孩看上去像是死了,但是也许她只是失去了知觉。尽管生还的可能性很小,但他还是准备下去看看。

他回到丹尼身边,揪住丹尼的头发,迫使这个还在哭泣的年轻人看着自己的眼睛。"丹尼,到底发生什么事了?你对她做了什么?"

"我不能……不能带她离开那里……"丹尼痛哭着说,"我想去死。"

"你到底做了什么?你这个畜生!"

丹尼还是哭个不停,德尔里奥站起身来,重新走回到峡谷的边缘。

前面的斜坡非常陡峭,与地平面的夹角差不多有四十五度。德尔里奥仔细寻找着可以落脚的地方,他看到了一些凸出的岩石,有的岩脊比较平,而且应该可以承受他的重量。如果他找到了足够多的落脚点,那他也许可以顺着斜坡走下去。

他蹲下来,将自己的左手按在地面上,右手握紧手电筒,展开了这次冒险。尽管他的心脏在胸腔里狂跳不已,但身手敏捷的他还是像野生白山羊做得一样出色。然而,快走到一半时,他的鞋底毫无预兆地打滑了,他的腿脚立刻变得不听使唤。

德尔里奥扭动着自己的身体,奋力抓住了一根树枝。手电筒从他手上跌落,在岩石上反弹了几下,然后滚下了山坡。突然,树枝断了,德尔里奥失去了平衡,开始向下滑移。他的身体在岩石、泥土和草丛上不停地翻滚,最后重重地摔落在一块岩石地面上。

七十七

德尔里奥身上被擦破了好几处,而且整个人吓得直哆嗦,不过还好,在他下滑的途中没有撞上什么坚硬的东西。他躺在原地歇息了片刻,然后站起来,摸索到了自己的手电筒。出人意料的是,手电筒居然还能发光。他深呼吸了几下,越过脚下崎岖不平的碎石地面,逐渐走近了派普·温尼克。

派普仰卧在地上,两只手臂张开着,就像折断的翅膀。她身上的白色棉布睡衣被撕裂了,而且沾满了泥土。睡衣被掀起到她的胸部下方,露出了底裤。她的脚上只有一只鞋子,和丹尼手上握着的芭蕾舞鞋正好是一对。

德尔里奥知道派普已经死了,但他还是在女孩的身边弯下腰,用手去摸了摸她的颈动脉。

已经感觉不到脉搏的跳动,他又把耳朵贴在派普的胸腔上,完全听不到心跳的声音。尽管她的身体还是温热的,尽管他很难接受这个事实,但是派普·温尼克的确已经死了。不用多说,必须有人对此承担责任。

德尔里奥很想重新摆放好她的四肢,用衣服盖住她的尸体,再合上她的眼睛。他很想采取一些有可能会破坏犯罪现场的行动,这里差不多可以肯定就是一个犯罪现场。

他用手电筒照在派普的脸上,循着干掉的血迹仔细检查,最后在太阳穴附近看到了大量的血迹——她的头骨被摔碎了,深深地凹陷了进去。

他用手电筒照明,用手机摄像头记录下了头骨的伤情,以及手臂上的擦伤和大腿上的刮伤,还有那些贴着苍白的皮肤流下来的血。这些迹象都可以证明,派普在掉下悬崖之前还是活着的。

他又将手电筒的光线照射在刚才自己滚落下来的斜坡上,这次他看到了很多大岩石,其中任何一块都可以撞碎派普的头骨。

丹尼,这个该死的混蛋!

与未成年少女上床还不够,居然上升到了残害生命的程度。是派普想要离开他,自己失足掉下悬崖的,还是丹尼故意把她推下去的?

德尔里奥还清楚地记得昨天早上派普的样子,她的喜乐溢于言表。他仿佛还可以看见她穿着那件黄色背心裙,一只手握着帽檐,用带有意大利口音的清脆少女声说着自己的台词。他还记得当派普和丹尼一起进到跑车里时,她的脸上洋溢的欢乐。

他试图回想丹尼猛踩油门时的表情,可是他无法想象出来。昨天,德尔里奥的全部注意力都停留在女孩身上。

德尔里奥假想着自己揪住丹尼的衣领,狠狠地揍他,敲掉他的牙齿,打碎他那张英俊过头的小白脸上的颧骨……尽管自己比丹尼大二十岁,但德尔里奥深信自己仍然可以打败这个懦弱的狗屎不如的年轻人。

他站了起来，看着派普的尸体，眼睛里噙满了泪水。她的人生中的最后一段时光充满了恐惧和痛苦。一个漂亮朝气的女孩就这样香消玉殒了。

"你度过了愉快的一天，派普。你本拥有美好的人生，但是很遗憾发生了这样的事情。"

德尔里奥拿起手机，开始拨打朱斯蒂娜的电话。

七十八

朱斯蒂娜的手电筒发出的光线已经非常微弱，眼看就要熄灭了。光线所经之处，看得到很多小虫在飞舞盘旋。她用手重重地拍了几下手电筒，光线短暂地增强了片刻，但很快又暗淡下来了。

该死！

朱斯蒂娜非常生自己的气，因为她过于认真地对待丹尼的求救电话。这家伙迫使自己和德尔里奥在凌晨四点就起床了，可现在却不见踪影。

他是不是又和派普一起私奔了？

朱斯蒂娜穿的是一双薄底帆布鞋，走在这条凹凸不平的石子小路上，她的脚感到非常的不舒服。这条小径的一头是小屋的后门，另一头则通向一个只有上帝才知道的地方。

与此同时，丹尼的经营团队的三名成员——舒斯特尔、巴斯托和克洛斯正一路纵队地跟在她的后面，用很小的声音窃窃私语着。朱斯蒂娜听不清他们彼此之间在说什么，不过，她时不时地听到了自己的名字，所以她知道，那几个家伙一定在谈论自己。

他们在怪罪她，他们认为丹尼·惠特曼的逃跑完全是她的责任。

这帮人实在是太过分了！

这个案子是朱斯蒂娜自己找上门去的，他们付的酬金非常少，远远低于国际私人侦探公司的惯例水平。朱斯蒂娜还计划着找个机会,与杰克·摩根好好地商议一下这个问题。

她的手机响了,铃声是与目前环境极不协调的欢快音乐,一定是德尔里奥找到丹尼了。朱斯蒂娜在心里默祷,不论德尔里奥发现了什么,情况都不要太严重,最好是已经被解决了。

她将手伸进外套口袋,拿出了手机,这时他们一行人正好走到了小径尽头的空地。手电筒发出的微弱的光圈照在地上的一堆不明物体上。

是丹尼!

他半裸着身体,光着脚,用手臂环抱着双膝,正坐在地上发抖和恸哭。

这是怎么回事?丹尼是在发脾气吗,还是真的遇上什么麻烦了?

舒斯特尔越过朱斯蒂娜,飞快地跑向丹尼,高声喊叫着丹尼的名字。

巴斯托在后面严厉地说:"可以把这个给我吗?"

他一把夺过了朱斯蒂娜的手电筒,然后朝丹尼跑了过去。舒斯特尔已经将丹尼架了起来,双手托着他的胳膊,轻声问道:"伙计,你怎么了,有没有受伤?"

朱斯蒂娜的手机第三次响了起来,她转身背对着人群,把手机贴在耳朵上。

电话那头的德尔里奥正喘着粗气,声音非常沙哑。

"那个女孩死了,我现在……正在爬上悬崖的路上,别……别让丹尼跑了。"

"什么女孩?你说的是派普吗?瑞克?你还在听我说话吗?"

德尔里奥已经挂断了电话,朱斯蒂娜只能听到"嘟——嘟——嘟"的忙音。

七十九

朱斯蒂娜觉察到身后有动静,她迅速转过身去,看到默文·克洛斯正站在离自己很近的地方,她甚至可以闻到对方嘴里的提克—泰克口香糖[①]的气味。

这名制作人朝着朱斯蒂娜大喊大叫,相貌平平的脸皱得像一个纸袋子,"史密斯医生,这下你看到了吧,丹尼已经精神崩溃了。我们雇用你们来监视他,可现在,我手头却多了一个精神病患者。天亮后,我的摄制组就会抵达拍摄现场,而你认为丹尼为此做好准备了吗?他可以参加拍摄吗?我们每停工一天,就会损失三十万美元……"

"现在我们面临一个更加严重的问题,克洛斯先生,比你说的问题还要严重得多。"

"现在轮得到你说话吗?我会以刑事疏忽罪起诉你们,而且我会亲自去完成这件事。"

这时,朱斯蒂娜看到了上下摇动着的手电筒的光线,德尔里奥已经抵达了斜坡的顶部。她丢下正在咆哮的克洛斯,向德尔里奥跑去。

德尔里奥正大口大口地喘着粗气,他努力使自己稳定下来,然后气喘吁吁地说:"看起来,派普因头部的重伤而身亡了。也许她是从悬崖上跌下去摔死的。但是,我不能分辨她是被人推下去的,还是其他什么原因。"

丹尼猛地挣脱了他的经纪人,蹒跚着冲向德尔里奥。

"推下去?她不是被人推下去的。"丹尼恸哭着说,"我们本来在一起睡觉,我醒来后发现她不见了,于是出去找她。她本该在床上睡觉的……"

[①] 英文名"Tic‐Tac",意大利费列罗公司出品的一种口香糖。

巴斯托一脸震惊，他的声音异常高亢，几乎达到了歇斯底里的程度，他大声对丹尼说："这我知道，丹尼，我知道，现在跟我一起回屋子里去吧。我们会帮你找些衣服，我还带来了镇定剂。这里的一切让我们来处理，快走吧，丹尼。"

朱斯蒂娜呆呆地站着，在黑暗中眨着眼睛，她需要时间来理解和接受德尔里奥带来的可怕消息。

派普·温尼克死在一个很不靠谱的地方，而且除了丹尼，没有其他人和她在一起。

朱斯蒂娜不了解派普，也没有和派普见过面，但是她见过丹尼。而且，她以公司的名义承揽了近距离监视和保护丹尼的任务。

然而，丹尼却私自甩脱了他们，这显然是一种破坏交易规矩的行为，就凭这一点，她可以在法庭上为自己辩护。不过，现在令朱斯蒂娜万分惊骇的是，丹尼很可能具有暴力倾向，而她之前却没有看出来。

是她自己过于自负了吗？是不是由于她自己的疏忽，从而导致一个年轻女孩为此搭上性命？

舒斯特尔和巴斯托正试图让丹尼顺着小径回到小屋，但是丹尼一直都在抗拒。他对他们吼叫着说，他不能让派普单独留在那里。

克洛斯又开始对着朱斯蒂娜发火："现在，因为你没能看好他，所以派普死了，我的电影也完蛋了。我破产了，破产了！"

朱斯蒂娜握着自己的手机，可她的手一直在发抖。

"是你来打这个电话吗？"德尔里奥在一旁问她。

她点了点头，然后拨了911。

八十

朱斯蒂娜刚打开自己家的房门，她的手机再次响了起来。她按开了门厅的吊灯,洛奇立刻喊叫着朝她跑过来,并且在她的大腿上摩挲着。

她摸了摸爱犬的耳朵,把车钥匙扔在门边的小桌子上,然后看了看来电人的姓名。打电话的是丹尼的经纪人——拉里·舒斯特尔。

他为什么现在打电话?他还想干什么?难道他也要起诉我吗?

她还在因前几个小时里所发生的一系列令人难以接受的事件而感到震惊:一个十几岁的少女明星的死,来自默文·克洛斯的威胁,以及丹尼·惠特曼被逮捕时的令人心碎的一幕——当警察把他塞进警车之前,他一直在又踢又闹,大声抱怨。

朱斯蒂娜接通了电话,说了一声"你好"。

"你还继续为我们工作吗?"舒斯特尔问道。

"你在开玩笑吧,拉里,丹尼已经破坏了我们之间的契约,当他驾车逃离拍摄现场时……"

"虽然他驾车离开了,但他是完全清白的。"

"拉里,对于发生在丹尼身上的事,我深表遗憾,不过这和我们公司无关。现在是时候去找你们的律师了。"

"我只是想请你去跟他谈谈,让他告诉你这一切到底是怎么回事。"

"拉里,他已经告诉过我了。他说有人在操控他的人生,不过据我所知,没有人指示他需要在昨天早上和派普·温尼克一起私奔。我还知道,派普·温尼克现在已经死了。"

"他们彼此钟情对方,而且早就有暧昧关系。他们在一起睡觉,可丹尼醒来时,却发现派普不见了。他绝对没有将她推下悬崖,他出去寻找她,结果发现她已经掉到悬崖下面去了。"

"我想电影制片厂的律师们有足够的能力解决这起强奸案,拉里,不过如果丹尼是我的客户,我会帮他找到全加州最好的刑事辩护律师。一定会有一大堆一流的律师乐意为丹尼·惠特曼这样的名人辩护,比如格拉格斯、塔科皮纳……"

"现在我在双塔监狱的医疗服务大楼。"舒斯特尔说,"警察只让丹尼单独待了一分钟,结果他就用头去撞审讯室的墙壁。"

"真的?他伤得重不重?"

"严重的脑震荡。他现在很沮丧抑郁,因为他爱上了派普,你能明白吗?"

"拉里,我不能明白的是,你究竟想让我做什么?"

"你是个精神病医生,而丹尼信任你。他委托我来找你,我对他说我愿意试一试。"

"我的确是精神病医生,可我不是丹尼的医生。"

"我已经告诉警察,说你就是丹尼的精神病医生,所以他们可以让你进去见他。你能去和他谈谈吗?也许你会有一些新的收获,史密斯医生,因为我非常了解丹尼。在过去的四年里,我每天都和他见面,而且正如我刚才所说,丹尼不可能杀人。"

朱斯蒂娜已经筋疲力尽,她感到焦虑不安,而且严重缺乏睡眠,现在的她正进行着激烈的思想斗争。

她应该去见丹尼吗?因为他仍然是她的顾客,而且是他主动要求要见她的。

或者,她是不是应该等到咨询过杰克和国际私人侦探公司的首席律师埃里克·凯恩之后,再作决定?

奈费尔提蒂靠了过来,在她身上摩挲着身体。

朱斯蒂娜弯下腰,轻轻抚摸着自己的小猫。

关于丹尼·惠特曼的所有事情都在困扰着她:他是一个精神病患者吗?这会不会是她和拉里·舒斯特尔至今都未能发现丹尼具备潜在的暴力倾向的原因?抑或是他和舒斯特尔所描述的一样清白无辜,只是一个天真无邪的孩子?

为了让自己的内心获得安宁,她必须弄清楚这些问题的答案。

"史密斯医生?"舒斯特尔的声音又传了过来。

"我在听。"

即使遇上堵车,开车去双塔监狱也只需要一个小时。但是,那些复杂繁琐的探视手续也许会花掉一整天的时间,而且完成全部手续也不能保证她就一定能够见到丹尼。

"扬声器在喊我的名字了。"舒斯特尔说,"我已经把你的名字告诉给监狱大门的警卫,赶快过来吧。"

八十一

朱斯蒂娜最后一次见到丹尼之后的这四个小时里,丹尼先是被带到了洛斯特希尔斯——加州最好的监狱,之后又被转移到了双塔监狱,这里可以说是全美国最糟糕的监狱。

他现在正待在双塔监狱的医疗服务大楼侧翼的一间病房里,这个地方挤满了囚犯,他们当中的大部分人都有点精神失常。

她曾经在与这里类似的地方工作过,从来都是很差劲的体验。

再一次被搜身,再一次穿过金属探测仪,朱斯蒂娜终于来到了病房前,她先站在门口打量了一下病房里的情景。

这个长方形房间的两侧都有武装警卫看守着,狭长的窗户上安装了铁栅栏,墙壁上刚刚刷过一层绿色涂料,房间里弥漫着折磨人的消毒水气味。

她的眼睛扫过房间里的四十张病床,找到了丹尼,他的病床离玻璃墙围成的护士站很近。丹尼的黑眼圈十分明显,身上穿着一件薄布长袍,脑袋上缠了几圈纱布,一只手被铐在病床的围栏上。

朱斯蒂娜被告知,她只有十五分钟的时间与丹尼谈话,而且不允许有任何的身体接触。如果她违反了这些规矩,那么他们的会面将被立即终止。

当她向丹尼走去时,他抬起头,直勾勾地看着她。丹尼看上去要比朱斯蒂娜想象的更加高兴,她感到自己对眼前这个男人的了解实在是太少了,他到底想要她做什么呢?

朱斯蒂娜拉过来一把塑料椅子,坐在他的床边,问道:"丹尼,我们的时间不多,你能告诉我事情的经过吗?"

"派普和我相爱了,但是我们不能告诉别人,因为她的年龄太小,而且我告诉你,那些狗仔队……"

"很抱歉,丹尼,你能不能只说重点?"

朱斯蒂娜正在评估丹尼。他可以与人正常交流吗?他的头脑还清楚吗?他诚实吗?他到底是活在现实中,还是只活在自己想象的世界里?

"昨天早上,当我们坐进法拉利跑车时,派普对我说,'真遗憾,我们不能离开这里。'当时我心里就在想,我们还从来没有在一起过夜……这真是一个绝好的机会……我把车开到了那个我去年用假名买下的小屋。噢,天哪!如果我在行动之前先动动脑子,那她现在应该还活着。"

他说着说着又开始哭起来。

"丹尼,再过十二分钟,我就得离开这里了。请告诉我,你和派普有没有发生过争执?"

"没有!我们度过了愉快刺激的一天。我们尽情欢乐,直到我们都累得倒在床上睡着了。当我醒来时——也许是因为什么声音让我醒了过来,我发现派普不在我的身边。"

"那么,究竟发生什么事了?"

丹尼用袖子擦了擦脸上的泪水,然后继续说道:

"外面一片漆黑,但是我看到有一辆车停在法拉利旁边,正好在花坛附近。那里本该没有其他车的。接下来,我看到手电筒的光在树丛中移动,然后我顺着小径走进去,呼喊着派普的名字。

"突然,手电筒的光消失了。没过多久,我听到了那辆车在我身后发动的声音,我猜想也许是派普为今天的行为感到后悔,所以她打电话找人把她接走了。但是接下来……我发现她的一只鞋掉在陡坡的边缘。"

丹尼躺回到床上,喃喃地说:"我对自己说,'不会的,她一定不在下面。'然而,当我站在悬崖边缘往下看过去时……我知道我对那里发生的一切已经无能为力,所以我打电话找你,我还给所有人都打了电话。"

警卫来到丹尼的床边,冷峻地说:"时间到了。"

丹尼依旧直勾勾地望着朱斯蒂娜的眼睛,诚恳地说:"史密斯医生,我向你发誓,派普不是我害死的。你一定要相信我。有人想嫁祸于我,我不知道这是怎么回事,也不知道这是谁干的。但是,还记得我刚才说过的在小屋旁看到的那辆车吗?那辆车的主人就是杀害派普的凶手。"

八十二

　　卡麦·多西亚的父亲是一名罪犯，我的父亲也是。卡麦和我都曾在常春藤盟校学习，我们也都在海军陆战队服过役，而且我们的父亲都把家族生意交给我们打理。

　　除此之外，卡麦·多西亚和我再没有任何共同之处。

　　卡麦是第三代杀手，手段高超，从来没有被逮捕过，也从来没有受过指控。美国联邦调查局只是把他列在观察名单里，尽管他曾经杀过三个人，可他们却没有足够的证据来支撑这一事实。

　　杀人现场没有留下任何指纹，没有任何确凿的犯罪证据，也没有监视录影带。连案件的告发者也在作证前被神秘地杀害了。

　　卡麦的父亲是黑手党的头目，即将退休，卡麦很可能会接手父亲的事业，而且是青出于蓝胜于蓝。根据传闻，多西亚家族明年将会把业务向东拓展，从他们在拉斯维加斯的老巢一直扩张到芝加哥。

　　在黑手党发展史上，卫星组织的头目回到总部，传宗接代般地接管家族事业，这种现象是前所未有的。但是多西亚的脸皮够厚，他的父亲也甘愿冒天下之大不韪，一心栽培儿子，让卡麦来完成自己未竟的大事业。

　　被打劫的货车里塞满了价值三千万美元的药品，这本是多西亚的扩张计划中的一个重大项目，然而现在这辆货车却变成了他的绊脚石。六个月之前，我为了保护自己的兄弟，使他免于遭受一个他自己很可能不以为然的教训，于是开始和卡麦接触。我不得不和黑手党成员串通一气，关系十分密切。

　　凌晨三点，多西亚又给我打电话了。他没有说任何问候的话，直接就告诉我，那些为药品付过订金的经销商对现状非常失望。

　　他以前就对我说过这件事。

我说:"我们一直在努力,卡麦。另外,我可不需要电话叫醒服务。"

"我们这里可没有时间概念。"

我可以换种说法理解他的意思,即我的时间全都是他的时间。

我将调查的最新进展告诉给了多西亚,他听完什么都没有说,直接挂断了电话。

我又再次睡着了。

在梦里,我跟在科琳后面奔跑,我一直在追赶她,我想告诉她我很抱歉。但是,她一直不停地向前跑着,试图逃离我……这时,电话再次响了起来。

这次是我的"好朋友"——米切尔·坦迪警官。

"杰克,我就在太阳酒店附近,我很想顺道过来看看你,如果你有什么事情想告诉我的话。"

"米切尔,我已经告诉过你了,科琳不是我杀的。"

坦迪大笑了几声,然后挂断了电话。

朱斯蒂娜的电话又过来了,她汇报了丹尼·惠特曼被列为杀害派普的嫌疑人,从而被警方逮捕的消息。我再也无法睡觉,只好起床了。

八十三

我办理了退房手续,离开太阳酒店,开车去公司,一路上都让汽车以低于道路限速十英里的速度行驶。坦迪驾车尾随着我,一直跟到了菲格罗亚街。当我拐弯进入办公楼的地下停车场时,坦迪在后面使劲按了两下喇叭,就像是在给我打招呼。

米切尔·坦迪真是一个阴险的家伙。

大约七点半,我走进了自己的办公室,这时我第二次接到了朱斯蒂娜的电话。她告诉我,丹尼·惠特曼现在正待在双塔监狱的医院里。

一想到那个地方，我就感到局促不安，就好像有一只冰冷的手抓住了我的后颈。这真是一种非常糟糕的感觉，而且无法摆脱。

"杰克，你对此有什么看法？"朱斯蒂娜问道，"我们应该跟丹尼切断关系吗？还是继续与他以及他的团队合作，直到我彻底搞清楚到底是不是他害死了派普·温尼克？"

"听你的口气，好像你认为他是无辜的？"

"我的确倾向于这种观点。他认为有人在陷害他，谁会这样做呢？这样做又能得到什么好处呢？"

朱斯蒂娜是一个非常执著的女强人，哪怕是自己弄错了，她也会说："正义的天使又罢工了。"但是，她的直觉往往都非常准确。在我眼里，她最大的缺点是花掉太多时间在自己的案子上，而且会掺杂过多的个人情感。

也就是说，如果这一次她能够证明惠特曼是无罪的，那将能极大地提高国际私人侦探公司的影响力和美誉度，这也是我们目前迫切需要的。

"你自己看着办吧。"我对她说。

我开始审阅克鲁兹的报告，他描述了他在好莱坞的一家古巴风格的夜总会里与情报贩子面谈的一系列收获。八点时，瓦莱丽·肯尼走了进来，我让她把克鲁兹的报告进行分类整理，列出重点条目，以便后续的研究与跟进。

当科迪和瓦莱丽在我的办公室外忙碌的时候，我花了些时间来阅读一篇关于我的报道——"加州法院起诉杰克·摩根"，文章里谈到了几件关于科琳·莫洛伊的往事，而她从来没有告诉过我这些。我聚精会神地研究着这篇报道，瓦莱丽突然闯进来说："我找到了一些关于她的资料，就是那天晚上与克鲁兹会面的那个女人。"

"你是说卡梅丽塔·戈麦斯？"

"凯伦·里奇，那个坐轮椅的女人。"

"继续说。"

"凯伦·里奇以前叫凯伦·凯斯，她曾因敲诈勒索，被判在女子监狱服刑五年。服刑期间，那所监狱发生了一场暴动，她在混乱中被人打伤，因此得在轮椅上度过余生。因为表现良好，她被提前释放了。"

瓦莱丽将她在迈阿密警察局学到的工作经验用在了恰当的地方。我正准备吩咐她继续跟进里奇,但看上去她还没有说完。

"我还查到了一些信息,杰克,卡梅丽塔·戈麦斯透露给克鲁兹的情报有些不对劲。她说一个叫比利·莫凡的司机向她透露消息。"

"他是戈麦斯的司机,对吗?"

"那只是她说的而已。她告诉克鲁兹,她的客户在海景酒店被杀害之后,她的司机比利·莫凡对她说,这件事应该是一个开豪华轿车的司机干的。而且,同一个司机还可能杀害了月亮酒店的嫖客。"

"但是问题来了,杰克,在加州,并没有一个叫比利·莫凡或者威廉·莫凡①的人取得过私人司机执照。我找遍了所有的资料库,而且尝试过用各种方法拼写他的名字,结果都无济于事。"

"那你的意思是说,她对克鲁兹撒谎了?"

瓦莱丽说:"从最乐观的角度看,她至少隐瞒了向她透露秘密的司机的真名。"

我让瓦莱丽将这些情况都告知克鲁兹,接下来,科迪呼叫我,说"厄运"·普尔来电话了,正在线路一等我。

我接通了电话。

"厄运"对我说:"你能和我一起吃晚餐吗,杰克?对,就是今天,这很重要。"

八十四

下午一点一刻,克鲁兹和德尔里奥将奔驰车停在一块车辆中转地的边缘,这块空地正好位于96号公路桥的阴影下面。这里距离洛杉矶国际

---

① 在英文人名中,"比尔"和"比利"都是"威廉"的昵称叫法。

机场大概有一英里半，旁边是八车道的塞普尔维达大道，上方有一圈人行天桥。豪华轿车、出租车以及其他商业运输车接连不断地涌入这块中转地，然后在字母指示牌下排队等候，依次进入机场。

他们在这里监视一个叫保罗·里奇的男人，这个人是哈瓦那夜总会的保安，与轮椅上的情报贩子是夫妻关系。里奇正与其他三个司机闲谈，今天晚些时候，他就该去哈瓦那夜总会守大门了。

里奇瞟了一眼国际私人侦探公司的奔驰车，似乎没有觉察到什么。他打开自己的车门，从一个保温桶里拿出了一块三明治。紧接着，他朝着其他几个司机的方向喊道："巴克斯特，你那儿有没有灰普朋①？"

巴克斯特大笑着说："我没有灰普朋，但我可以给你一点棕普朋②，怎么样？"

与此同时，奔驰车里的克鲁兹对德尔里奥说："看到了吗？就是那个人，穿了一套低档西服，戴着帽子，他就是里奇。"

德尔里奥穿上了自己的外套，对克鲁兹说："你能看出我的衣服下面有枪吗？"

克鲁兹半开玩笑地说："就你这气势，看上去就像是睡觉时也会带着枪。"

德尔里奥说："那就好，因为我希望里奇站在原地不要动，我可不想耗费体力。再说，我的脚在峡谷被扭伤了。"

克鲁兹说："哎！老兄，还是面对现实吧，你已经不年轻了。"

听到这话，德尔里奥可不服气了，他坚称自己宝刀未老，现在依旧可以将一个体型与自己相当的年轻男人打得屁滚尿流。克鲁兹淡定地说："瑞克，你没必要那样做，我会保护你的。"

德尔里奥朝着克鲁兹邪恶地笑了笑。

克鲁兹也笑了，他扎紧了头发上的皮筋，然后对自己的搭档说："准备好了吗，我的朋友？"

他们一起走下车，朝着那四个男人所站的D入口指示牌走去。

---

① 原文"grey poupon"，一种产自法国的久负盛名的芥末酱。
② 原文"brown poop"，这里是"大便"的意思。

包括保罗·里奇在内的两个人是豪华轿车司机,另外两个人穿着制服,上面写着"机场地勤"。穿制服的两个家伙体态臃肿,应该没什么攻击力。但是,站在里奇旁边的豪华轿车司机有明显的肌肉线条,而且很年轻,看上去他很能打。

克鲁兹喊了一声:"保罗·里奇?"

所有的对话都终止了。

里奇趾高气昂地说:"我就是里奇,你想干什么?"

克鲁兹说:"你不记得我了吗?"

他掀开外套,展示了自己的枪,这正是几个小时之前克鲁兹在夜总会门口交给里奇保管的枪。

里奇一看到枪,立即转身飞快地逃跑了,帽子从他的光头上掉了下来。

克鲁兹喊叫道:"我们只是想和你谈谈。"

然而里奇却跑得更快了。

"去他妈的!"德尔里奥骂道。

八十五

保罗·里奇白天是豪华轿车司机,晚上是夜总会保安,他的体重至少有两百磅,肌肉相当发达。他正拼命地向前奔跑,穿过了车辆中转地入口处的一栋小型办公楼,然后在人行道上硬生生地左转,最后加速跑进了一条小巷。

克鲁兹跟在他身后奋力追赶。

克鲁兹的个头更小,但是跑得更快,两人之间的距离越来越近了。里奇正在一排很高的爬满了葡萄藤的篱笆的旁边向北奔跑,他的前方就是塞普尔维达大道。

克鲁兹很不希望跑进那条大道。

如果在一条车流拥挤的八车道大道上徒步追赶,很容易引发数车相撞的大型交通事故。克鲁兹大声喊叫道:"里奇,快停下。"然而里奇还是跑进了车流中,他在那些高速前进的车辆中间迂回前进,动作非常灵活,就像在开阔场地上奔跑一般。

很多辆汽车的喇叭都发出了刺耳的鸣响,起初是针对里奇,接下来因为车流速度变慢,很多车主都不明就里地朝着前方的车辆鸣笛。没过多久,里奇的身影就从克鲁兹的视线中消失了。

克鲁兹站在原地歇了几秒钟,深呼吸了几下,可吸进去的全是汽车尾气。他使劲搜寻,可是各种大小和形状的汽车遮挡住了他的视线,现在他变得非常恼怒。

这家伙到底是怎么搞的,为什么像只无头苍蝇一样乱跑一气?

突然,克鲁兹看到了里奇光溜溜的脑袋,他正在塞普尔维达大道的另一侧奔跑,前面是一段楼梯,通往上面的人行天桥。而一旦里奇上了天桥,他就很难逃脱了。尽管如此,这个愚笨的家伙还是跑上了楼梯。

克鲁兹穿过咆哮的车流,一路上他都举着自己的公司证件,使得周围的司机误以为他是警察,放慢了车速。不过与此同时,他却毫不忌讳地对着里奇大声喊道:"里奇,我以上帝的名义发誓,我不是警察。"

当克鲁兹来到塞普尔维达大道的另一侧后,里奇正好跑到"之"字形楼梯的上半段。光头司机转过头来,看到克鲁兹逐渐逼近了自己,情急之下一脚踩空,手又没有来得及握住栏杆,整个人跌倒在地上。这样一来,克鲁兹很轻松就追上了里奇。

克鲁兹上楼时的动作像洛奇[①]一样敏捷,他对倒在楼梯上的里奇说:"你还好吧?今天跑够了吗?"

他伸出一只手,想把里奇拉起来,里奇接受了他的帮助。然而,里奇刚一站起来就立即挥出拳头,朝着克鲁兹的下巴打去。里奇的这一拳打得太重,以至于身体失去了平衡。克鲁兹轻松地躲闪开了,并且还给里奇

[①]《洛奇》是一部1976年的电影,由史泰龙编剧及主演,讲述一个寂寂无名的拳手洛奇·巴布亚获得与重量级拳王阿波罗·克里德争夺拳王的机会,是一个典型美国梦的故事。

一记重拳。

克鲁兹的拳头不偏不倚地击中了里奇的下巴,里奇一个踉跄,再次跌倒在地,这回他爬不起来了。

"你现在的对手是2005年加州轻中量级业余拳击手比赛的冠军。"克鲁兹对里奇吼道,"你真是不自量力。"

就在这时,德尔里奥的奔驰车正好开了过来。

他走下车,整理了一下自己的外套。

"救兵来了!"德尔里奥朝着克鲁兹喊道。

德尔里奥爬上楼梯,来到克鲁兹和里奇身边,周围有好几个人从他们身边走过,但都不敢正视他们。

德尔里奥对里奇说:"讨厌鬼,你给我听着,我们对你的人生故事不感兴趣,知道吗?你只需要把我们想知道的事情告诉我们就好了。"

里奇揉着自己的下巴,问道:"你们不是警察?"

克鲁兹提醒德尔里奥说:"你就这么相信他吗?"他伸出手把里奇扶起来,并对他说:"听好了,保罗,我们不是警察,我们不想伤害你或其他任何人。我们付钱给凯伦和卡梅丽塔,想要获得一些关于酒店谋杀案的情报。但是,我们并没有得到真实的消息。"

"什么?什么情报?"

里奇看上去依然很恐惧,克鲁兹感到有些担心,某一个走上天桥看到他们的人,说不定会打电话通知警察。

他抓紧时间对里奇说:"卡梅丽塔说她的司机叫比利·莫凡,现在已经死了。她还说比利·莫凡曾告诉她,杀手是一名司机。但是,保罗,我们仔细核查过了,没有一个叫比利·莫凡的注册在案的私人司机,而且以前也从来没有过。还有,她并没有告诉我,原来你也是一个豪华轿车司机,这可真是她的失职。难道你就是'比利·莫凡'?你知道是谁杀了那些嫖客吗?"

"不,不,不,绝对不是我。我刚拿到私人司机执照,不过才半年时间而已。我可以把执照给你们看……看吧。"

德尔里奥看了看他的执照。

里奇继续说:"是不是我把那个人的名字告诉给你们,我们之间就完事了？你们必须保证我们的安全，我可不希望凯伦或卡梅丽塔受到伤害。"

"就这么定了。"克鲁兹说，"你得告诉我们他叫什么名字，还有如何才能找到他。"

"好吧。"里奇说，"听好了，他是凯伦的前夫，名字是泰森·凯斯。他就是把谋杀案的消息透露给卡梅丽塔的那个司机。但我不知道他住在哪里，我也不想知道。"

保罗·里奇拒绝搭乘他们的车返回车辆中转地，于是德尔里奥和克鲁兹走进奔驰车，往位于市中心的国际私人侦探公司的办公楼驶去。

"泰森·凯斯，他会知道这些谋杀案的凶手是谁吗？也许他本人就是凶手。"克鲁兹对德尔里奥说。

八十六

现在的我不愿意和任何人一起共进晚餐。

我希望像过去几天那样跟踪我的兄弟，看他从办公室出发以后会去哪里，和谁见面，做什么事。

但是，"厄运"是我的客户，而且她是一个很不错的人。如果我不得不和某个人一起用餐的话，在短短的候选人名单上，"厄运"必然是排在首位的。

于是我对她说："我希望早一点吃饭，这对你来说合适吗？"

她爽快地回答说早一点也很好，而我的想法是，如果我和她在下午六点时碰面，那我也许还能在八点之前赶到汤米的家门口去盯梢。

我驾车来到红圈餐厅，这是一家2010年才开张的高档餐厅，老板本人就是个一流的大厨，名叫里克·贝勒斯。这家餐厅的视觉效果非常棒，很有冲击力，门口有两扇巨大的实木大门，门外是梅尔罗斯大道，里面是一个覆盖了玻璃顶棚的大型庭院。

进去以后,庭院里是一种混合风格的设计结构,完美地再现了南海滩①和墨西哥风格度假小镇的风情。入口附近有一张长条桌,头顶上是手工锻造的枝状大吊灯,再往前走几步,可以看到一个弯曲的用于展示龙舌兰酒②的隧道形玻璃橱窗。房间里到处都是巨大的花盆,里面种着棕榈树。

据我所知,哪怕是在一个因墨西哥食物而著称的旅游小镇上,也未必能吃到和这里一样地道的墨西哥新派料理。现在是下午六点,我闻到了巧克力鼹鼠③的香味。我突然意识到,我真的很想吃一顿真正的大餐。

"厄运"在大厅边缘的一个开放式小包间里等我,包间里的垫脚软凳、长沙发和椅子都包裹着深黑色的皮革。我很喜欢这里的装潢和就餐氛围,但是很明显,"厄运"对我的吸引力更大。

见面后,我们相互亲吻了对方的脸颊。我点了龙舌兰鸡尾酒,服务生刚把酒端上来,"厄运"就迫不及待地说:"杰克,快告诉我一些好消息吧,我晚上总是失眠,靠着数绵羊才能入睡。昨天晚上,我都数到几十万了,可还是没有睡着。"

我忍不住笑了起来。

她一本正经地说:"我是说真的,我都数到二十万了。"

我再次笑起来,紧接着我们俩一起捧腹大笑。

自从"厄运"·普尔成为我的客户,已经过去一个星期了。克鲁兹和德尔里奥花费了大量的时间,为她的案子开展各种行动。

"我想我们已经获得一些进展了。"我对"厄运"说。

服务生拿走了点菜单,我把克鲁兹在哈瓦那夜总会的经历描述了一遍,还将几小时前德尔里奥和克鲁兹在人行天桥下与一个豪华轿车司机上演追逐戏的故事也讲给她听了。

---

① 迈阿密最时尚的海滩,俊男美女的汇集地。湛蓝的海水和宽广的沙滩衬托着享有盛誉的美景。
② 龙舌兰酒又称"特基拉酒",是墨西哥的特产,被称为墨西哥的灵魂。特基拉是墨西哥的一个小镇,此酒因产地得名。特基拉酒有时也被称为"龙舌兰"酒,是因为此酒以龙舌兰为原料。
③ 墨西哥人常吃鼹鼠,以巧克力酱为作料。

"我们已经知道怎样找到泰森·凯斯,如果他知道是谁杀害了那些嫖客,我们就能破案了。"

"凯伦·里奇为什么要隐瞒自己前夫的名字呢?"

"她很害怕。"我告诉她,"凯斯是一个恶毒残暴的男人,我不知道为什么会有女人与这样的男人结婚。我也不明白,她们为什么愿意和这样的男人一起生活。"

"我的丈夫也很暴力。""厄运"告诉我,"这件事很复杂,但我一直都想告诉你。"

"哦,那你说吧。"

"厄运"抿了一口酒,尽管她说了她想告诉我,但是我从她的表情上可以看出,这并不是一个容易讲述清楚的故事。我坐在她身旁的沙发上,静静地等着她开口。

"我杀了他。"她说,"我想告诉你,我杀了我的丈夫。"

八十七

我实在无法将眼前这个女人和"杀手"的称号联系起来。她很聪明,很出色,是一个受人尊敬的女企业家。她的坦白尽管听上去有些不可思议,但的确很真实,毫不夸张。

我相信她说的话。

事实上,我差点被惊得跳了起来,与此同时,我也没有掩饰自己内心的愕然。

"'厄运',你不应该把你犯了重罪的事情告诉我,我不是律师,也不是神甫。我很可能会被传讯,甚至被迫作证。"

"我甚至搞不明白我为什么想要把这一切告诉你。""厄运"对我说,"但是我感觉自己必须说出来。我想让你知道,我的丈夫死于我之手。"

我不太希望她继续说下去。我对她的了解并不多,她为什么要向我吐露秘密?我的脑海里第一次浮现出了一个问题:她本人是不是和酒店谋杀案存在着某种关系?

"我的丈夫是克拉克·朗斯顿。"她对我说,"你听说过他吗?"

"他好像是90年代的电视业巨头?"

"没错,那正是他。"

不顾我的警告,"厄运"开始讲述她的故事。二十年前,她还是加州大学伯克利分校的一名学生,大学一年级结束后的暑假,她在卵石滩①的一家餐厅里做兼职服务生,并在那里认识了克拉克·朗斯顿。

"克拉克有一艘游艇,一架私人飞机,在纳帕②、奥斯汀③和夏蒙尼④各有一处豪宅。他长得很有型,有点像乔治·克鲁尼⑤。他非常富有,相貌英俊,而且风趣幽默,他的身边总是有很多朋友。他实在是太具吸引力了,你能明白吗?那时候我还是个小女生,我深深地爱上了他,而且无法自拔。"

当"厄运"描述着她那段美妙的夏日罗曼史时,脸上绽放着光彩。认识后不久,朗斯顿就告诉她,他已经办理好了离婚手续。接下来,他向她求婚,送给她一枚硕大的钻戒,以及随之而来的豪门生活。

"同年九月,我就和他结婚了。""厄运"说,"我的父母都说别着急,叫我再等等,可是我已经十九岁了,我认为自己什么都懂了。但事实上,我什么都不懂。我从家里搬出来,变成了克拉克·朗斯顿夫人,然后得到了随之而来的一切。"

说到这儿,"厄运"停了片刻,艰难地咽了一下口水。再次开口后,她变得有些吞吞吐吐,好像有什么东西难以启齿,但她还是努力继续说下去。

"我们结婚几个月后,他就开始当众羞辱我,当着我的面和其他女人

---

① 加州地名。
② 加州西部城市。
③ 得克萨斯州首府。
④ 法国东部山谷,旅游胜地。
⑤ 美国著名男演员,1997年和2006年被美国《人物》周刊评为"最性感男人"。

调情，经常对我大呼小叫。事实上，当我们独处的时候，情况还更糟糕。他每天都酗酒，直到烂醉如泥。

"结婚以前，我从来都不知道真正的酒鬼是什么样的，杰克，但是克拉克就是一个无比狂暴的、充满暴力倾向的酒鬼。他会猛地把我的手臂反扣在背后，将我推挤到墙边，然后……强行和我发生关系。没过多久，我和他之间唯一的做爱方式就是强奸，而他居然对此乐此不疲。

"有一次，他用双手掐住我的喉咙，把我压倒在洗碗池上，然后对着我的脸大吼大叫，说我是多么的一无是处。在我身旁的沥水篮上有一把水果刀，我突然把它抓在手里，并用它指着他的背。我甚至不知道自己是如何抓住那把刀的。那天，我第一次产生了想要杀他的念头。"

"你向其他人谈起过他吗？关于他的所作所为？"

"没有。我不可能在他的圈子里面这样做，而我和他结婚后，就不再拥有自己的人际圈了。杰克，不论如何都不会有人相信我的。然而，我时常又会发现自己很不理智很疯狂，我有时会回想起这个人，而我发现自己居然还爱着他，这真的很奇怪，不可理喻。"

"我很遗憾，'厄运'，你告诉我的这一切真是个悲剧。"

服务生把我们的晚餐端来了，他问我们是否还需要别的服务，我告诉他不再需要了。事实上，我已经完全没有胃口了。

"厄运"继续说道："在我们结婚后两年左右，我们去到一个人迹罕至的地方参加婚礼，那里是柳溪镇①的一家高尔夫乡村俱乐部。

"克拉克在那里如鱼得水，他到处敬酒，还送了新婚夫妇一辆轿车作为结婚礼物。

"当新娘与克拉克跳舞时，我在她的脸上看到了尴尬和柔情，我知道自己的脸上也曾有过那样的表情。我当时就意识到，那个新娘也被我的丈夫欺骗了，但她比我幸运一些，她没有落入克拉克的魔爪。

"在我们驾车回家的路上，克拉克迷路了，我们的汽车上有GPS，但是我不知道怎样使用它。克拉克喝得酩酊大醉，总是在速度很快的情况下就急转弯，非常危险。最后，车子被迫停在路边的紧急停车带上。

---

① 加州地名。

"那时已经是傍晚了,眼看就要天黑,我们却被困在一个偏远的乡郊地区。

"克拉克说,'笨蛋,快把地图拿出来,你就不能帮我做点事吗?'我从副驾驶位子前面的手套箱里取出了地图,然后读出他所处的位置,提示他该去的方向。我的这个行为让他想出了一个新点子,他要求我模仿GPS系统的电子语音的声音和语法,向他报告方位以及行车路线。"

我点了点头,示意她继续说下去。

"一离开海滨车道,我就看到了一个指示牌,表明前面的路通往北加利福尼亚州的威士忌镇湖。

"克拉克说,'威士忌镇,听上去像是个我喜欢的地方。'

"我像GPS一样地说话,'右转,前行一英里。右转,前行1.5英里。'"

这时,我眼中的"厄运"开始变得十分娇小和脆弱。

"我从来没有把这些事情告诉给任何人。我很抱歉,杰克,也许我犯了个错误。"

我本来也认为她在犯错误,但是我的心思已经随着她的故事一起飞到了那条曲折的乡间泥土路上,而我完全不知道即将来临的是什么。

"厄运"刺杀了她的丈夫吗?

她是不是用金属丝勒死了他?

"没关系,放轻松,"我对她说,"和我在一起很安全。"

现在我才发现,我先前的立场已经发生了改变。

我很想听完"厄运"的故事。

而且,我希望她能平安无事。

八十八

当"厄运"向我讲述克拉克·朗斯顿的生活和死亡时,她看上去有些焦虑不安,而且备受困扰。也许她现在仍然害怕她的丈夫,另一种可能则是,她依旧还爱着他。

"我们行驶在湖边的泥土路上。"她说,"船夫们正在收拾自己的帆具和索具,接下来,我通过后视镜看到,我们身后的道路上杂草丛生,只有两道新鲜的车辙,就是我们的汽车留下的。很明显,这里是一处人迹罕至之地。

"我继续扮演着 GPS 的角色。""厄运"说。她笑了,但是不太自然。"这种可笑、荒唐的游戏让我倍受鼓舞,就好像是我在支配和控制我的丈夫。杰克,我和他陷入了一个疯狂的老鹰捉小鸡游戏,我已经深陷其中,而他也在刺激我。他对我说:'你以为我不知道你在干什么吗?'

"我不知道醉醺醺的他是如何想明白这一点的,但是我的头脑里飞快地闪出了一个念头——也许我可以使他出车祸,撞坏他的玛莎拉蒂跑车。我希望他受伤,甚至希望他死。就算我因此丧命,我也无所谓了。

"我对他说,'下一个路口左转,进入沙斯塔—三一路。'那是一条通往沙斯塔—三一国家休闲区①的道路。"

我靠在椅背上,注视着"厄运"的脸。我想象着这场二十年前的权利斗争,这个残暴的老男人和幻想着报复他的妻子之间的斗争。我看得出来,"厄运"的情绪还停留在二十年前的那个时候。

"当时的环境光线还足够看清道路。"她对我说,"我告诉他在下一个路口转弯,那里事实上是一段船坡。他照做了,我们驶入船坡的时候,车速至少有四十英里,前面不远处就是湖水。

"我被吓坏了,不由自主地开始尖叫。但是,克拉克居然趁机吓唬我,想让我对挑战他的行为感到后悔。杰克,他拼命嘲笑我,而且,他更加用力地踩下油门。"

"他知道自己身处何方吗?"

"这个我就不知道了。也许他对距离的判断出现了严重错误,以为自己可以及时刹住汽车。也许他认为他那辆价值二十五万美元的跑车是会飞的。我唯一能够确定的是,他一直都没有踩刹车。

---

① 加州北部的一处国家级森林公园,森林旁边是沙斯塔塔湖(又名:威士忌镇湖)。

"我赶紧解开了自己的安全带。"说这话时,"厄运"埋下了头,语速很快,试图把这个故事尽快结束。

"在我们即将坠入湖中时,我打开车门,跳了出去。在那之后,我有好长一段时间都没有知觉。我什么都听不见,什么都看不见,脑子里只想着如何到达离这里不是很远的海滨车道。

"我一直都没敢回头看。走了一段路以后,我搭上了一辆便车,并打电话告诉警察,说我的丈夫的车失控了。

"当他们把车从湖里拉上来的时候,克拉克仍然系着安全带,他的血液里的酒精含量是法定限度的三倍之多。毫无疑问,他的死因被裁定为酒后驾车导致的意外事故。

"我去参加了他的葬礼,我哭得很伤心。接下来,我搬到洛杉矶居住,恢复了我的娘家姓,并且拿到了学位。"

"你还买下了一家酒店。"

"厄运"说:"是的,那是在我刚刚毕业之后。我用婚前协议帮我分得的遗产中的两百万美元买下了一家酒店,事实上,我借的钱比这更多。我把整个酒店都翻新了,然后重新开张,这就是比佛利山太阳酒店。在那之后,我又买下了另外两家酒店。我陷入了一种狂热,我需要工作,我想向自己证明我的人生是有价值、有意义的。我不需要克拉克的爱情,也不需要他的蔑视。

"杰克,我在威士忌镇湖所干的事情就是,我想让他死,而且我使得自己的愿望变成了现实。"

她现在开始变得有些激动,但并没有情绪失控。她说:"我觉得在我的酒店里发生的谋杀案是一种报应,是我从他那里分到遗产的报应。"

"'厄运',是你使他变成酒鬼、施虐者和强奸犯的吗?是你让他驾车开下那个坡道的吗?"

我正朝着这个方向继续说,但是她制止了我。她把她的一只手放在我的胸口,试图挣扎着继续说一些东西。

"我很难……再次相信我自己……当我和一个男人在一起时。"

她的身体靠了过来,倒在我的肩膀上。

"我想抱住你。"我轻轻地说。

她抬起头看着我，眼睛里噙着泪花，"我需要你。"

我把她抱在怀里，片刻之后，她大哭起来。

我之前并没有想象过自己会和她如此接近，我甚至有些抗拒这种感觉，但是这的确是太美妙了。我喜欢她，非常喜欢。

八十九

午夜刚过，除了一个被风吹得在街道上到处乱跑的塑料袋，以及一辆看上去有些怪异的停放在街道旁边的轿车之外，安德森街和阿特穆斯街上就再没有任何可以引人注目的东西了。

国际私人侦探公司的监视车是一辆灰色的雪佛兰轿车，停在安德森街南侧，离阿特穆斯街非常近。三名侦查员正监视着红猫陶器厂仓库的出口，同时还在监视阿特穆斯街那边的装货码头。

德尔里奥是司机，和克鲁兹一起坐在前排，斯科蒂坐在后排，每个人都非常安静。

克鲁兹对身旁的司机说："给杰克打电话吧。"

德尔里奥拨通了杰克的电话，汇报了他们现在所处的位置，并与杰克交换了一下意见。这个小团队想出了一个策略，他们打算将那些价值不菲的非法药物偷出来，完成拉斯维加斯黑手党硬塞给公司的任务。执行这个策略的关键是千万不能被警察抓获，不然至少就得坐二十年牢。此外，这项行动也不需要通报给卡麦·多西亚。

德尔里奥说："机不可失，时不再来，杰克。否则，那些处方药将会被一次一箱地带离仓库。再拖上几个星期，这里剩下的就只是一辆空货车了。多西亚一定会暴跳如雷，杀人无数，首先要的就是你的脑袋。"

杰克批准了这个建议，德尔里奥挂断了电话。

德尔里奥发动汽车，将车开到了博伊德街，这里是一条与阿特穆斯街平行的死胡同。他在几辆运货卡车和厢式货车之间找到了一个空间,将自己的车与街道平行地停放好。街道的两旁都是水泥砖砌成的仓库,墙上用喷漆画满了涂鸦作品。

德尔里奥扭动着身体,对后座上的斯科蒂说:"该你上了,让摇滚乐响起来吧。"

斯科蒂拿起纸杯,喝了一大口水,说道:"我比较喜欢楼梯下面的那扇窗户。"

德尔里奥提醒他:"动作要快。"

斯科蒂戴上工作手套,关掉了他头上的座舱顶灯,然后打开了后车门。

德尔里奥突然说:"等一下。"

前方出现了一辆出租车,沿着安德森街驶了过去,紧接着德尔里奥示意斯科蒂可以行动了。斯科蒂从脖子到脚趾的装束都是黑色的,除了一头金发散发出来的光泽,在黑暗中根本看不见这个人。德尔里奥和克鲁兹注视着斯科蒂走到胡同的尽头,然后穿过安德森街。

接下来,斯科蒂消失在视线之外。

半分钟后,警报响了起来,又过了几秒钟,车后门被打开了,斯科蒂跳了进来,对前排的两个搭档说:"你们帮我计时了吗?"

克鲁兹笑着说:"哟!你的动作很快啊,就像电影里那些时间停止的镜头,时间静止不动,一个人在其他那些像木桩一样的人身边跑过。你知道我所说的场景吗?"

德尔里奥说:"让我们看看警察的反应速度有多快。"

大约过了四分钟,警车鸣笛的声音在安德森街响了起来。警车停在他们的视线之外,但是他们可以听到警车上的无线电对讲机的声音。德尔里奥借此判断出,警车停在装货码头的大门外。

三名侦查员赶紧弯下身,躲在座位下方。德尔里奥宽慰自己,至少到目前为止,行动还没有出任何岔子。刚才,斯科蒂跑过去摇晃了一下窗户,从而引发了警报。警报只响了几分钟就停止了,他们原本以为会有更多的警车过来,但自始至终只出现了两辆警车。

警察走了以后,德尔里奥和他的搭档们再次使用了这种策略,引发警报,等待警察过来,然后看着警察再次离开。

天空已经发白,德尔里奥打电话对杰克说:"我们今天晚上再来。"

九十

朱斯蒂娜被一阵喧闹声吵醒。

洛奇正发狂地朝着房门的方向大声叫着,它的爪子在硬木地板上来回刨动,时速至少有九十英里。

朱斯蒂娜看了看钟,现在还没到七点。

这究竟是怎么回事?在洛奇的狂吠声的间隔中,她听见门铃一直在响个不停。

她在丝绸睡衣外套上了一件长袍,走到门厅,心里想象着门外的人一定是杰克。不然还会是谁呢?她通过窥视孔看了一眼外面的情形,然后很失望地为丹尼的经纪人拉里·舒斯特尔打开了门。

他的衣服皱巴巴的,下巴上的胡子参差不齐。总而言之,他看上去就像是在自己的车里过的夜。

"很抱歉这么早来打搅你,史密斯医生。我得和你谈谈。"

"叫我朱斯蒂娜好了,是丹尼遇到什么事了吗?"

"没有,他还待在双塔监狱的医院里。我一整夜都在开车四处乱逛,最终我作出了一个艰难的决定。"

"拉里,你看这样行不行,我九点以前会到达办公室,到时候我们在办公室面谈好吗?"

"只需要占用你几分钟的时间,拜托了,这很重要。我不敢冒险让别人看见我去找你,那样一来他们就会认为我把我知道的东西都告诉给你了。"

"这么说,你再也不会在公开场合与别人一起吃饭了吗?"

舒斯特尔笑着说:"完全正确。"

朱斯蒂娜让舒斯特尔进屋,领他走到厨房。她按下了咖啡机的开关,接着让舒斯特尔在餐桌旁坐下。她自己去卧室换上了工作装,然后回到厨房。

她从冰箱里拿出了一盒牛奶,把刚煮好的咖啡倒进了马克杯。

"需要加糖吗?"

"是的,谢谢。"

朱斯蒂娜把糖钵放到牛奶盒的旁边,接下来,她蹲下身子为自己的小狗和小猫准备好了食物,然后告诉舒斯特尔可以开始了。

"还有别的女孩。"

"'还有别的女孩',这是什么意思?"

"除了凯蒂·布莱克威尔之外,过去的一年里,还有三名女孩扬言要控告丹尼,原因是丹尼强迫她们与他发生性关系。"

"该死!"朱斯蒂娜说,"你应该在第一时间就把这些情况告诉我,拉里。其实这也是一种破坏合同的行为,就好像你生怕我们没有足够多的理由来告诉你和丹尼,'没有我们你们也会一切顺利'。"

"请别这样说。"拉里有些尴尬。

"我曾经是一个精神病医生,在精神病院工作,你知道吗?"

"是的,我知道,你的办公室在圣塔莫妮卡镇。"

"对,就是那里。正因如此,我对精神疾病和心理障碍都有些研究。但是,丹尼一直都在戏弄我。我感觉他有妄想症,他完全相信那些他自己想象出来的故事。"

"不是这样的,丹尼对派普很忠诚,他没有和其他女孩上过床。"

"那么,这会是谁干的?丹尼说其他人在控制他的生活,这很可能使丹尼做出某种疯狂的交易,但是我并不希望这是真的。你自己也应该做好准备,看上去丹尼会在监狱里待上很长时间。"

"他没有调戏这些女孩,他也没有杀死派普。"

"拉里,除非你说,'我知道这不是他干的,因为是我杀了她。'否则,我是不会相信你的。"

舒斯特尔沉默了,一双眼睛注视着她。

"派普是你杀的吗,拉里?"

"不不不,当然不是,我很抱歉。我只是在想,到底该不该把我的想法告诉你……"

"该死!快告诉我,或者你马上离开这里,再也不要给我打电话了。"

"艾伦·巴斯托。"

"你不要问一句答一句的,就像挤牙膏一样。"

"艾伦·巴斯托付钱给凯蒂·布莱克威尔,他也付钱给其他几个女孩,收买她们为自己做事。艾伦从丹尼身上赚到了数百万美元,甚至更多,他会不惜一切代价地稳住丹尼这个大客户。"

"那他为什么要杀死派普?他的动机是什么?"

"派普不喜欢艾伦,她还试图让丹尼换掉艾伦。如果派普夹在艾伦和丹尼中间,挑拨他们的关系,那么艾伦的位子就岌岌可危了。而艾伦呢,他又是一个非常可怕的家伙。"

"朱斯蒂娜,你应该严格、仔细地调查艾伦,我认为你可以把他挂在烤肉架上,然后点燃下面的火堆。"

九十一

朱斯蒂娜开着车,行驶在一个位于洛杉矶世纪城的大型人工湖旁边。湖的中央有一个拉斯维加斯风格的喷泉,湖的后面是一栋巨大的覆盖着黑色玻璃外墙的大楼。这栋大楼的名字和它的造型一样拉风,是演艺人才经营集团的总部所在地。这家机构是好莱坞规模最大、最具影响力的演艺人才中介所,说它是世界最大也不过分。

诺拉·克罗宁正坐在朱斯蒂娜旁边的副驾驶座位上。

去年,朱斯蒂娜曾与地方检察官办公室一起工作,帮助洛杉矶警察局抓捕了一名杀人狂。这个恶魔使整个城市都陷入了恐慌,警察们疲于奔命,却又无所作为。

这个专杀女学生的连环杀手本是诺拉·克罗宁警官的案子,但是顾不得她的反对,地方检察官办公室还是委派了国际私人侦探公司的人与她一起工作。结果出乎她的意料,她和朱斯蒂娜紧密配合,合作得非常顺利,就好像她们已经共同工作了很多年一样。

此刻,诺拉正在补妆,朱斯蒂娜将车开到停车场的入口,从机器上取出了一张停车票。接下来,她驾车在地下停车场里逛了一圈,这个巨型停车场所占用的建筑面积比她出生的小镇还更大一些。

"这实在是太畸形了!每年通过这栋大楼流进流出的钱,居然比国防预算还多。"

诺拉个头很大,身段像坦克一样。她很豪放,喜欢纵情大笑,现在的她正在释放自己的爱好。

"你真幽默,朱斯蒂娜。说实话,我已经等不及想看看这栋楼的里面究竟是什么样了。"

"真的吗?"朱斯蒂娜说,"我想我们免不了会遭受一场真正的角斗士风格的较量,对手是一个极端利己、无比拜金的蠢货。同时,他很可能还是个杀手。"

"也许我们做不成这件事。我这样说只是想让你有些心理准备。如果他赶我们走,我们只能选择离开。"

"放宽心,诺拉,一个警察和一个精神病医生正在联手对付他。他会坦白的,他会求着我们听他说的。"

诺拉再次笑了起来,"是啊,我俩可是最佳拍档。总之,这地方也许是个竞技场,但是我们只需要对付一头狮子,只有一头而已。对了,我把这个给你。"

诺拉伸出手,从脚底下的空间拾起一叠文件,递给朱斯蒂娜,后者将它们放进了自己的公文包里。

"让我来跟他谈吧。"朱斯蒂娜对诺拉说。

"好的。"诺拉答道,"我来做你的保镖。"

朱斯蒂娜笑着说:"太好了!我一直都想要一个保镖。"

九十二

朱斯蒂娜和诺拉走进电梯,从地下停车场来到了中介所的大厅。这里是一个非常宽阔的用名贵大理石装饰的豪华场所,到处都悬挂或摆放着当代艺术家的经典作品。玻璃覆盖的楼梯很容易让人产生错觉,不过很快朱斯蒂娜就发现自己看错了,接待处的天花板和后墙都是玻璃的,连成一体,而楼梯并不在这儿。

这个地方有意给到访者留下深刻印象,使人望而生畏,对于朱斯蒂娜来说,这两种效果都实现了。她以前还嘲笑演艺人才经营集团只不过是贪婪的黑洞,但是她现在切身感受到了这个地方的力量,金钱的强大威力开始展现。

她努力让自己回到现实中来,此时的她和诺拉都有要事在身。

朱斯蒂娜将她俩的名字通报给前台接待员,并在一个记录簿上签了字。接下来,她和诺拉在大厅的边缘找了一个地方坐下,然后开始观察周围的一切。

演员们在练习自己的台词,站在房间角落里打着手势。快递员不停地进进出出,送来或带走包裹和邮件。一群群衣着讲究的人通过一扇很特别的门进到这里,这扇门和周围的墙壁结合得非常完美,让人几乎看不到它的存在。

朱斯蒂娜看到了汤姆·克鲁斯,他正站在人群中与别人交谈。

没过多久,她们又看到伊桑·霍克[①]离开了大楼。

十五分钟以后,一个年轻的男人从扶梯上走了下来。他穿着亚麻布衬衣和深色裤子,脸上带着自命不凡的表情。年轻人来到朱斯蒂娜和诺

[①] 美国全能型男演员,被誉为"最富感性魅力的青年男星",代表作有《全面回忆》(2012版)等。

拉身边说:"我叫杰伊·戴维斯,是巴斯托先生的助理,艾伦已经准备好要见你们了。"

朱斯蒂娜提起了自己的公文包,她感到自己手中拿着的武器就像是一个"脏弹"①。她心中暗想:我猜艾伦还没有准备好接受这个吧。

当她们走进艾伦·巴斯托的办公室时,巴斯托正背对着门口站立,朝着头戴式耳机的麦克风喊叫道:"我说了不行,你这个蠢货,莉莉·帕吉特绝不会试镜的……你和我们签订了合同,但是你竟敢毁约,我一定会控告你违约的……我会拿走你所拥有的一切,包括你头上的头发……是的,一系列的网络题材……杰瑞·布鲁克海默②……她拒绝了他,你明白我的意思了吗?"

巴斯托挂断电话后,转过身看见了这两个女人,她们在杰伊的带领下走进了宽敞透明的办公室。巴斯托的脸上带着愉快而又冷漠的笑容,就好像冬日里的阳光照在结冰的湖面上。

"丹尼怎么样了?"他一边问,一边同朱斯蒂娜握手,"希望你带来了好消息。"

朱斯蒂娜介绍了自己的搭档诺拉,他们一起在巴斯托的茶几周围坐了下来。这个由弗兰克·斯特拉③设计的办公室的大小和一个私人车库差不多,在这里可以看到好莱坞西部和比佛利山的全景。

但是,朱斯蒂娜顾不上看风景,她正仔细观察着艾伦·巴斯托的脸。

他的脸上有很多痤疮疤痕,头发稀疏,肩膀狭窄,其貌不扬。但是,他看上去非常自大,这种自大源于他是整个演艺人才经营集团里赚钱最多的人,每年可以净赚数百万美元。

朱斯蒂娜坐在一把价值五千美元的扶手椅上,她前倾身子,将沃特福德水晶高脚杯放在巴西樱桃木制成的茶几上,缓缓说道:"艾伦,我想我们

---

① 脏弹又称放射性炸弹,是通过引爆传统的爆炸物如黄色炸药等,通过巨大的爆炸力,将内含的放射性物质(主要是放射性颗粒)抛射散布到空气中,造成相当于核放射尘埃的污染,形成灾难性生态破坏的"辐射散布"炸弹。
② 好莱坞最成功和最活跃的制片人之一,属于典型的"站在导演身后的导演",是导演必须按照他的意志行事的制片人。
③ 美国画家,以抽象作品而闻名。他朴素的几何画使其成为20世纪60年代极简抽象艺术运动的领导者。

现在已经知道谁该为派普·温尼克的死负责了，但是我们需要你的帮助。"

巴斯托按了一下自己的椅子扶手上的一个按钮，"杰伊，我现在不接听电话。"接下来他对两名访客说："我现在的时间都是属于你们的。"

朱斯蒂娜说："我们认为，派普是被一个嫉妒她和丹尼的关系的人杀死的。"

"你不是开玩笑吧，这真是令人难以置信。"

"只有几个人知道丹尼和派普的关系。你，默文·克洛斯，拉里·舒斯特尔，丹尼的朋友柯凡克斯，还有他的防身教练。丹尼和派普的恋情还没有对外界公开，他在托潘加峡谷的小屋也是个秘密。"

"这么说，显然是和丹尼走得很近的人作的案。"

"是的。我们认为这个人希望派普会对他心存感激，因为他帮助她在电影里得到了一个角色。这个人还希望派普会因为他出众的操控能力而被他吸引。因此，派普和丹尼私奔，一定会令他怒不可遏。

"所以，这个人开车去到小屋，叫醒派普，让她和他一起在小径上散步，这也是讲得通的。根据我们的猜测，他和派普意见不合，争吵起来，最后开始动粗。"

巴斯托插话进来说："朱斯蒂娜，你是在为自己做推销广告吗？你到底需不需要我的帮助？究竟是什么人对我的小丹尼做出了这样的事情？"

"是一个喜欢年轻女孩的人，艾伦，这个人对年轻女孩有着强烈的兴趣和嗜好。"

朱斯蒂娜从公文包里取出一叠文件，转了一下，在茶几上成扇形展开，呈现在巴斯托的眼前。

朱斯蒂娜说："这些材料是我们打算交给警察的。另外，我预感到这些脸部特写照片很快就能在互联网上散布开来。数以百万计的民众都会知道艾伦·巴斯托是一名性犯罪者。那就是你，艾伦，你就是真正的作案者。"

九十三

巴斯托气急败坏地说:"哇哦——哇哦——哇哦,你们从哪里搞到这个的?"

朱斯蒂娜感到背脊一阵战栗,她注视着艾伦·巴斯托的脸。与此同时,艾伦正盯着他自己的脸部特写照片和犯罪记录发呆,桌上的文件记录了他曾因对未成年少女进行性侵犯而被捕的斑斑劣迹。他的自大消失了,取而代之的是更加原始的情绪——恐惧、愤怒、困惑,都是些让人变得有暴力倾向的情绪。

朱斯蒂娜说:"今天软件技术已经非常发达,艾伦。新技术可以将一个人的脸和全国每一个警察局的数据库里的性犯罪者的脸进行比对,即使上一次犯罪是发生在十年前的新泽西州,即使你换了自己的名字。"

"那你是什么意思呢?"艾伦一边说,一边将那些文件从桌上拂到地上。"你说这些的意思是我杀了派普吗?你他妈的是在跟我开玩笑吧?你听着!我对派普·温尼克的唯一兴趣,就只是她的钱,仅此而已。"

他从办公桌上抓过来一张报纸,让朱斯蒂娜看上面的大字标题——"红色恋情[①]"。

巴斯托咆哮道:"这部电影已经死了,一部本来应该很棒的暑期档大片就这么完了。你知道我这一年多以来的辛苦工作换回了什么吗?什么都没有!"

他越是愤怒,朱斯蒂娜反倒越加轻松,只要他不动手。

"冷静点,艾伦,我并不是说你有预谋地杀死了派普。我的意思是,你可能受到了侮辱。你试图告诉她你是谁而她又是谁,可事情变得有些失

[①] 电影原名《绿色恋情》,这里故意改成"红色",即表示前面的道路已经被堵死了。

控,她转身想离开你……"

巴斯托打断她的话,"史密斯医生,你已经完全……我用'完全'这个词已经足够给你面子了……完全疯了!我们的谈话到此结束。如果你还想再多说一句废话,我就会告你诽谤。告诉你吧,我的法务部的人可以立刻起诉你。"

他从椅子上站起来,走到门口,对他的助理说:"杰伊,送这些人出去。哦不,快通知警卫。"

巴斯托转身对朱斯蒂娜和诺拉说:"你们俩只有一分钟的时间离开这栋楼。"

诺拉严肃地说:"你别忘了,洛杉矶警察局的权力比这里的保安更高。"

她解开自己的外套,将挂在脖子上的一枚金色徽章展示给巴斯托看。

"现在我们正在检验派普·温尼克的衣物,如果我们发现那个女孩身上有你的DNA,你将面临严厉的审讯。另外,我们还找到了一个证人,证人声称你曾经把迷魂药掺入丹尼·惠特曼,以及那些起诉丹尼行为不检点的女孩们的杯子里。

"我们的证人还说你举办性派对,艾伦。你的客人全都是年轻女孩,喝醉了的年轻女孩,你真是个混蛋!"

身着卡其色制服的保安从走廊匆匆跑了过来,巴斯托大步走到办公室门口,推开门对保安头目说道:"对不起,罗杰,是我弄错了,这里的一切都在控制之中。"

他关上门,拉下百叶窗,回到会客区,但并没有坐下。

巴斯托说:"你是警察?你怎么不早点告诉我啊?这完全是个圈套,你并没有对我宣读我应有的权利。我的律师不在场,我一个字都不会说的。"

诺拉站起身来,与愤怒的巴斯托面对面地站着。

"你错了,巴斯托先生。我没必要暴露自己的身份,而你只有在被拘捕时才会被告知你的权利。"

巴斯托的眼神从诺拉身上转移到门口,然后聚焦到朱斯蒂娜身上,最后又回到门口,他正试图寻找一个方法拯救自己。

"请别因为这个搅扰我的生活。"他说,"我没有杀派普·温尼克。也许我曾为丹尼邀请了一些女孩来到我的家里,也许我曾提供了酒精饮料,也许有些女孩醒来后发现自己和丹尼睡在同一张床上,从而认为她们和丹尼发生了性关系。"

"这不是招供和承认,只是'也许'。"

"但是,我并没有把派普推下悬崖。不是意外失手,也不是有意而为,我和她的死根本就毫无关系。"

诺拉说:"巴斯托先生,你有谋杀嫌疑,所以我现在要立刻逮捕你。另外,还有一些程度较轻的指控会使你被拘留。在此期间,我们会认真调查你的故事。

"你有权保持沉默,但是你所说的一切都可能成为呈堂证供。现在是时候给你的律师打电话了。我想你和公司的合同中或许会涉及到有关道德规范的条款,公司很可能单方面和你解约。不过,这些问题还是等到案子结束后再处理吧。"

巴斯托用绝望的眼神望着诺拉。

他说:"等等,如果我可以帮助你们找到杀害派普的凶手,那我们做个交易怎么样?"

艾伦·巴斯托总是喜欢和人做交易,他在他自己的舒适区①找到了希望。

诺拉答道:"如果你能够提供可以导致杀害派普·温尼克的凶手被捕和被定罪的关键信息,那我会尽最大努力帮助你的。"

"好吧。"巴斯托说,"我可以和你合作。我会把它写下来,希望我们双方都可以很放松,一切从头再来。我想我知道是谁杀了派普,不是我干的,也不是丹尼。"

---

① 舒适区(comfort zone)指的是一个人熟悉的环境和习惯的行动,人会在这种状态之中感到舒适并且没有危机感。

九十四

朱斯蒂娜又回到了位于托潘加峡谷的小屋,这一次是在阳光下,西摩·克龙彭伯格博士、诺拉·克罗宁警官和她一起站在离花坛几米远的地方。很明显,花坛附近的地面上有新鲜的轮胎印记。

看得出来,有一辆车最近才在花丛中停放过,这与丹尼所描述的一致。而且丹尼还说过,杀死派普的凶手开的就是那辆车。

同行的来自洛杉矶警察局的轮胎踪迹专家用美能达照相机对准地面上的胎纹印记,拍了几张照片。接下来,他调整焦距,用不同的缩放比例拍了更多的照片。

"谢谢你,斯坦,现在可以了。"诺拉·克罗宁说道。

西摩博士兴奋得像一个正在过生日的孩子,"这太美妙了!朱斯蒂娜,这是多么完整的胎纹印记啊!"

洛杉矶警察局的检验所里有两台大型莱卡扫描仪。但是,国际私人侦探公司却拥有一台最新型的便携式扫描仪,它可以捕捉全彩三维图像,而且还可以实时自动定位。不夸张地说,西摩手中的这台设备是世界上最先进的扫描仪。

诺拉说:"西摩,你在我面前炫耀倒没什么,我不在乎。不过,沾沾自喜反倒让你显得土里土气的。"

西摩笑着回答:"我只是说说而已,你得谢谢杰克花了五万美元买下了这台设备。"

"如果用你的扫描仪可以抓住那个人渣的话,我就去亲吻杰克一下,怎么样?"

西摩幽默地说:"如果杰克同意的话,那我当然也没异议。"

这台便携式三维扫描仪的造型看上去就像是把两个吹风机的出风口

融合到了一个手柄上一样。西摩先把一个网状的小型定位标记放在轮胎压痕里面,然后握着扫描仪在印记上方做匀速直线运动。在西摩操作扫描仪的同时,图像同步传输到了朱斯蒂娜的笔记本电脑上。胎纹印记上的每一条隆起线,每一道波纹,以及每一个细节,都展现在了电脑屏幕上。

诺拉走了过来,盯着屏幕看。朱斯蒂娜正用软件将扫描结果与轮胎数据库中的六千个不同的型号进行比对。

没过多久,电脑搜索到某个记录时突然停止了,朱斯蒂娜不由得屏住了呼吸。紧接着,屏幕上显现出了"匹配"二字。

"成功了!"朱斯蒂娜欣喜地叫出声来。

西摩和诺拉站在一起,越过朱斯蒂娜的肩膀看着屏幕。

"带 N 标的米其林轮胎。"西摩说,"这是保时捷认证的标准轮胎,朱斯蒂娜,让我用一下电脑好吗?"

西摩轻敲键盘,寻找到了他想要的东西。

"N 标米其林轮胎有特殊的胎纹设计。是的,它们的外侧都有一条很细的凹槽。我敢肯定,这种轮胎是用在保时捷 911 上的。"

"喂!快来看这个。"西摩一边说,一边用手指着胎纹印记旁边的一个较为平坦的痕迹,这不是胎纹印记的一部分。"很明显这是局部的鞋印,而且是脚尖那部分。这个人从车里出来以后,在泥土上留下了自己的脚印。很不幸的是,他有意识地把其余的鞋印都抹平了。"

"残余的这部分对你有用吗?"朱斯蒂娜问道。

"即使我们可以通过这部分鞋印确定鞋子的类型,但这不足以让我们查出鞋子的尺寸,也不能查出鞋底的磨损状况。"

朱斯蒂娜又回想起了那天凌晨的情景。

她从丹尼的小屋的后门出发,沿着小径,朝着他的哭声传来的方向走去。德尔里奥追上了她,接下来,他俩听到了车门在他们身后"砰"地关上的声音。

德尔里奥继续向前走,朱斯蒂娜折回了小屋。到达小屋后,她和赶来帮助丹尼的每一个人都交谈过,他们是舒斯特尔、巴斯托和克洛斯。

她顾不上细看停在外面的汽车,况且在凌晨四点多的黑暗中,她也很难确定任何一辆她所看见的汽车的具体型号。

不过,她还是回想起了其中有一辆车的确是保时捷。

哪一年的款?什么型号?是谁在驾驶?

她说不上来。不过,她看到所有的车都停在碎石车道上,而不是花丛里。但是,如果这三个男人中的某一个到得更早一些——当丹尼还在睡觉的时候。如果他过于匆忙,将保时捷停在法拉利的旁边,而不是后面……

朱斯蒂娜脱口而出:"我想我们可以用一种比较传统的方法来调查这个。"

"朱斯蒂娜,那是不可能的。"诺拉对着她嚷嚷道,连西摩和斯坦也可以听到诺拉的声音,"我无法申请到这个权限,将一个胎纹印记与全洛杉矶数量巨大的六个尾灯的保时捷汽车去——比对。"

朱斯蒂娜站在那里,无言以对。她不习惯按规矩办事,也不习惯被人吼叫数落。当然,诺拉的话没有错,但是应该还有别的办法。

"诺拉,你能不能去查看一下天网监控录像?你做这个总不需要申请权限吧?"

九十五

朱斯蒂娜只用了两分钟的时间,就在机动车管理局的数据库里查到了丹尼的哪一个助手拥有一辆保时捷911。在这之后,她和德尔里奥一起去合乎逻辑的地点寻找那辆车,但是没有找到。

现在,德尔里奥将奔驰车停在贝艾尔市①的一条环形的私人车道上,旁边是一座价值六百万美元、占地一万平方英尺的地中海风格的别墅。

他从手套箱里取出自己的枪,将它放进了腋下的手枪套里,然后对朱

---

① 位于美国马里兰哈佛特郡。

斯蒂娜说:"生气和激动都是无济于事的。正如我的一名狱友常常对我说的,'如果你在大街上找不到你要找的东西,那就可以去别人的家里试试。'"

"太好了!我们居然从一个囚犯的口中得到了中肯的建议。"

"而且,你是从我的狱友口中得到的。"

朱斯蒂娜笑着说:"我无意冒犯,瑞克。很抱歉,我并没有把你当做囚犯。"

"我很荣幸。你准备好了用你的生命和名誉做赌注吗?"

"也许是的。不多说了,我们行动吧。"

一名年轻的女管家来到圆柱门廊下的房门边,和蔼地笑着说:"很抱歉,家里没人。"

德尔里奥举起了那张看起来很像警察证的证件,并打开自己的外套,让女管家看到了里面的枪。他说:"你放心吧,女士,我们得到了授权,奉命来这里完成一次快速的搜查和扣押。"

"可我们正在粉刷客厅。"女管家高声数落道。

朱斯蒂娜说:"别担心,我们会很小心的,不会踩到任何东西。请告诉我们,主卧室在哪里?"

未来的某年某月某天,朱斯蒂娜一定会愉快地回忆起这次别墅之旅:一流的厨房,豪华的门廊和游泳池,还有奢侈的放映室,以及充满贵族气息的主卧室……这里看上去就像是詹姆斯·邦德系列电影[①]里的场景。而且这座别墅还配备了非常前卫的高科技摄像设备及安防系统,简直比白宫的战情室还先进。

朱斯蒂娜原以为会在主卧室里看到一个整洁的衣橱,然而这里却是一团糟。昂贵的衣服被随意地挂在或搭在挂钩上,大量的鞋子横七竖八地摆放在挂衣架下面,一切都毫无规律。

德尔里奥站在卧室门口把风,朱斯蒂娜用戴着手套的手仔细地检查那些鞋子。她正在寻找一种橡胶鞋底,可以与西摩在胎纹印记旁找到的那三英寸鞋印相匹配。

---

① 即007系列电影。

朱斯蒂娜并没有贸然行动,而是暂停了一下,试图在埋头大干之前,先依靠心中的直觉挑选出那双鞋。她真的看到了自己想找的东西,那是一双亚瑟士鞋,是当前最流行的炫耀性男士休闲鞋。

她将左脚那只鞋从鞋堆里拿出来,然后呼喊着德尔里奥。当他来到衣橱旁时,她让他看那只鞋的鞋底。

"鞋印的好处是双方面的,鞋底会在泥土上留下印记,而泥土也……你看到了吗?"

"我看到了,鞋底有深色的碎屑。"

"而我看到了属于西摩博士的快乐的一天。"

朱斯蒂娜把那只鞋放进证据袋,密封起来。当她正准备离开时,却看到女管家正站在德尔里奥身后,双目圆瞪。

"你们给我带来了麻烦。"女管家忿忿地说。

"不会的,绝对不会的。"德尔里奥用他那富有耐心,如同父亲般慈爱的嗓音说道,"你不用告诉任何人我们来过这里,这是一次绝密的调查,明白吗?"

当他们正准备离开北宾利大道时,朱斯蒂娜的手机响了起来,是诺拉打来的。

"你找到什么了吗?"朱斯蒂娜问道,她把电话设置成免提,这样德尔里奥也能听到诺拉的说话声。

"我们通过天网录像,找到了那辆有六个尾灯的保时捷。那辆车在凌晨两点到两点半之间,从贝艾尔市开往托潘加峡谷。尽管司机开得很快,但他的身体前倾,趴在方向盘上,脸和前窗很近,所以我们得到了非常清晰的脸部特写镜头。"

"太好了!诺拉。我们这边也有一些进展,可以为你锦上添花。"

九十六

我穿着自己最好的衣服,脸上抹了朱斯蒂娜送给我的高档须后水,驾驶着兰博基尼从办公室朝比佛利山疾驰而去。朱斯蒂娜坐在我旁边,不断地催促我开快些。

她看上去有些急躁不安。她和我说话的样子,感觉就像我是一个按小时收费的司机。

我沿着洛杉矶第五大道向西行驶,然后上了110高速公路。尽管我试图尽量忽略限速牌的存在,但我仍然看到了标示的限速是五十五英里。我轻推加速器,使汽车的速度略微超过六十英里,不过朱斯蒂娜依旧是一个劲地催促我加快速度。

"如果交警拦下了我们。"朱斯蒂娜说,"那也不用担心,我在洛杉矶警察局里有朋友。"

"我现在还在保释期间,朱斯蒂娜。保释随时可以被撤销,我们还是不要太得寸进尺了,好吗?"

朱斯蒂娜勉强地应道:"嗯,那好吧。"她看了看手表,然后盯着前方发呆。我知道她并没有关注高速路上的任何东西,她沉浸在自己的思想里,回忆过去,计划未来。

"嗨!朱斯蒂娜,你还好吗?我是杰克,我在你旁边。"

"我正把整个计划在脑子里再次过一遍,你别捣乱。"她的语气充满了恼怒和不耐烦。

"行!我听你的。"

"丹尼本可以完成那部电影,但是他的私生活太混乱了,这将成为笑柄。他会受到别人的抨击,乃至名誉扫地。另外,票房惨败也意味着他的经纪团队必将破产。"

"派普的死是罪魁祸首。"

"是的。难道,有什么人已经猜到破产可能会是一件好事吗?"

我让朱斯蒂娜继续思考下去,自己则细想着我们遭遇的其他斗争,我多么地痛恨它们,多么希望事情可以朝着有利于我们的方向发展。上帝啊!我真想念她,我希望她也在想念我。

我在高速公路上只行驶了很短一段距离,接下来,我从出口转入了洛杉矶第十大道,继续向西行驶。我穿过威尼斯林荫道,选择了一条近路,这样就帮我节约了一些时间。最终,我的车来到一段新月形花岗岩台阶前,走过这段台阶,我们就可以到达著名的以粉红色外墙为标志的比佛利山太阳酒店的大门。

我把车钥匙递给门童的同时,朱斯蒂娜喊叫着诺拉·克罗宁的名字,后者正从她自己的车里走出来。几辆没有标志的警车跟在诺拉的车后面,也陆续到达了酒店的入口。我听见诺拉对门童说,就让那些警车停在原地。

在酒店正门的旁边,摆着一幅装框的海报,那是一张真人大小的派普·温尼克的黑白照片。画框周围裹着黑绉纱,派普的出生日期和死亡日期写在她那张年轻的天使般美丽的脸庞下面。

朱斯蒂娜和诺拉在台阶附近简短地交流了片刻,紧接着,朱斯蒂娜突然离开诺拉,跑过来对我说道:"杰克,我们来晚了,但还不算太迟。"

我将手肘弯曲,让她挽着我的胳膊,我们俩一起走上长长的红地毯,进入了这座金碧辉煌的酒店。

九十七

朱斯蒂娜刚一走进水晶舞厅,马上就想看清楚这里的一切。

这里是一个非常华丽的地方,简直就是舞厅里的"贵妇人"。房间是圆形的,以灰白色调为主,处处都有独特的装饰艺术风格。看起来,水晶舞厅尽量重现了这家酒店在1931年初建时的风貌。

朱斯蒂娜扫视了一下房间的各个出口,每一扇窗户上都挂着雍容华贵的窗帘,高大的落地对开玻璃门通往外面的水晶花园。接下来,她又仔细检查了宏伟的水晶枝形吊灯下的每一张桌子。

到处都是社会名流:年轻的和年长的电影明星、著名的时装设计师,以及脱口秀主持人等等。派普的父母正站在舞台旁边,丹尼的经纪人坐在房间中央的一张桌子周围。她看到了拉里·舒斯特尔,艾伦·巴斯托,还有丹尼的其他随行人员,以及这些人的女朋友或妻子。

如果朱斯蒂娜和诺拉没有把事情搞砸的话,丹尼·惠特曼今天晚上就可以出狱了。

房间那头是一个巨大的舞台,舞台后面的墙壁上挂着投影幕布,上面正在播放派普·温尼克的幻灯片。派普·温尼克的电影剧照,以及她可爱的童年时期抓拍的照片,在幕布上不断地闪现着。舞台两侧摆满了四英尺高的花瓶,里面插着白玫瑰。房间里到处都点着蜡烛。

默文·克洛斯站在舞台中央的演讲桌背后。

他今天的样子很容易给人留下深刻的印象,这位六英尺高,经过了精心修饰打扮的好莱坞制片人看上去有些心烦意乱,他正面临着一个非传统的非好莱坞式的结局。

他麾下的一个明星进了监狱,另一个离奇死亡。但是,他正幻想着将这个灾难转变成自己的救赎。

朱斯蒂娜贴着左边的墙壁走向舞台旁的阶梯,诺拉·克罗宁也从房间的另一侧朝着舞台走去。

与此同时,默文·克洛斯正在讲述一个关于派普的故事,现在他正说到激动处。

"我永远都不会忘记,当派普获得《绿色恋情》中的吉雅这一角色时,她是多么的高兴。她对我说,'默文,我一生的梦想就是和丹尼·惠特曼一起工作。'"

"一生的梦想!"他哽咽了,嗓音带着哭腔,"请想象一下,她才十六岁而已。"

朱斯蒂娜和诺拉已经来到了舞台的两侧，但是克洛斯只看到了朱斯蒂娜，后者直接走上舞台，走近演讲桌，碰了一下克洛斯的手臂。

克洛斯吓了一跳，看上去非常困惑。

他用手挡住麦克风，低声问道："史密斯医生，你这是什么意思？"

朱斯蒂娜说："默文，我命令你对麦克风说，'很抱歉，由于一个突发事件，我需要离开一会儿。'"

克洛斯的手还按在麦克风上，他压低音量对朱斯蒂娜说："不管你认为你在做什么，你都得等等，难道你没看到我正在念悼词吗？"

"默文，看看你的左边。你看到那个穿着蓝色运动上衣，朝你比手势的女人了吗？她是克罗宁警官。你这个杀人犯！她想和你谈谈，立刻。"

克洛斯皱紧了眉头，这时舞台下面的桌子上传来了嗡嗡的议论声，克洛斯赶紧对着麦克风说道："女士们先生们，温尼克先生，温尼克太太，我对刚刚这次中断深表歉意。这只是一场恶作剧，而且是低级趣味的。有人能帮我通知一下保安吗？"

诺拉大步走上舞台，举起了自己的证件，三名穿着制服的警察一起跟着诺拉来到了克洛斯的身边。诺拉说："克洛斯先生，请将你的双手放在背后。"

"你这是疯了吗？"

克洛斯紧张地望着观众席，大声喊道："我需要帮助！艾伦？帮帮我好吗？"

所有的议论声都终止了，克洛斯也陷入了恐慌。

突然，克洛斯逃离了演讲桌，麦克风被摔倒在地板上。他飞快地跑向后台的入口，但是警察们跑得更快，他们将克洛斯按倒在地，并把他的双手扳到背后。紧接着，诺拉用力地扣上了手铐。

扩音器里传来了克洛斯绝望的哭喊声，紧接着是诺拉·克罗宁的回应。

"默文·克洛斯，你因杀害派普·温尼克而被捕了。"

这时，观众席里也是一片混乱。女人们在尖叫，椅子纷纷被碰倒在地。

克洛斯大声喊出了自己倒背如流的米兰达权利①："……巨大的诅咒和灾难将会降临到你的头上，我会和你抗争到底。即使你足够幸运，你也会沦为一名低级交警。"

朱斯蒂娜看着警察们将克洛斯拉起来，押走了。她转过身去，走下舞台，她的工作已经完成了。

走向出口的时候，朱斯蒂娜想到了"贪婪"这个词。克洛斯过的是一种多么孤注一掷的生活，他借了很多钱，并把所有的钱都砸在由丹尼·惠特曼主演的这部电影上，可后者却因为种种原因无法顺利完成这部电影。

但是，克洛斯还留了一手，他为这部电影购买了巨额保险，那是一份价值一亿美元的保单。

但是，现在的他已经不可能再得到这笔钱了。

朱斯蒂娜抬起头来，看到杰克正在走廊尽头等她。他伸出手挽着她的腰，两个人一起朝门口走去。

"干得好！"杰克对朱斯蒂娜说，"完美的过程，完美的结局。"

---

① 米兰达权利(Miranda Rights)起源于美国最高法庭的一个案件：有个叫埃曼斯托·米兰达的被告在亚利桑那州菲尼克斯城附近绑架并强奸一名十八岁的姑娘。案发十天后米兰达被捕，在一排嫌疑犯中被受害者辨认出来。警察在两个小时的审讯后，得到了有米兰达签字的书面供词。开庭时供词被用做证词，米兰达被判有罪。后来米兰达上诉美最高法院，根据是警方没有宣读他有保持沉默的权利，并剥夺他取得律师协助的权利。考虑了种种论证后，最高法院裁决米兰达的供词在法庭审判时无效，因为那是在未告知他享有的宪法的权利的情况下取得的。由于这一案例的结果，警方必须在审问前向被控告的罪犯宣读以下的米兰达权利：你有权保持沉默，你所说的一切可在法庭上用做对你不利的供词；你有权找律师，审问时可有律师在场；你如果没钱请律师，任何审问开始前都将为你指定一位律师。

第四部
僵 局
Private #1 suspect

九十八

现在是晚上八点。

我站在国际私人侦探公司的大门旁边，同我的朋友埃里克·凯恩律师道别。尽管凯恩说得不是很直接，但他已经让我明白了一点：如果找不到新的证据，在加州法院起诉杰克·摩根的案子中，我的辩护前景是不乐观的。

我正要关门，暴风雨突然来临了，雨水猛烈地浇在大楼的玻璃外墙上，声音十分响亮。驶过菲格罗亚街的车流中，每一辆车的车头灯周围都笼罩着一圈光晕。

凯恩将公文包举过头顶，朝着他的车跑去，我转身走向通往我的办公室的旋转楼梯，准备在公司再继续为自己的案子工作四到五个小时。

当我攀登到三楼和四楼之间的楼梯回转处时，朱斯蒂娜正从上面走下来。

她身上还穿着参加派普·温尼克的追悼会时所穿的那件黑色礼服，我的眼睛看着她，心中涌起了一阵涟漪。事实上，我每次看到她时都会有这样的感觉。

我向她打招呼："嗨！"

她漫不经心地应了一声，然后继续朝下走。我停下脚步说："朱斯蒂娜，你吃过晚饭了吗？让我们一起出去庆祝克洛斯的破产……"

"不用了，杰克，不过还是谢谢你。我现在非常疲惫，很想回家休息。"

"你真的确定马瑞娜①通心粉和一瓶好酒也不能战胜你想独自回家

---

① 英文名"marinara"，一种意大利口味的番茄大蒜调味汁。

的愿望吗？我需要和你谈谈。"

"今晚不行，杰克。你让科迪把我和你的会面加进明天的日程表吧。"

她和我擦肩而过，继续下楼，这可不是我想要的结果。我能觉察得到，她不愿意和我多说并不是因为疲倦。我感到自己就像是一个星巴克咖啡店里排在她身后的陌生男人，一边对着手机喋喋不休地聊天，一边把气息吐在她的脖子上，极其不受欢迎。

我对她说："那请给我几分钟时间吧，就现在。你会接受那份新工作吗？我现在必须知道答案。"

朱斯蒂娜叹了一口气，移动了一下身体的重心，又调整了一下背包的肩带。

"他们承诺付给我的薪水，比我现在的高出百分之十五。"

"这么说，你已经决定了？"

"我喜欢国际私人侦探公司，我也喜欢我的工作。"

"留下吧，朱斯蒂娜，我会给出和他们一样的条件，甚至更高。"

"谢谢！容我晚上回去再想想。"

"朱斯蒂娜，我知道你还在生我的气。但是，你能和我说说话吗？我想和你谈谈，关于……我俩之间的事。"

朱斯蒂娜盯着我，脸上冷若冰霜。我清楚地记得，在我们同居时，吵过架以后的她也是这种表情。

"现在已经没有'我俩'这个说法了，杰克。"她声色俱厉地说，"我甚至不确定以前是否有过。但是，我仍然在意你。所以，作为你的朋友，我只想说，千万不要让汤米离开你的视线。"

追悼会结束以后，我继续和往常一样跟踪汤米的车，从他的办公室一直尾随到他的家，并看着他笨拙地摆弄着喷壶给花浇水，然后回到房子里吃饭。

他的电话被窃听了，他的车里也安装有窃听器，此时此刻，莫琳·罗斯正在看现场直播，视频的来源则是我亲自安装在汤米家附近的"间谍眼"超远视摄像头。

我说："除了还没有在他的头骨里植入芯片以外，我已经把自己能做的全都做了。"

"汤米再一次挑逗了我,杰克。我不拿他当回事,但是你应该对此警惕。"

再一次?

汤米竟然敢挑逗朱斯蒂娜,而且是……再一次?

我感觉到有一把刀滑进了自己的内脏,不仅仅是因为汤米仍然在和我争夺女人,而且还因为当事人居然是朱斯蒂娜,以至于这把刀真的切得很深。

我问她:"你和他约会了吗?"

"当你还被关押在双塔监狱时,我和他有过一次仅限于公事层面的商业接触。至少,在我这边绝对是这样的。"

"我很高兴,朱斯蒂娜。谢谢你让我知晓此事。"

朱斯蒂娜淡淡地说:"明天见。"接下来,她扶着外圈的扶手,从我身边走了过去。

我呆呆地站在楼梯上,直到我不再能听到她的高跟鞋踩在楼梯的金属踏板上的声音。

谢谢你!朱斯蒂娜。

如果你真的要走,我希望你能一路走好。

九十九

我打开了休息室的咖啡机,在咖啡还没有煮好的时候,我将一罐红牛一饮而尽。我想到了一些朱斯蒂娜应该和我重归于好的理由,最重要的一条是,她为什么应该原谅我的那一次纯属偶然、绝非故意的与科琳的告别幽会。

我毕竟也是人,也有七情六欲。我对自己的所作所为非常抱歉。现在，我真的已经难过到了极点。

她为什么就不肯原谅我呢？

我走进办公室，启动了笔记本电脑，然后打开了文件夹"科琳"里的一些文件，重新浏览了那些科琳从来没有告诉过我的故事。

第一条：高中刚毕业，科琳就和一个叫凯文·莫洛伊的男人结婚了。这段婚姻关系仅仅维持了半年，但是科琳却一直保留着前夫的姓氏。在我和科琳约会的那一年里，她从来没有提起过自己的前夫，一次都没有。

凯文·莫洛伊跟着她来到洛杉矶了吗？

他还爱着她吗？

第二条：一个叫肖恩·麦克考夫的商人支付了科琳2009年来美国的路费，同样地，我以前从未听说过这个名字。麦克考夫现在仍然居住在都柏林，而且最近三年没有离开过爱尔兰。麦克考夫究竟是科琳的什么人？还有，为什么她也从来没有向我提及这个人？

第三条：迈克·多纳赫。科琳曾经对我说，多纳赫就像是她的叔叔一样。与前面两个人相同，我已经用人肉搜索的方式查找到了多纳赫的生平信息。多纳赫在2002年取得了美国国籍，他在洛杉矶有过两次醉酒驾驶的经历，另一次是在西雅图。他在西雅图供养一个七岁的男孩，但他并没有和孩子的母亲结婚。

如果多纳赫曾想过要杀害科琳，那对他来说就太容易了。她非常信任他，毫无保留。然而，我从来没有感觉到多纳赫与科琳之间有任何暧昧，也没有感觉到他对科琳与我的关系有过任何嫉妒。对我来说，多纳赫只不过是科琳的一个慈祥的大叔，开了一间酒吧。当科琳住在卢斯菲利斯街区时，经常去那间酒吧。除此之外，什么都没有了。我的思路陷入了僵局。

我又打开了另外一个文件夹。

我收集整理了我和科琳之间的所有的私人邮件往来，从我第一次亲吻她开始。我经历了一场时间旅行，迷失在她和我之间的文字海洋中，回忆起了我和她在办公室里日渐发展起来的浪漫关系，以及我们在她那间摆满了玫瑰花的小屋中缠绵的经历。

我还记得有一天，多纳赫急匆匆地给我打电话，"快来医院，赶紧！"

去了以后,我看见科琳的手腕上缠着浸了血的纱布,从而知道了她在我提出分手之后对自己做了什么。

我站起身来,在走廊上来回踱步,又煮了更多的咖啡,并且注视着窗外的菲格罗亚街。大雨还在继续,我走回办公桌前,点击打开了视频文件夹。

我已经看过了保存在这个文件夹里的全部视频,只有一个是例外,那段视频是莫琳拍摄的:坦迪和齐格勒在大庭广众之下,押着我走出办公楼,然后把我塞进了警车。

现在,我强迫自己打开了这段视频,然后以莫琳在二楼的视角查看着我自己的模样。

那个人就是我,在公司的全球业务会议上被强行拉走,在炫目的阳光下蹒跚地走在坦迪和齐格勒中间。媒体记者高声呼喊着我的名字,问着各种各样的问题。而我始终保持低头姿势,目光向下。

我仔细看完了每一段画面,结果真的看到了那天我自己没有看到的东西。准确地说,我看到了一个人——克雷·哈里斯。

克雷·哈里斯在我的父亲掌管公司的时候就已经是公司的员工,他和我的家族一直都有着这样或那样的联系。他不是一个简单的家伙,甚至可以说是整个家族的祸根。

这绝不是一次偶然事件。

哈里斯住在圣塔克拉利塔[①],距离洛杉矶有二十英里。但是,他居然会挤在媒体记者的后面,站在一个可以把我看得很清楚的位置。

为什么在我因科琳的谋杀案而被拘捕时,哈里斯正好潜伏在国际私人侦探公司的大楼前?视频里的他正在微笑,我想我已经知道原因了。

---

① 洛杉矶西北部的一个小城镇。

一〇〇

埃米利奥·克鲁兹并不喜欢眼前的任务。

这是一项可以被形容为"希望渺茫"的任务，就好比一个中量级拳击手发现自己和一个重量级拳击手在大街上大打出手，而这个小个子的最大愿望一定是活下去而已。

克鲁兹很清楚，杰克不得不为多西亚工作。多西亚的杀伤力很大，而且有很强的报复心。他杀过人，现在却逍遥法外。

克鲁兹不仅仅是为了帮助杰克，他还得为自己的搭档着想。

瑞克·德尔里奥已经四十多岁了，他的身体不像年轻时那么灵活，动作也有些迟缓。但是，他依旧不得不在黑暗中攀爬墙壁。

斯科蒂帮德尔里奥找来了一条宽松的长裤。

他可以做单臂侧手翻，也可以跑得像猎豹一样快。但是，斯科蒂从前是一名摩托车巡警，他从来没有像现在这样需要做触犯法律的勾当。被迫为黑手党成员工作，不论从任何角度看，这都不是一个好警察该做的事。

此刻，德尔里奥正开车巡游，试图寻找到一个适合停车的空地。斯科蒂坐在克鲁兹后面，不停地用自己的膝盖撞击着前方的隔层。震动穿过隔层传递到了前方的座椅上，不过克鲁兹并不在意。

克鲁兹再次说道："瑞克，我想我们应该从后墙进入。我不喜欢屋顶，一点也不喜欢。"

德尔里奥耐心地解释："我们都应该听斯科蒂的建议。如果从后墙翻进去，我们不知道自己会遇到什么。有可能是墙下的一大堆垃圾，也可能撞到管道。"

与此同时，德尔里奥的心里十分恼火，因为前两个晚上都顺利找到了停车位的博伊德街,今晚却连一个空位也没有了。

克鲁兹还不罢休,"瑞克,我得告诉你,我真的不喜欢这样。"

德尔里奥没有再理会克鲁兹,片刻之后,他突然说:"快看,那边有位子。"

结果,他选择了将车停在一个"任何时候都不能停车"的车道上,幸好现在是凌晨,即使运气很差,有一辆警车偶然路过此地,警察也很难注意到他们的车。

车还没停稳,斯科蒂就从后门走了下去。穿着一身黑衣的他穿过了安德森街,手上拿着滑雪面罩。进入阿特穆斯街后,他飞快地躲进了陶器厂外面的楼梯下的阴影里。就像此前做过的那样,他摇晃窗户,使其发出了嘎嘎声。没过多久,警报就响起来了。

一时间警铃大作,响声越过了好几个街区。克鲁兹知道,警报同时还会通过电话线传递到博斯科安全系统控制中心,使那里的技术员也得到消息。

由于时间刚好过去了二十四个小时,因此现在值班的人和上一次值班的人很可能是同一拨。他们已经收到了三次虚假警报,来自于同一地点的同一机组。德尔里奥盘算着博斯科公司会通知业主和警察:警报系统出故障了,并不是真的有非法闯入者。

三名国际私人侦探公司的侦查员静静地坐在车里,等待着警察的回应,但是警车一直没有出现。

十五分钟过后,借着新月的微光,克鲁兹、斯科蒂和德尔里奥穿过安德森街,进入了红猫陶器厂和隔壁的纳帕汽车零部件大楼之间的狭窄通道。

他们采取了一种叫"撑登"[①]的攀爬策略,用手心和脚尖紧紧地抵着两侧的墙壁,缓慢地向上爬行。

两辆汽车从平滑的路面上驶过,发出了"呜呜"声。这时,三个人已经接近了红猫陶器厂的屋顶。

---

① 体育术语,在两个距离很近的壁面之间攀爬上行。

一〇一

斯科蒂将一只脚搭在屋顶边缘的矮墙上,双手用力一撑,翻过矮墙到达了屋顶。他转过身,拉了克鲁兹一把,紧接着又帮助德尔里奥爬上了屋顶。德尔里奥的脚刚一挨到屋顶的沥青纸,斯科蒂立即说道:"大家快蹲下。"

三个男人都蹲在矮墙后面缩成一团,趁此机会缓了口气,同时也看清楚了自己所处的方位。

德尔里奥在心里默数了几分钟后,站起身来,找到了从安德森街上的电线杆通往屋顶的那束电线。他用剪线钳剪断了电线,紧接着,仓库里面陷入了一片漆黑。

警报声消失了,行动探测器不再管用,连电话线也应该被切断了。所有的一切都被阻隔了。然而,令人震惊的是,几秒钟后,警报居然再次响了起来。

德尔里奥受到惊吓,本能地猛然俯身,然后对其他人说:"他们的警报系统一定有备用电池组,哪怕停电也能运转。而且,这个系统很可能具备无线通讯功能。"

克鲁兹说:"让我们赶快离开这里吧……"

突然,刺耳的警报声再一次消失了。

德尔里奥说:"一定是博斯科公司关闭了警报,他们心里在想,今天晚上的噪音已经够多了。埃米利奥,我们安全了。大伙先待在原地不要动,直到我们可以确信没有人会过来。"

又熬过了漫长的十分钟,德尔里奥站起来,从安德森街那一侧的屋顶边缘步测了二十英尺的距离,紧接着又用目测的方式找到了一个位置,那里和阿特穆斯街同样也相距二十英尺。接下来,他拿出自己的充电式刀马锯①,打开了电源。

现场产生了一些噪音,但还不足以惊动附近的看门狗,也不会引起开车经过这里的司机们的注意。

斯科蒂和克鲁兹站在旁边,看着德尔里奥切开了屋顶的沥青纸和老旧的防水涂层,接着锯开了涂层下面的胶合板,再往后是坚硬的水泥预制板。尽管水泥预制板对刀片造成了一些阻力,但并没有影响德尔里奥的工作。

很快,屋顶被锯开了一个大豁口,建筑材料纷纷掉落在里面的地板上,发出了稀里哗啦的声音。他们在寂静中聆听了一会儿,发现没有其他动静,于是斯科蒂打开了自己的"魔术袋"。

他戴上矿灯帽,拿出了一条三十五英尺长的航海级缆绳,直径差不多有一英寸。他将缆绳的一端系在烟囱上,在剩余的部分打了几个结,然后走向屋顶的大洞。

德尔里奥说:"注意安全。"斯科蒂笑了笑,跳了一小段爵士舞,看上去精力非常充沛。

斯科蒂把打了结的绳子扔进洞口,自己顺着绳子下到了烧制花盆和陶罐的窑室里。德尔里奥和克鲁兹跟在斯科蒂后面,陆续进入了窑室。

双脚刚一着地,克鲁兹就立即走进旁边的办公室,找到了配电箱旁边的备用电源。他取出了里面的电池,然后重新设置了手机信号干扰发射机,这样一来,即使恢复电源供应,室内的手机信号也不能触发警报了。

与此同时,德尔里奥离开了窑室,往仓库右后方的角落走去,那里正是斯科蒂发现货车的地方。然而,德尔里奥没有找到货车,只看见了几个摆满了花盆的金属架子。

他真不愿意相信自己的眼睛。

整整一个星期,他们一直都在监视这个该死的仓库,一天三班倒,每一分钟都没有间断过。难道是那辆货车被大卸八块,分批分批地运走了,或者是原封不动地被一辆大型双拖斗卡车整个运走了?

德尔里奥正准备给杰克打电话,突然斯科蒂蹑手蹑脚地蹿到他跟前,

---

① 一种介于电锯和电钻之间的电动设备。

用手指了指花盆架的背后。原来,货车就隐藏在那里,几乎被花盆架完全挡住了。

斯科蒂说:"你太着急了,瑞克。"

一想到杰克不用告诉多西亚货车失踪的坏消息,德尔里奥深感安慰,他长舒一口气,吐出了三个字:"太好了!"

一〇二

这是一辆新型的福特厢式货车,白色的车身上印有水果图案,驾驶室两侧都有滑动门,货厢的门在车尾,货车的正面和侧面安装的都是有色玻璃。

货车正对着仓库远端的卷帘门,与卷帘门之间的距离大约是五十英尺。停车的时候,司机一定是有意将这辆车隐藏起来。驾驶座那一侧和车尾正好与仓库的墙角紧贴,另外两侧则被放满了花盆的金属架子包围起来。花盆架的高度差不多是七英尺,深度至少有两英尺。

德尔里奥贴着墙壁,侧身移动到了驾驶座那一侧的车门边。他试了试门把手,门是锁着的。这就意味着,这辆货车的所有的门都被锁住了。

去他妈的! 德尔里奥在心里骂道。

他的背包里有一根短撬棍,他把它取出来,在侧窗上敲出了一个洞,然后他把手伸进去,拔起了门锁。接下来,他用戴着手套的手将驾驶座上的玻璃渣拂去,接着将背包扔到副驾驶座的下方,自己坐上了驾驶座。

打开车顶灯以后,德尔里奥找到了点火开关。他原本指望会看到一把钥匙悬挂在那里,那样就太好了。然而,那里什么也没有,只看到点火开关上有很多喷溅的血迹。方向盘上和挡风玻璃内侧也全是血迹,另外还有一些骨骼碎片和脑浆洒落在各处。

这些都是多西亚手下的驾驶员的残留物。

德尔里奥在货车的地垫下面以及遮阳板背后找了半天,还是没能找到钥匙。他叫斯科蒂再检查一下轮胎附近,哪怕希望渺茫也得试试。斯科蒂找了一会儿,无奈地说:"没有,什么也没有。"德尔里奥打开了左右两侧的车门,紧接着又打开了货厢门。

他气冲冲地走下货车,径直向前,挤过那些花盆架,他的肩膀撞到了其中一个架子。架子晃动了几下,眼看那些花盆就要掉落下来,德尔里奥感到非常紧张,犹如被打了一针肾上腺素。

他的脑海里浮现出克鲁兹给杰克打电话的画面:"杰克,不好了,瑞克心脏病发作了。天哪!我该怎么办啊?"

现实中的克鲁兹大声喊道:"瑞克,你还好吗?"

"我没事,埃米利奥。让我们见识一下你能用多快的速度发动引擎。"

克鲁兹贴着墙壁挤了过去,走进汽车,用瑞士军刀上附带的螺丝刀附件卸下了点火器上的挡板。当克鲁兹正在剥离电线的时候,德尔里奥摸索着走到了货车的尾部,想检查一下车里的货物。

他数了数箱子的数量,大概有四百箱货物。只有一个箱子被打开过,其余的都是封好的。每个箱子上都注明了药物的瓶数,每一瓶的药片数,以及每一片的毫克数等信息。他取出其中一瓶药,摇晃了几下,又放了回去。

箱子里是大量的处方药,即使现在这些货物加在一起不值三千万美元,也不会是德尔里奥的责任。

斯科蒂喊叫着说:"伙计们,我们可以走了。"

德尔里奥关上货厢门,从副驾驶那一侧上了车。斯科蒂紧随其后,挤进了车后座。

克鲁兹已经发动了货车,并打开了车头灯。就在这时,四周突然响起了刺耳的轰鸣声,就像是某种大型发动机的声音。仓库里的灯闪烁了几下,继而全都亮了起来。这时,红猫陶器厂的内部就像白昼一样明亮。

去他妈的!这下躲不掉了。

一○三

克鲁兹猛地把刚才缠在一起的电线拉开,熄灭了货车引擎,然后一把关掉了车头灯。他坐在原位,双手紧握着方向盘,眼睛直勾勾地盯着前面的挡风玻璃。他现在才反应过来,外面一定有一台大型发电机。事实确实如此,为了避免停电引发的停工损失,和其他大型工厂一样,红猫陶器厂也拥有一台柴油发电机。

克鲁兹转身看着德尔里奥,与此同时,德尔里奥抓住他的手臂说:"快趴下。"

克鲁兹照做了,此时他的心里七上八下,现在该怎么办呢?窑室的地板上看得到从屋顶掉落下来的建筑材料,雨水也可能从上面滴下来……如果被发现,三个人都被围在墙里,根本没有任何办法逃出去。

这就是所谓的"抓个正着,人赃俱获"。更糟的是,他的手掌上还沾有一名死去的黑手党成员的血。他已经可以想象得出,当他们从车里被拖出去,脸朝下趴在水泥地板上时,从他嘴里说出来的话。

被你们逮住了,我们放弃抵抗。

斯科蒂在后座悄悄地说:"你们听见了吗?"

尽管发电机的轰鸣声很响,不过克鲁兹还是听见了两个男人的说话声。通过声音可以判断出,那两个人穿过了办公室的门,走进了仓库,离货车越来越近。

克鲁兹祈祷着他们不会去检查炉窑,更不会去查看货车。然而,说话声还是越来越近了。

"你看见它了吗?因为我确信我没看见。"其中一个男人说道,"那辆该死的货车究竟在哪里?"

"它就在这儿,别担心,维克多。它被藏起来了,就在那些该死的架子背后。"

两个不明来客的谈话内容全是关于这辆货车的。不论是谁租下这个地方用来隐藏货车,这个人都指望着自己应得的几百万美元是安全的。现在可以断定,这两个人不是警察,而是劫车的暴徒。

克鲁兹取下了别在腰带上的手枪,德尔里奥也做了同样的事。

第一个声音又开始说话了:"好啦！好啦！放心吧,塞米。我准备一大早就把这东西运走。"

"这可是你说的。"

"是的,塞米。你和马克……"

说话的两个人已经调转方向朝办公室走去了,他们的声音越来越微弱。

克鲁兹回想起其中一个男人提到了"塞米",他突然恍然大悟。塞米,黑色的头发粗浓而杂乱,脸上到处都穿着金属环……这是一个克鲁兹已经认识了差不多有二十年的人,一个命不久矣的瘾君子,他居然会在这里出现。这就是那个以二十美元作为交换条件,介绍克鲁兹去见席格·欧的塞米。塞米还给克鲁兹发过一条短信,称这辆装满药品的货车藏在仓库里,是一件众所周知的事。

众所周知的事？

这明明就是内幕消息,可塞米居然知道这个秘密。

塞米的脑子就像毒品炒鸡蛋,只需给他一点点毒品,或是可以购买毒品的钞票,他就愿意泄露任何秘密,甚至做任何事。

那么,被塞米称做"维克多"的家伙又是谁呢？

克鲁兹知道,自己其实也认识这个人。

克鲁兹的视线越过仪表板,透过挡风玻璃,窥视着那两个男人的后脑勺。塞米和维克多走进办公室,关上了办公室的门。没过多久,整个仓库里的灯都被关闭了。克鲁兹的心脏还在怦怦直跳,手心和腋下都淌满了汗水。

斯科蒂在后面小声咕哝着:"天哪！好险！"

克鲁兹对德尔里奥说:"其中一个人是塞米,你还记得他吗,瑞克？"

"脚上穿着蓝绿色的尖头靴,脸上穿着金属鼻环的那个家伙？"

"是的。塞米为了二十美元就出卖自己,而那个前来寻找货车的男人,我想他是维克多·莫雷洛。他是芝加哥黑手党的成员,对吗?"

德尔里奥说:"没错。莫雷洛,嗯,应该是同一个人。我们现在还得再等等,静观其变。"

时间在痛苦中一分一秒地流逝着。克鲁兹在黑暗中默默地计时,感受着自己身上的汗味。他想起了曾经经历过的一场械斗,自己握着一把刀,可对手的手里却是一把手枪。他还想起了自己和一个女人睡在床上的时候,女人的丈夫突然闯入了房间。

他又想起了自己的最后一场拳击比赛,对手是迈克尔·阿尔瓦雷斯。他想起了那一记终止了他的拳击生涯的重拳……突然,德尔里奥说:"好了,我们动手吧。"

德尔里奥打开了车顶灯。

克鲁兹扭动着两条电线,打出了火花。引擎开始运转起来,他又使它加速。

他按下按钮,打开了车头灯,后者射出了两道远光,照亮了半个陶器厂。紧接着,克鲁兹放掉刹车,货车开始缓慢前行,轻轻地推动了前面的花盆架,它们以很慢的速度翻倒在地,架上的花盆全都变成了地上的一堆碎片。

克鲁兹倒退了一小段距离,扭动方向盘使汽车转了转,将附着在轮胎上的架子残骸与花盆碎片除掉。

在陶器厂仓库的紧邻阿特穆斯街的那一侧,有两道金属卷帘门,其中一道门通往一个坡道,可以直接去到阿特穆斯街。

另一道门则通往装货码头,那里没有坡道,只有一个八英尺高的水泥台,紧挨着码头。

克鲁兹问德尔里奥:"它是在左边,对吧?"

德尔里奥问道:"你在说什么?"

"该走左边的门,对吧?"

德尔里奥说:"你说了算,埃米利奥。"

克鲁兹基本可以确定,直接通往大街的门就在左边。他猛踩油门,货车冲破了薄薄的金属卷帘门,连门框都和墙壁分了家。

斯科蒂一遍又一遍地喊叫着:"天哪! 好险!"就像在念一个咒语。克鲁兹驾车穿过大门,心里祈祷着自己没有做错。

一〇四

我还在办公桌前工作,突然我的手机响了起来,是德尔里奥打来的。

"情况如何了?"我问他。

"任务已完成。"他说,"这意味着我们的麻烦才刚刚开始。"

"现在货车在哪里?"

"在路上,我们几个都在车里。"

"你把跟踪器放好了吗?"

"是的,我安装在后座下面的,很难被发现。"

我对德尔里奥说:"太好了!"并告诉他不要挂断电话,紧接着,我用办公桌上的座机打电话给多西亚。我的左边耳朵听到的是座机听筒发出的嘟嘟声,右边耳朵则接收着大街上车辆往来的引擎声,以及德尔里奥与克鲁兹交谈的说话声。

很快,多西亚就接通了电话。

我对这位黑手党头目说:"我们拿到你的货了,完好无损。"

经过协商,我和多西亚取得了一致意见。我们选择的交货地点是伯班克[①]弗莱电子工业园的北边,从工业园出发,沿着第五大道向北行驶1.5英里就到了。

我说:"卡麦,德尔里奥还可以提供给你一份名单,这些人就是打劫你的货车的暴徒。"

"你们所做的已经超过了我的期望。"多西亚说完后就挂断了电话。

---

① 加州西南部城市。

我非常希望德尔里奥和他的团队成员能尽快离开那辆货车,对我来说,等待的时间实在是太漫长了。我一直和德尔里奥通着电话,时间持续了半个小时,尽管没怎么说话,但汽车引擎的呼啸声还是使我的肾上腺素飙升了不少。在这期间,多西亚通知他的几名手下从床上起来,和我一起等待着他的人和我的人在高速公路旁的紧急停车带会面。

德尔里奥对我说:"我们已经交货了。"几分钟后他又说:"他们走了,沿着第五大道向北走了。"

我叫德尔里奥给奥尔多打电话,让奥尔多开车搭载他们回家。刚刚挂断电话,我的手机又响了起来,显示出来的区号是702,来自拉斯维加斯。

"卡麦,一切都在掌控之中吗?"

"一切都掌控得非常好,今晚我将睡得像小猫一样安稳香甜。杰克,我已经把六百万美元电汇到你的账户上了。"

"多谢!"

多西亚说:"不用客气,干得好!"说完又挂断了电话。

我的喉咙异常干涩,双手也有些发抖。我一口气喝完了一罐红牛,然后再次拨出了电话。这通电话,我是拨给警察局局长米奇·菲斯克的。

我告诉菲斯克,一辆装载着价值不菲的非法药品的货车正沿着第五大道向北开去,这辆车属于卡麦·多西亚。我在脑海中想象着菲斯克现在的样子,这位我曾经的朋友,顿时睡意全无,猛地跳下床,等待着我的进一步详述。

"你在说什么?"

我重复了刚才的话,并且把细节也告诉了他。我每说出十几个字或一句话,甚至没说完一句话,菲斯克就会用"天哪"或"你在开玩笑吧"这样的话来打断我,不过最终我还是把整件事描述完了。我勾勒出了一条直线,从三名多西亚集团的成员被发现用枪打死在内华达州的一条高速公路上说起,一直讲到一辆福特厢式货车里面装载了黑市价高达三千万美元的处方药。

我对菲斯克说:"货车上安装了GPS发射器,接收器在'弗莱'电子工业园的停车场里……是的,在一个垃圾桶里面,垃圾桶在一个飞碟形灯罩的下方……如果你想派车去寻找的话……"

"我马上就派人去,也许我会亲自去。"

"如果我是警察局局长,我会把消息暗中透露给美国缉毒局(DEA)①,然后通过交通管制的手段将他们抓获。米奇,请不要把我牵涉其中。"

"这也正是我的意思。"菲斯克说,"喂!杰克,你是怎样获得这些情报的?"

"这个恕我不能告诉你。"

"好的,看来这是不能公开的内容。对不起,我不该问的,而且我也没必要知道。"

我对他说:"我并不是说我神通广大,米奇,但是请你不要忘记,我在这件事上帮过你。"

换句话说,米奇,你欠我一个大大的人情。

"如果可以的话,我以后也会帮你的。"菲斯克说。

他的意思也很明白,如果可以的话,我会帮你。但是如果真的是你杀了科琳·莫洛伊,那你就别再指望我了。

一〇五

一场隆重盛大的告别晚宴正在进行,科迪是晚宴的主角。

芭莎餐厅是一家位于拉西安哥大道上的五星级饭店,今天这条街正

---

① 美国缉毒局(英文缩写为DEA)是美国司法部下属的执法机构,主要任务是打击美国境内的非法毒品交易和使用。美国缉毒局不仅在国内对于《联邦列管物质法案》所列物品,同联邦调查局(FBI)享有共同管辖权,而且承担了在国外协调和追查美国毒品调查的任务。

在举行西班牙嘉年华,这是一场属于西班牙的"流动的盛宴"①,这种场面和气势只有在电影作品里才能看到。

我们预订的包间叫"萨阿姆",房间足够大,容纳我们三十个人绰绰有余。室内陈设以皮革与慕拉诺玻璃②为主,尊贵典雅而又充满温馨。这里的菜品都很奇异,而且美味无比,有西班牙风味的餐前小吃,以及甜而不腻的奶酪蜜饯,还有包裹在棉花糖里的鹅肝酱棒棒糖。

人们在无意中发现,莫吉托鸡尾酒③拥有一种神奇的魔力,非常适合在周末放松的时候饮用。我们的晚宴自然少不了莫吉托,到处都充斥着醉醺醺的欢笑声,以及觥筹交错的祝酒声。女孩们又哭又笑,几近癫狂。

正如我在前面所说的,这是一场隆重盛大的晚宴。

但是,有的人缺席了:德尔里奥、斯科蒂和克鲁兹还在为酒店谋杀案忙碌着,无法分身。朱斯蒂娜提前送给科迪一件羊绒衫,同时告知科迪她本人不会参加这次欢宴。至于我自己,其实也很不情愿来到这里。

但是,我的确有必要为科迪举办一场盛宴,因为我们大家都非常喜欢他。半年前,科琳离开公司以后,科迪接替了她的职位。科迪的工作能力很强,就好像这个职位就是为他量身定做的。对此,我一直都心存感激。

我用叉子轻敲了一下酒杯边缘,发出了悦耳的叮当声,周围的欢呼声更加热烈了。

"科迪!"我大声而庄重地说,"科迪,我们大家都会想念你的。"

人群中爆发出一阵阵口哨声,很多人高声呼喊着科迪的名字。莫琳笑容满面,甚至连一向沉稳的西摩博士也站起来为科迪鼓掌。

"我们会想念你这位时装评论家的精彩言论。"我对我的前助理说,"还有你惟妙惟肖的同事模仿秀,尤其是模仿我时的样子。"

我比画出了科迪模仿我的时候常用的动作,用手梳理着自己的头发,表情严肃地正对着镜子,整理着自己的领带。

---

① 《流动的盛宴》是海明威的小说。20世纪30年代,海明威以驻欧记者的身份旅居巴黎,本书记录的正是作者当时的这段生活。
② 慕拉诺(Murano)是威尼斯的玻璃工业中心,这里所生产的玻璃制品就称为"慕拉诺玻璃"。
③ 莫吉托(Mojito)是一款近年来十分流行的鸡尾酒,诞生于古巴革命时期的浪漫旧时代,或者更早。随着鸡尾酒文化的复兴,对使用新鲜材料兴趣的增加,拉丁美食潮的兴起和古巴音乐风靡,莫吉托在美国获得了普遍欢迎。据说海明威非常喜欢此酒。

全场哄堂大笑。

我还对大家说，我已经草拟了一份"永不合作"协议，准备发送给雷德利·斯科特，因为他把科迪从我们身边抢走了。不过，我很感谢科迪帮我找来了瓦莱丽。

科迪打断了我的话，"瓦莱丽，请起立，漂亮妞。"

瓦莱丽没有推辞，站了起来，此刻的她也是笑容满面。我非常确信这并不是因为莫吉托的魔力，而是因为她真的玩得很开心。

我继续说道："科迪，你使我们的工作走上了正轨，同时你也为我们带来了很多欢乐。我现在正式宣布，如果你的演艺生涯不够顺利，国际私人侦探公司永远都是你的家。"

我递给他一台用包装纸包好的数码相机，以及一张公司全体员工都签了名的卡片。几轮欢呼和鼓掌之后，科迪用红色的餐巾擦了擦湿润的眼角，接着用他手中的鹅肝酱棒棒糖作为麦克风，开始发言：

"杰克，我很想感谢你。"他认真地说，"毫无疑问，做你的助理，是我人生中最棒的工作，而且你教给我的还远远不止这些。"他一边说，一边用手梳理着自己的头发，"你的言行让我懂得了什么是可敬的领导才能，这将让我铭记一生。"

我以前从来没有想象过，三十个人一起鼓掌的声音可以这么响亮。

一〇六

德尔里奥注视着眼前的"艾迪国王"酒吧，这家酒吧位于艾迪国王酒店的一楼，是洛杉矶一处历史悠久的贩私集结地。酒店旁边就是洛杉矶第五大道和洛杉矶大街，但这里却是全城最贫穷，治安也最糟糕的地区之一。尽管如此，"艾迪国王"酒吧还是吸引了各种各样的人，有无家可归的酒鬼，还有心怀美国梦的年轻人，这些年轻人一般都住在附近的贫民区。

酒店大楼的外墙是灰色的,有黑色的镶边,大门两旁的三扇窗户上都安装有防盗栏,大门外还设有一道安全门。这些景象足以表明在这个街区可能会发生什么,以及过去常常发生什么。

德尔里奥走进大门,克鲁兹紧随其后,他俩的动作和形象酷似塞缪尔·杰克逊与约翰·特拉沃尔塔在电影《低俗小说》中走进那家路边小店时的场景。

唱片点唱机正在播放《冰冷的大地》①,一些人小声地跟唱着。圆形的吧台前挤满了当地人,廉价的木质平台上摆放着一台电视机,上面正在播放 NBA 比赛。就在这一瞬间,洛杉矶湖人队以一分之差输给了对手。

观众发出了一声叹息。

吧台对面的墙上是一幅霓虹灯制成的啤酒瓶形象,墙的旁边摆放着一排小桌子,一对男同性恋正在那里吵架,声音越来越高亢。德尔里奥心想,用不了多长时间,他们一定会打起来。

幸运的是,他和克鲁兹应该会在这两个人发狂之前就离开此地。

德尔里奥曾经看到过他们要找的人的照片。照片是几年前拍摄的,照片中的人举着一块号码牌,挡住了自己的下巴。不过,德尔里奥非常确信,他可以在这个目标人物经常出入的场所认出对方。

他扫视着每一个人的后脑勺和侧面轮廓,没过多久,他就看到了自己要找的那个非洲裔黑人。此人留着短胡子,坐在吧台旁边,正在吃免费的烤面包圈。黑人的身旁坐着一个年长的酒鬼,两人正在谈话。

德尔里奥给克鲁兹递了个眼色,然后倾斜自己的下巴,指了指那个留着短胡子的黑人。克鲁兹斜着眼看过去,点了点头。紧接着,德尔里奥掏出了自己的手枪。

他快步走到那个正在喝啤酒、吃面包圈的男人身后,把枪口抵在对方的脊柱上。黑人立刻挺直身子,通过前方的镜子看到了两名不速之客的脸。很快,他就意识到这两个人不像是开玩笑的,于是乖乖地将双手举过了头顶。

---

① 美国著名摇滚音乐人汤姆·威茨的代表作,英文曲名是 Cold Cold Ground。

德尔里奥说:"凯斯先生,跟我们走一趟吧。"

凯斯说:"我不想惹上什么麻烦。"

"那你就不要做愚蠢的事。"

这个黑人就是泰森·凯斯,一个十恶不赦的大坏蛋。他曾是一名豪华轿车司机,也是凯伦·里奇的前夫。根据凯伦的第二个丈夫保罗·里奇的说法,凯斯就是那个向卡梅丽塔·戈麦斯透露消息,说她的嫖客是被一名豪华轿车司机杀死的家伙。也许泰森·凯斯所做的远不止这些,也许他就是杀害那五名雇用过应召女郎的商人的真凶。

凯斯转过身,小心翼翼地从高脚凳上跳下来,低声说:"我不是你们要找的人。"

旁边的老酒鬼问凯斯:"你的啤酒喝完了吗?"

"他喝完了。"德尔里奥答道。紧接着,他对凯斯说:"我们走吧。"

周围有几个人抬起头来看了看,但他们很快就把脸转到了其他方向。如果日后被问起,他们一定会说自己什么都没有看见。

泰森·凯斯,这名曾经的豪华轿车司机,举着自己的双手,缓缓地穿过人群,被两个人押送着走到了酒吧门外。押送凯斯的两个人,一个是前海军陆战队队员,另一个是 2005 年加州轻中量级业余拳击手比赛的冠军。

在他们身后,唱片点唱机还在播放汤姆·威茨的代表曲——《冰冷的大地》。

一〇七

我回到家时,电话答录机提示有一条新留言,说话的人是朱斯蒂娜。

"杰克,我还想继续留在国际私人侦探公司,这是确凿无疑的。还有,如果那天晚上我冒犯了你,对你无礼,我非常抱歉。我现在仍然感到很……受伤。明天见。"

我一遍又一遍地播放着这段录音,竭力想听出其中的弦外之音,找到话语中隐藏的含义。最终我得出一个结论:毫无疑问,朱斯蒂娜会留下来。

这是不是我和她重归于好的机会呢?

还是意味着我俩已经永远地结束了?

我耳边还萦绕着她说过的话,现在已经没有"我俩"这个说法了,杰克。我甚至不确定以前是否有过。

我洗了个淋浴,换上了干净的牛仔裤和马球衫。突然,门铃响了起来。我走到新安装的安防系统跟前,查看着大门口的监控影像。

是"厄运",她手里拿着一个托盘,上面放着一些用银色锡箔纸包好的食物。

她来得真准时。

我按开大门,让她进来。当她走进房间后,我接过托盘,将它放在门厅的桌子上。

她的脸上充满阳光,而且美丽动人。她的眼镜很可爱,镜片是少女系粉红色调。她穿着牛仔裤,以及一件蓝色的马球衫。

她身上的马球衫和她的眼睛一样蓝。

也和我身上的马球衫一样蓝。

她戏谑地说:"嘿!杰克,瞧你这模样。"

我说:"如果你不介意,我倒更愿意瞧着你。"

"哦,那好吧。"

我们都笑了,我张开双臂,给了她一个长久的拥抱。

在我们拥抱的同时,"厄运"告诉我,她带来了晚餐,有芒果沙拉蟹肉饼,还有纯天然的番茄沙拉。她很兴奋,语速很快。

在科迪的告别晚宴上,我已经吃过晚餐了,不过"厄运"不知道,而我也不打算将此事告诉她。

"沙拉是我自己亲手做的。"她一边说,一边紧紧地搂着我,"这可是本人的招牌菜。"

"我的冰箱里有一瓶灰皮诺①葡萄酒。"

"嘿！这也是我所期望的。"她笑着说，脸上绽放着光芒。

我把酒从冰箱里拿出来，和她一起将晚餐带到屋后面的露天平台，然后在折叠躺椅上坐了下来。我们呼吸着新鲜的空气，身心顿时感到非常放松。

夕阳和一堆厚厚的灰色云彩跳起了扇舞②，我们为这样的美景干杯庆祝。一切都非常特别，风景，沙拉，美酒，还有旁边这位不可多得的情投意合的好伙伴——"厄运"。

她脱掉凉鞋，双手抱膝，让我告诉她更多的关于我自己的事——那些在我的官方简历上看不到的事。

我本可以用自己身上的伤疤作为示意图，向她讲述一名前海军陆战队队员的完整人生旅程，但是我没有这样做，现在的气氛不适合说这些。我在记忆中寻找着与橄榄球有关的经历，以及一些生活中的趣事……突然，一阵音乐铃声从客厅那边传了过来，是"厄运"的手机在响。

她对我说："我现在真不想去接电话。"

"好的，不接。"

她的手机再一次响了，音乐铃声显得那样的急促，实在是太破坏气氛了。我关上了滑动玻璃门，但是我们依旧可以听见她的手机第三次响了起来。

"厄运"无奈地说："也许是……算了，我还是去接吧，我会很快回来。"

她打开了滑动玻璃门，朝客厅走去。我注视着前方的海浪和夕阳，心潮随着浪花上下起伏。我承认自己喜欢"厄运"。我非常喜欢今天的会面，这也许算是一次约会，或者可以说是让我进一步了解她的大好机会。

我假想着下一步的行动：我会告诉她，我可以用一种意想不到的方法让她的手机立即消失。接下来，我就可以展示自己年轻时的招牌动作——前进传球，继而将那个小玩意儿踢进大海。

---

① 英文名"Pinot Gris"，酿酒葡萄的一种，属白色葡萄品种，所产葡萄酒酒精浓度较高，具有由莎当妮的奶油味和雷司令的芳香珠联璧合而成的独特风格。
② 半裸体舞，以扇遮羞，故得名。

我深信,她一定会开怀大笑。

然而,我听见她在隔壁的房间里讲话,声音有些慌乱,"请告诉我到底是怎么回事。"没过多久她又说道,"哦,天哪!我马上过来,千万不要碰任何东西。"

"厄运"回到了露天平台,脸上惊恐万分。

"又有客人在我的酒店里被杀害了,杰克。又有一个男人死了。"

一〇八

我和"厄运"一起站在费里尼套房的门外,这个套房位于酒店二楼,临街的那一侧。这里并不是酒店里最好的位置,也不是最昂贵的套房,不过我注意到了一点:房间门离楼梯很近,楼梯下面就是酒店大堂。

和我们一同站在走廊里的心烦意乱的年轻人是客房部经理——诺尔斯先生。他的面色潮红,双眼浮肿,下嘴唇还在颤抖。

我越过他的肩膀,朝房间里面看去。我看到了一个令人发指的凶杀现场,如此恐怖的景象足以让一个学酒店管理的年轻人感到无比震惊。事实上,这个场面也让我震撼不已,而我可是上过战场的。

一个男人的尸体倒在那里,身体的一半在床上,另一半在地板上。凶器是一根金属丝,两头各带了一个木柄,看上去应该是自制的。金属丝缠在男人的脖子上,被拉得很紧,一条颈动脉已经被切断。受害人的血溅落在凌乱的床铺和地板上,可见他在死之前经过了一番挣扎。

"客人的名字叫阿尔伯特·辛格。"诺尔斯说,"他是在凌晨一点入住的,之后的一整天都开着'请勿打扰'灯。他没有找酒店要过任何服务。"

辛格先生看起来只有二十岁出头,穿着三角裤和一件白色T恤,耷拉在床边的左手的无名指上戴着一枚婚戒。

"普尔女士,我答应了要等你过来。"诺尔斯对"厄运"说,"而现在,你终于来了。我已经受够了！普尔女士,这是我的钥匙和通行证。我很快就会退还我的制服,但我现在得先回家一趟……"

我拍了拍诺尔斯的肩膀,打断了他的退出演说。

"诺尔斯先生,我是杰克·摩根,来自国际私人侦探公司。我为普尔女士工作,请花一分钟时间给我讲讲情况,告诉我这里到底发生了什么事。"

诺尔斯的声音就像在尖叫,"你以为我知道吗?客房服务员敲门,没有回应。她用万能钥匙卡开门进去,结果就看到了这样的场景。"

这家酒店的建成时间比较久远,尽管被翻新成了非常时髦的装潢风格,但是在结构设计方面依旧很缺乏现代安全意识。如果杀手采用一如既往的作案手法,躲过了摄像头的监控,那么酒店的安防系统就形同虚设,根本起不到保护酒店安全和维持酒店正常营业的作用。

既然辛格先生的"死法"和其他五个在酒店中被谋杀的男人一样,所以我推测他在临死前一定也叫过应召女郎。在应召女郎离开后的某个时刻,他让杀手进到了自己的房间。也许一名豪华轿车司机谎称自己是酒店的机修工,需要检查管道渗漏,或只是例行的安保检查。正常情况下,大多数客人都会放这种人进来。

洛杉矶警察局正在办理这桩连锁谋杀案,而我们并没有关注他们的进展。同时,我们也没有帮助他们做任何事。我们拥有一套未经证实的推测,这差不多就是我们所知道的全部了。

和诺尔斯一样,我真的很想现在就离开这里。我为自己未能侦破案子而感到无比失落,也为自己辜负了"厄运"的期望而感到伤心难过。

"'厄运',依我看,我们得通知警察。"我对她说。

她正用拳头抵住自己的嘴巴,我甚至无法确定她是不是在听我说话。我拿出手机,开始打电话。

通知完警察,我又拨通了德尔里奥的电话。

"我正想找你呢。"德尔里奥说,"我们取得了突破性的进展,是关于酒店嫖客杀手的。你快过来吧,我们想让你跟一个人谈谈。杰克,这个人需要你来对付。"

一〇九

透过已故的阿尔伯特·辛格的房间的窗户,我可以很清楚地看到酒店的入口。警车涌进了比佛利山太阳酒店外面的车道,在警车出现以前,我就可以听到从圣塔莫妮卡大道上传来的呼啸的警笛声。

我把双手放在"厄运"的肩膀上,使她的眼睛注视着我。我对她说:"我会尽快和你联系的,振作起来!"

我不想离开她,但是德尔里奥说他那边的情况非常紧急,我不得不去。

我从后门离开了酒店,驾车驶向洛杉矶第五大道。德尔里奥和克鲁兹在沃丁街等我,沃丁街与艾迪国王酒店隔了半个街区,是一条幽暗的垃圾遍野的小巷,两侧都是建筑物的背面。沃丁街平时被用作停车场,该街区的商户业主白天都将车停在这里。现在是晚上,商铺都关门了,整条沃丁街显得非常荒芜。

克鲁兹站在沃丁街的入口处等我,在他身后,德尔里奥用枪抵着一个大约四十岁的黑人男子的后背。黑人坐在地上,十指在颈后交叉着。眼前的景象正是我们在公司内部经常提到的"私人拘留"。

德尔里奥说:"杰克,我想让你认识一下泰森·凯斯先生。"

凯斯没有正眼看我,他的视线始终注视着十英尺外的一堆垃圾袋。

德尔里奥与哈瓦那夜总会的保安交谈过后,曾经提交给我一份调查报告。保安告诉德尔里奥,凯斯是一个有暴力倾向的恶棍,而且此人知道酒店嫖客杀手的名字。

德尔里奥说:"摩根先生,凯斯先生不愿和我们说话。我警告过他,如果他不告诉我们是谁杀了那些嫖客,我就会一枪打爆他的脑袋。但是,我们公司的政策规定,如果要那样做,首先得征得你的许可。"

我俯身到凯斯的高度,视线与他平行,"凯斯先生,没有人会找本地的杀手来做这件事,这一点你应该是知道的。另外,还有一些事是你不知道的。

"德尔里奥先生没有什么好失去的。他患了癌症。在他再次回到监狱之前,很可能就已经撒手归西了。"

我用余光瞟了一眼克鲁兹惊愕的表情,继续说道:"癌细胞已经扩散了,是这样吗,瑞克?"

"你说得对,杰克。我已经同造物主讲和了。我做好了准备,随时可以离开这个世界。"

凯斯说:"你们到底想知道什么?只是酒店嫖客杀手的名字吗?我还以为你们想逼我承认是我自己干的呢。嗨!我倒真希望你们能早点把那个疯婆子搞定。"

"等等。"我对凯斯说,"杀手是个女的?"

"难道你是聋的不成?"凯斯大声说,"是的,她是个女人,没错。在我的老婆还在蹲监狱的时候,我和她睡过觉。我本以为我们俩之间会有发展,但她不喜欢男人。该死!其实她恨透了男人。

"有一天晚上,我睡着了,她居然将一个衣架卡在我的脖子上。我用枪指着她的耳朵,告诉她在我数到三之前,她必须滚得远远的。

"不久后,我听说她的一个嫖客被一根金属丝勒死了。让我想想……嗯……在那个嫖客遇害的当天晚上,我从海景酒店接走了坎蒂。她打电话找我时,只说让我接她走,其他什么事都没有说。她居然把我当成她的专属司机了……喂!你在听吗?你这样可不太礼貌啊。"

"坎蒂的全名是什么?"德尔里奥问道。

"如果我说了,你们会放我走吗?"

德尔里奥收回了自己的枪。

"卡梅丽塔·戈麦斯。她在一家古巴夜总会工作,从晚上十点到凌晨四点。所以嘛,她还可以安排出一些接客的时间,算是兼职……"

克鲁兹前倾着自己的身体,他的眼睛和凯斯的脸之间只有几英寸的距离。

"现在我们在哪里可以找到戈麦斯女士?"

一一〇

两辆汽车一路朝北向着山谷开去,克鲁兹和德尔里奥的车挡在前面,强迫我保持一个理智的车速。

我一边开车,一边对着录音笔口述着案情记录。

我描述了在比佛利山太阳酒店刚刚发生的凶杀案的现场情况,然后将普尔案件的最新进展也进行了记录。

随着案情的进展,我们推测出来的事实也越来越合乎情理了。

凯伦·里奇,这个坐在轮椅上的女人,透露消息给克鲁兹的情报贩子,是一个陪护服务机构的电话预约员。她告诉克鲁兹,一名豪华轿车司机知道是谁杀死了酒店嫖客,而她这些信息都是从她的一个朋友那里得来的。她的朋友从前是一名应召女郎,现在是夜总会的衣帽间管理员,名字是卡梅丽塔·戈麦斯。

克鲁兹与戈麦斯见过面,她提供给他的消息是假的。

现在,我们从里奇的前夫泰森·凯斯那里得到了一条线索:在戈麦斯与亚瑟·瓦伦丁的约会结束之后,凯斯曾将戈麦斯接走。亚瑟·瓦伦丁就是去年在海景酒店里被杀害的嫖客。

如果卡梅丽塔·戈麦斯就是酒店嫖客杀手的话,她可以很容易地进入这些嫖客的房间也就不足为奇了。

离开凯斯二十分钟以后,我们在斯塔格街找到了戈麦斯的住所的门牌号,并在大门旁的一个信箱上看到了她的名字。这里是一片中产阶级的住宅小区,房屋都是千篇一律的棕褐色外墙,戈麦斯的住所就是其中的一栋。

戈麦斯的房子离斯塔格街有些远,前庭院有一条弯曲的车道,从斯塔格街拐入这条弧形的车道后,先会经过房子的前门,然后贴着西面的篱笆墙,可以绕到后院,那里有一个私人车库。克鲁兹和德尔里奥将奔驰车开进了车道的入口,而我则将车停在斯塔格街对面。

我走下车,与克鲁兹一起来到房子的前门。与此同时,德尔里奥一个人朝后院走去。我和克鲁兹都拔出了手枪,分站在前门的两侧。

克鲁兹按响了门铃,片刻之后,门厅的灯亮了。

克鲁兹说:"卡梅丽塔,我是埃米利奥·克鲁兹,那天晚上我们见过面。"

没有人回应,克鲁兹又按响了门铃。

"请透过窥视孔看看我,卡梅丽塔,你知道我不是警察。别犯傻了,快开门吧,不然我就用脚把门踹开。"

一辆车在房子背后发动了,我看到了车头灯发出的亮光。在那之后,一切都发生得异常迅速。

一二一

那一瞬间,德尔里奥正朝着房子的后门走去。

紧接着,看到亮光的他猛地一转身,使自己的身体紧贴着车道旁边的篱笆墙。一辆老旧的雪佛兰英帕拉飞快地从德尔里奥身旁擦过,然后绕开了停放在车道上的奔驰车,穿过前庭院中央的草坪冲了出去。

克鲁兹赶紧从前门的台阶上冲下来,与德尔里奥一起朝奔驰车跑去。短短几秒钟,戈麦斯的车速就提高到了至少六十英里。不过,当她驾驶着英帕拉在我身边硬生生地转弯时,我还是抓紧机会看清楚了她的脸。

她看上去一点都不害怕,一副大义凛然的样子。

德尔里奥朝我喊道:"我们需要通知警察吗?"

我大声喊了回去:"是的。"

我坐进自己的车,转了一个U形弯,跟上了克鲁兹和德尔里奥的车,沿着斯塔格街向东开去。斯塔格街是一条狭窄的城市公路，与高速公路相去甚远。

戈麦斯的车跑在最前面，她一路前行，穿过了这片住宅小区。看上去她又疯又醉，英帕拉撞倒了路边的一个信箱，与停在路边的很多辆汽车都发生了擦挂，还撞飞了道路尽头的停车标志。

她又向左急转弯，开上了月桂谷大道，这次差点撞上一辆迎面驶来的越野车。

我也及时转入了月桂谷大道，红色的英帕拉飞驰在内车道上，喇叭发出了刺耳的鸣响。英帕拉在车流中迂回前进，过往汽车纷纷避让，路面上有很多掉落的汽车毂盖。克鲁兹和德尔里奥的奔驰紧紧地跟在英帕拉后面，但是找不到机会超过它。

戈麦斯不只是在逃跑，她简直就像是在着火的高速公路上没命地逃窜。

当我们经过月桂谷大道和斯特拉斯恩街之间的十字路口时，周围响起了警车鸣笛的声音。这个十字路口塞满了小型店铺，有微型酒行、花店、76加油站①和快餐店，路口旁边的停车场上挤满了购物者和汽车。

接下来，前方的道路又变成了一条直路，道路两旁是两到三层高的商业楼宇。

德尔里奥打给911的电话，以及戈麦斯在大街上的亡命逃窜，都招来了警车。当卡梅丽塔·戈麦斯的车右转进入尼纳街时，已经有六辆警车紧随我们，并在我们身后鸣笛，另外还有一些警笛声从远处传来。

戈麦斯没有减速，丝毫没有犹豫和停车的迹象。

事实上，追逐她的车越多，她反倒开得越快，越疯狂。

---

① 美国康菲公司旗下的连锁加油站。

一一二

克鲁兹驾驶着奔驰车,德尔里奥坐在他的旁边,杰克的蓝色兰博基尼填满了他们的后视镜,在他们前方,卡梅丽塔·戈麦斯的英帕拉正在飞驰,每一辆汽车的速度表的指针都指向了红色的区域。克鲁兹的脚一直死死地踩住油门,紧跟在卡梅丽塔后面。他心里很清楚,如果戈麦斯突然刹车,或者撞上了前面的车,那他自己也没办法及时停下来。

这个女人一定是有罪的,毋庸置疑。

克鲁兹努力将自己的思绪集中在泰森·凯斯所形容的关于戈麦斯的特征上,凯斯用一种截然不同的方式重新描述了这个可爱漂亮但又傲慢自大的女人。

他顿时明白了,这个站在哈瓦那夜总会的衣橱旁边,身穿粉红色绸缎礼服的女人,看他的方式为什么会和其他女人大不一样。

他又想起了晚些时候,她坐在他的车里,最终交代了一个人名——她的司机比利·莫凡,她说莫凡知道杀手的身份。

但是,根本就没有比利·莫凡这个人。

泰森·凯斯是她的情人,也是她的司机。而凯斯说,戈麦斯是一个极端厌恶男人的女人,她和男人睡觉仅仅是为了谋生。多么扭曲啊!

高速行进的车队迫使一辆正常行驶的豪华"凯迪拉克"躲进了高速公路中央的绿化带,暴怒的司机使劲按喇叭,发泄心中的不满。

德尔里奥提醒道:"专心一点,埃米利奥。"

"专心一点?我一直都在走直线啊!你觉得太快了,是不是?你是想让我靠边停车,换你来驾驶吗?这对我来说倒是没问题。我现在真的很想休息一下,你知道吗?"

就在这时,英帕拉猛地一甩尾,向右转入了尼纳街,轮胎与路面摩擦,发出了尖锐刺耳的啸叫声。克鲁兹跟了上去，杰克紧随其后。

尼纳街穿过了一片住宅区，这里的格局和戈麦斯居住的斯塔格街很相像。街道两侧是面朝街道的单层小型房屋，外墙被粉刷成灰褐色。房屋和沥青路面之间种植了一些灌木，大一点的房屋前面有一个小花园。

克鲁兹不愿意分心，所以他坚持盯着前面的路面，没有看速度表。但是他的直觉告诉他，他们在狭窄的尼纳街上的车速已经超过了九十英里。车队飞驰着向哈登十字路口驶去。

奇怪的是，戈麦斯居然没有在哈登路口转弯。

尼纳街的尽头是高速公路的隔音墙，但无法驶入高速公路。戈麦斯一直没有停车，最后一刻，她左转进入了一条死胡同，里面是一排半圆形的房子，大概有六七栋，房子的对面以及死胡同的尽头都是很高的水泥墙，水泥墙的另一侧就是高速公路。

见此情形，克鲁兹猛踩刹车，奔驰车几乎失去了平衡。

杰克以及他身后的四辆警车的驾驶员也做了同样的事，几辆汽车纷纷打转，有的开上了草坪，有的避让不及相互撞在一起。轮胎与路面剧烈摩擦，几乎要烧起来。汽车撞上路边的垃圾桶和墙壁时，金属外壳发出了刺耳的碰撞声。

克鲁兹眼看着英帕拉继续向前飞驰，驶上了一段短斜坡，继而真的飞了起来。英帕拉似乎在空中停顿了片刻，紧接着猛烈地撞上了前方的水泥墙……奔驰车还未停稳，克鲁兹就赶紧打开车门，迅速地朝着撞车的地方冲了过去。

德尔里奥和杰克也向车祸现场跑去，突然德尔里奥喊叫起来："杰克，快停下，那辆车快要爆炸了。"

杰克大声说："我得知道她是不是还活着。"接着继续跑向那一堆红色金属，那堆金属曾经是卡梅丽塔·戈麦斯的车。

一一三

房子里的人穿着睡衣,纷纷从家里跑了出来,小孩紧紧跟在父母身后,几辆警车横七竖八地堆积在死胡同里。我非常清楚,现在的我正朝着一辆被撞得四分五裂的雪佛兰轿车跑去,但是痛苦的往事突然浮现在我的眼前,使我又回到了我的人生中最糟糕的那个夜晚。

我在阿富汗驾驶飞机运送部队回基地,突然,一枚火箭弹击中了我的CH-46运输机的腹部,摧毁了机尾的螺旋桨,使飞机失去了平衡。

那真是一次非常可怕的袭击。黑夜中,飞机急速下降,落入了气流旋涡。我努力操控飞机上升,心里则在不停地祈祷,盼望CH-46最终可以平安着陆。终于,奇迹出现了,我做到了。

德尔里奥和我挣扎着从飞机里爬出来,几秒钟后,油箱着火了,紧接着飞机上的军火发生了一连串爆炸。透过眼前的夜视镜,我看到了一堵绿色的火焰墙。

我和德尔里奥毫发无损,但是十四名海军陆战队队员被困在货舱里,那里正好是被火箭弹击中的部位。

那真是人间地狱!

毫无疑问,那些我认识并深爱着的伙伴,那些与我一起并肩作战的队友,已经不在人世了。但是,我必须确信,火海中没有活着的幸存者在挣扎。我朝着货舱跑去,当时德尔里奥所做的事和现在一样,他呼喊着叫我停下,声嘶力竭地告诉我,飞机就快要爆炸了。

"杰克!"

我转过身对着德尔里奥喊叫道:"我得知道她是不是还活着。"

英帕拉与水泥墙迎头相撞,车身被挤压得变了形,就像手风琴一样。

驾驶座旁边的车门被撞开了,气囊也弹出来了,但是已经破裂。戈麦斯软绵绵地悬挂在安全带上,她的嘴角在流血,但是还有呼吸。

我俯身对她说:"卡梅丽塔,你能听到我说话吗?"

她缓缓地睁开眼睛,眼珠对准了我。

"你是谁?"

"我叫杰克·摩根,是一名特别侦查员。那些事是你干的吗?是你杀了莫里斯·宾汉姆吗?是你杀了阿尔伯特·辛格吗?"

她笑了笑,发出了一声喘息。也许这就是她用尽自己的最后一口气给出的回答,但是对我来说,这个回答显然太不够用了。

"你马上就要死了,卡梅丽塔。你总不能一个人把这个秘密带走吧。"

我感觉到有一只手放在了我的肩膀上。

克鲁兹用西班牙语轻轻地说:"坎蒂,说实话吧,你会得到宽恕的。"

她深吸一口气,断断续续地说:"上帝知道我杀了他们,所以他一定会宽恕我的。他们……得到了……他们应得的……"

她费力地想把手抬起来,她的眼睛注视着我,她试图用一根手指指向什么东西……但是,她来不及完成这些了。她的脸变得僵硬,她的眼神变得涣散……她死了。

一一四

几辆救护车涌入了这个碗状的死胡同,身穿制服的警察正在设置路障,并要求那些受到惊吓后茫然不知所措的屋主们远离街道。

简·坎贝尔警官走到我的车旁,开始询问一些问题。

简是一名好警察,她已经在这个职位上干了十二年。我和她的哥哥是高中同学,很多年以前,我曾有机会和她在一张餐桌上吃三明治。

"看上去,你至少损失了三万美元。"坎贝尔警官对我说,"这还只是后面板的价值。"

"一辆警车温柔地撞上了兰博基尼,不过我没事。而且我不用担心,我已经为车投保了。"

坎贝尔笑着说:"那就好。杰克,请告诉我到底发生什么事了。"

"你想听加长版还是精简版?"

"先告诉我重点吧,接下来我们再一起补充。"

"好的。我们得到了一些与我们正在办理的案子有关的信息,关于那些在酒店房间里被勒死的男人。根据我们的调查与推测,他们都是在和应召女郎发生关系后被杀害的。我们打算和戈麦斯女士谈谈。"

"洛杉矶警察局也在调查这宗案子,你不知道吗?"

"我们私下为艾米莉亚·普尔工作。"

"她就是比佛利山太阳酒店的老板吗?在圣塔莫妮卡?"

"是的。今天在她的酒店里又有一名客人被杀害了,被一根金属丝给勒死了。她很关心她的客人们的安全。"

"你认为卡梅丽塔·戈麦斯就是那个应召女郎……"

"一个小时之前,我们得到秘密消息,说她就是杀手。我们去到她的房子,想和她当面对质,但是她逃走了。哎!她逃跑的速度实在是太快了。接下来,我们立刻通知了警察。"

"那么,为什么你会在这里呢?"

"我们得跟着她,简。她跑得那么快,那么玩命,其实就是在告诉我们,她是有罪的。我们可不敢冒险让她一个人逃跑。后来,我看着她的车撞上了前面那堵墙,而她根本就没有踩刹车的意图。你可以看看,路面上没有轮胎摩擦的痕迹,这显然是自杀行为。"

"你的意思是,你得到了一个消息,然后追逐你的嫌疑人,结果现在她死了。这就是你要告诉我的?"

"当时我别无选择,现在也一样。"

"埃米利奥·克鲁兹……"她一边说,一边用下巴指了指克鲁兹,"他说戈麦斯女士做了一个临终陈述?"

"是的。"

"那么你可以为她的供词作证吗?"警官问道。

"是的，我可以。"

"我们还会有一些问题，杰克，请你最近不要离开洛杉矶。"

"你们有什么消息也请告诉我。"我对她说，"我需要为自己的交通违章负责吗？你是不是指这一类的事情？"

"这怎么可能？你可以给菲斯克打电话啊，然后自己把车拿去修理就行了。"她对我说，"对了，请替我转达对汤米的问候。"

我把兰博基尼开到克鲁兹和德尔里奥身边，奔驰车的引擎已经发动了。

"今天的工作结束了吗？"德尔里奥问我。

"结束了，干得好！你们俩都很出色。"

我对他们说了晚安，然后开着受损的兰博基尼来到了好莱坞高速公路。现在是晚上，只需要二十分钟就可以到达汉考克公园。

自从一周前从双塔监狱被释放后，我把可以利用的每一分钟都用来分析、研究和观察。而现在，我得思考更多的东西了。

简提到了汤米，她的话刺激了我。现在我需要去做一些事——我的直觉从一开始就提醒自己应该去做的那些事。

一一五

我把兰博基尼停在一座别墅外的倾斜的车道上，这座山坡上的别墅非常豪华，侧面是山形墙[1]，底层环绕着多立克式[2]圆柱，前庭院的喷水池

---

[1] 山形墙顾名思义就是形成三角形屋面结构的墙体。两个斜面的屋顶在建筑两端各形成一个三角形墙面，因此称为山形墙屋顶。山形墙是古希腊建筑的特色之一，往往都装饰得非常豪华，是富贵的象征。
[2] 多立克式（Doric Order）是古典建筑的三种柱式中出现最早的一种（另外两种是爱奥尼亚柱式和科林斯柱式），它们都源于古希腊。在希腊，多立克柱式一般都建在阶座之上，其特点是柱头是个倒圆锥台，没有柱础。柱身有二十条凹槽，柱头没有装饰。多立克柱又被称为男性柱，著名的雅典卫城的帕提农神庙采用的便是多立克柱式。

里设有水下照明灯,将池水映成了深海蓝色。这是典型的炫富,也只有加州的暴发户才会这样做。

别墅里的灯是亮着的。

我走下车,登上山坡小径,来到了别墅门前。我按了几下门铃,却没有人出来。门没有锁,于是我自己走了进去。

我看到自己的弟妹正在那间耗费了五十万美元修建而成的厨房里制作巧克力布丁,她身旁的电视机上正在播放电影《好家伙》。她背对着我,不知道我进来了。

我轻声喊道:"嗨!安娜。"

安娜尖叫起来,手中的勺子掉落在地板上。紧接着,她转过身来,双手捂着脸颊,依然惊魂未定。

"是我啊,是我啊。我刚刚按过门铃的。"

她深吸了一口气,然后伸出双臂来拥抱我,"你真是吓坏我了,杰克。"她说,"你能感觉到我的心还在狂跳吗?"

"噢!真抱歉。"我对安娜说。也许她曾对警察撒谎,为我的兄弟制造了一个不在场证明。但是,不管怎么说,我还是挺喜欢她的。

"你还好吧?"她问我。

我抱着她,拍了拍她的背,"我很好,但是我想见见汤米。不论你相信与否,我需要他的帮助。"

"他现在在车库里。你先去叫醒你的侄儿吧,他很担心你。对了,带上这个。"

她从冰箱里拿出一壶牛奶,倒了一杯,然后把杯子递给我,"你应该还记得他的房间在哪里吧?"

我看到内德时,他已经睡着了。

我打开灯,照亮了卧室。墙壁上贴了很多海报,有关于新兵招募的通知,还有恐龙以及动画人物的彩色图片等等。我坐在床边,端详着这个八岁的男孩。他不是我的孩子,但他身上有一半的基因和我是一样的。

我放下杯子,拍了拍内德的手臂,"嗨!伙计,你的伯父杰克来了。"

他睁开眼睛,迅速坐了起来,伸出手臂抱住我的胸膛。我也拥抱了他,亲吻着他的头发。

"你好啊！我来看看我的小内德现在怎么样啦？"

他坐直身子，满脸微笑，"我在寻宝呢，看我找到了什么。爸爸说，这个东西的年龄比他还大。"

我顺着他的手所指的方向看过去，床头柜上放着一个陈旧的玻璃可乐瓶。我将它拿起来，在灯光下仔细欣赏着。

"真是太奇妙了，这是一个货真价实的古董。"

"我在电视上看到你了。"内德说。我放下可乐瓶，内德又回到我的怀抱，把头靠在我的胸口说话："他们说你杀了人，杀了一个叫科琳的人。"

"那不是真的，宝贝。我知道人们是怎么说我的，但我并没有杀她。我是被陷害的。"

他抬起头来看着我，眼里带着泪水和疑惑。

"那就是有人在撒谎了。但是，他为什么要这样做呢？"

"我不知道。"

"太残忍了！这对你来说一定是个很大的打击，伯父。"

"他不会永远逍遥法外的。我这样说是认真的。"

"太好了！赶快抓住他，打倒这个坏家伙。"

我和他互碰拳头，再次拥抱了他。接下来，我走出了这座有着精致的拱形天花板，每个房间都有壁炉，高档家具一应俱全的别墅。我走过了一个巨大的恒温游泳池，来到外面的车库。这个车库比普通的私人车库大得多，足足有六个车位。

汤米有个爱好，收藏经典的美国汽车，这是从父亲那里得来的真传。我看到他躺在一辆 1948 年款别克"路霸"①下面，那是一辆青灰色的汽车，看上去就像是从泡泡机里吹出来的，外壳光亮无比，非常大气。

我抓住汤米的脚踝，将他和修车板一起拖了出来。

他直勾勾地看着我，表情从最开始的害怕变成了嘲讽和愤怒。

"你有毛病吗，杰克？"

---

① "二战"后，由于战争而被迫停产三年的别克同美国经济一起，重新踏上了复兴之路。在别克的黄金时代里，有两个贯穿其间的名字，至今听起来都是威名显赫——路霸 (Roadmaster) 和超级里维埃拉。正是由这两款车型缔造了别克的战后辉煌，并铸就了之后的世纪经典。

"我知道是谁在陷害我,老弟。我知道是谁杀了科琳。"

一一六

"看看这个。"我对汤米说。

我在自己的 iPhone 上找到了莫琳拍摄的视频,然后把手机递给汤米。他点开视频后,我听到了从扬声器里发出来的声音:记者们在办公楼外喊叫着我的名字,试图引起我的注意。那是我永远都无法忘记的一天。

"这就是你被押往监狱时的情景啊。"汤米说,"到处都是乱糟糟的人群。"

"继续往下看,你有没有看到我们认识的某个人?"

"哦,我看见了,是克雷·哈里斯。他在那儿干什么?"

"据我所知,他为你工作,汤米。"

"仅仅是兼职而已。我不过是可怜他,给他一份工作糊口罢了。相信我。"

"这么说,他在那里出现,跟你没有半点关系?"

"当然没有!你在说什么呀?难道我知道你会被送进监狱?难道是我叫克雷来的?我为什么要那样做?"

"让我们去跟他谈谈吧。"我对汤米说。

"现在?马上就到午夜了。"

"再没有比现在更好的时候了。"

"既然你这么说,那我先去告诉安娜,就说我要出去一下。待会儿我去你的车那边找你。"

几分钟后,汤米来到了我停车的车道。他换过了外套和鞋子,并且特意绕到我的兰博基尼后面看了看。

他用手抚摸着兰博基尼的左后腰,沿着车身的棱线摸到了车门边。

他的外套是敞开着的,我看见他的腰带上别了一把手枪。

"上帝啊!"他惊讶地说,"你的车怎么变成这样了?"

"我去超市买东西,出来后就……"

"我认识一个在汽修厂工作的朋友,我会把他的电话告诉你。不过,即使是像韦恩①一样厉害的人,也没办法把你的车弄回原样了。"汤米说,"这可真令人遗憾。"

"上车吧,你到底走不走?"

"你现在可以开车吗?警察不会找你麻烦?"

"快上车,别废话了。"

汤米上了车。我驾车沿着西六大街行驶了一段距离,接着又转入了第五大道,向北行驶。我在心里估算了一下,夜晚的这个时候,开车去圣塔克拉利塔大概需要花上四十五分钟的时间。

"你为什么想找克雷谈话?"汤米问我。

克雷·哈里斯曾经在我的父亲手下工作,是一名侦查员。当我接管了国际私人侦探公司以后,克雷依旧在员工名单里。

我不喜欢这个人,但是他非常擅长监视工作。需要盯梢的时候,他可以在一辆车里静坐好几天。他的模样很像一个失业了的工厂工人,可以轻易融入大街上的人群。另外,他对电子技术也比较在行。

但是,他还是个很善于撒谎的骗子。

克雷·哈里斯经常伪造费用报表,而且在外面接私活。有一天,他想把一个客户的不雅照出售给小报,结果被我发现了。

在那之后,我解雇了他。

第二天,哈里斯就跑去找汤米,并得到了一份新工作。

我的脑海里浮现出这样的场景:当我被押送去监狱的时候,哈里斯站在人群当中,幸灾乐祸地笑着。现在,我已经把他归纳到一个新的名单组中。这个家伙不喜欢我,并且有办法伤害我,而我当然也确信哈里斯就是杀手。

我对汤米说:"我想和克雷谈谈关于科琳的事。"

---

① 这里说的是布鲁斯·韦恩,电影《蝙蝠侠》的男主角。

一一七

我沿着第五大道,来到了蒂洪山口,前面就是葡萄藤大道。四十英里长的葡萄藤大道穿过了蒂哈查皮山,将南加州和加州中部地区连接在一起。

克雷·哈里斯居住在一条泥土路的旁边,这个区域远离高速公路,由偏远的牧场、平坦的山谷以及林务局管辖的森林用地组成。从卫星视图上,我可以看到他的房子位于一片三百英亩的土地的边缘。这片土地本来是一个开发区,但是在2009年经济泡沫破灭以后被废弃了。在哈里斯的房子周围,方圆两英里之内都看不到其他任何建筑。

我从126出口驶离了高速公路,来到铜矿山街,路过了一个小型购物中心和一排流动工人的简易住房。穿过开发区以后,除了干燥的丛林,低矮的小山丘,本地植物构成的灌木林,以及方圆几英里的平坦的未被人破坏的天然牧场之外,什么都看不到了。

"我们要转弯了。"我对汤米说。我左转方向盘,将车驶入了圣弗兰瑟斯克托峡谷公路。

自从我们离开了汉考克公园,汤米一直都在高谈阔论,空气中充满了他的自吹自擂。他谈到了自己为很多社会名流提供保镖服务,并且炫耀着自己用来吸引一线明星的各种花招。然而,当我的车头灯照亮了前方的铁丝网围栏,我们同时看到了张贴在围栏上的那张"未经许可不得进入——哈里斯"的时候,他立即停止了说话。

看到哈里斯的房子以后,我减慢了车速,然后将车停在路边的紧急停车带上,接着关闭了车头灯。

他的房子位于圣弗兰瑟斯克托峡谷公路的尽头,是一栋农场风格的低矮平房。白色的外墙,深色的镶边,以及朴素的纯色门廊。

院子中央有一丛成熟的木麻黄树,围栏边缘也种了一些。不过,吸引我注意的是一辆崭新的雷克萨斯越野车。

我很清楚克雷·哈里斯的收入状况,除非汤米把他的工资翻了两番,不然他不可能买得起如此高档的汽车。当然还有另外一种可能,有人直接给了他七万五千美元,或者更多。

我把手伸到汤米那边,从汽车的手套箱里取出了自己的手枪。

"我想你现在应该没有持枪许可吧?"汤米问道。

"这是我俩之间的小秘密,好吗?"

我们从车里下来,贴着铁丝网围栏慢慢移动,有树荫做掩护,我们的行动看似十分安全。大门的门闩是打开着的,我心想,这也许是哈里斯先生疏忽大意了。然而,就在我们离门廊还有三十英尺远时,行动探测器发现了我们。

四处的灯都亮了起来。

警报在空旷的大地上鸣响,紧接着,一连串的子弹朝着我们飞来。

哈里斯握着一把半自动手枪,疯狂地射击,子弹纷纷穿过树丛,有几发差点击中了我。过了一会儿,枪声消失了。

克雷·哈里斯看到我们了吗?

他是因为警报响了就不顾一切地射击吗?还是以为有熊或丛林狼闯进来了?这是否意味着只要有陌生人私闯进来,等待他的就只有死路一条?

我低声说:"汤米,你去后门,我走正面。"

"不,杰克,你去后门。"

"好吧……"

其实我一点都不好。

我根本就没有预见到会发生枪战。

事实上,正如目前所见,我对这里发生的一切完全没有准备。

一一八

我们的行为构成了私闯民宅。

如果我喊出哈里斯的名字,而他正好准备开枪打我的话,他可以轻而易举地顺着我的声音传出的方向,一枪击中我的要害。而且,他这样做是合法的。

我俯下身子趴在地面上,用手肘匍匐前进,穿过院子,来到了房子的侧面。这个区域在哈里斯的射击范围之外,相对要安全一些。

我站起来,背贴着墙,先是越过了一大堆垃圾,接着又弯下腰从灌木丛下走过。最后,我来到了房子的后门。

我双手举着枪,用右脚轻轻地推开门板,铰链发出了嘎吱嘎吱的声响。我进到一间过厅,原以为会有子弹向我飞来,或者听见哈里斯的声音——"站住!不许动!"不过,这一切都没有发生,房间里静悄悄的。

房子的正中间有一盏灯在发光,我朝着它走了过去。我很小心,紧贴着墙壁向前移动,穿过了一排挂在衣架上的衣服和几摞旧报纸,以及堆得像小山一样高的空啤酒瓶。看来,克雷·哈里斯是那种不喜欢扔旧东西的人。

门厅通往一间狭小的厨房,里面脏乱无比:炊事用具和坛坛罐罐被胡乱地堆放在石质台面上和水槽里,垃圾散发出一阵阵恶臭。厨房的角落里有一扇门,门那边是一间餐厅。

我围着餐桌走了一转,看到桌子上堆了几盒文件,还有一些废旧物品。我继续往前移动,走过了一个包了边的大门框,来到客厅。

克雷·哈里斯就站在客厅里,他背对着我,右手还握着自己的手枪。他的两只手都举得比头还高,站在他前方的人是我的兄弟——汤米。此时此刻,汤米正用他的枪对准了哈里斯的胸口。

哈里斯说："汤米,你在干什么?你这样做很愚蠢,我不会说出关于那个女孩的任何事情。"

我大步走到哈里斯身后,用两只手握紧了自己的手枪,高声喊叫道:"克雷,快放下武器。"

哈里斯转过头来,看见了我,小声嘟囔了一句:"该死!"紧接着,他把手里的枪扔到一把安乐椅上。

就在哈里斯的枪碰到安乐椅的那一瞬间,汤米接连开了两枪。哈里斯用一只手按住自己的胸口,费力地吐出几个字,"噢!妈的……"他双膝跪地,然后脸朝下趴在地上。

我走到哈里斯身边,用手摸了摸他的脖子。

他已经没有脉搏了。

"天哪!你怎么这样啊,汤米。我还想和他谈谈的。"

汤米将自己的枪收了起来。

"我知道你的心情,我真的知道。"我的兄弟说道。他找到地板上的两枚弹壳,把它们收集起来,装进了牛仔裤的口袋。"事情不可能总是按照你预想的方式发展。你本想和克雷谈谈,但是现在他死了。"

我站了起来,面对着自己的兄弟,"你以为我不知道这里刚刚发生了什么吗?"

"只是正当防卫,杰克。事实就是这样。不过,我想你永远都不会知道这个问题的答案了。我射杀这个人渣,究竟是因为他想开枪打我呢,还是因为他打算投降呢?"

汤米正在嘲弄我,他不停地把自己的重心从一条腿转移到另一条腿。他的双手举上举下,就像是天平的托盘。

他继续说:"哈里斯是一个握着上了膛的手枪的危险人物吗?或者,他正准备告诉你,是我雇用他杀害了科琳?"

我狠狠地瞪着汤米,接着又回头看了看克雷·哈里斯的尸体。在他的右手的虎口部位,有一道发炎的咬痕。这道咬痕很深,留下了清晰的牙印。尽管这道伤痕看上去不止一两天了,但虎口部位被咬过的皮肉依旧有明显的青肿。

我从外套口袋里掏出了一张手帕,这是侦查员最重要也最基本的工具之一。我用枪瞄准了汤米,眼睛也一直紧盯着他,然后蹲下身,隔着手帕拾起了克雷·哈里斯的手机。

我用他的手机拨打了911。

一一九

汤米眉头紧锁,脸上写满了愤怒和疑惑。他大声问道:"你他妈的在干什么?"手机那头,话务员的声音传了过来,"你们那边有什么突发事件?"

我伪装了自己的声音,用西班牙口音轻声说道:"我听见圣弗兰瑟斯克托峡谷公路上的一栋房子里面传出了枪声。"

我把哈里斯的住所的门牌号告诉给话务员,然后说我已经进到房子里面,想看看是否有人需要帮助。接下来我告诉她,我发现地板上躺着一个人,是个男人,被人射杀了。

"他还有呼吸吗?"话务员问我。

"没有,他已经死了。"

"你叫什么名字?"

"很抱歉,我不能说。"

我挂断了电话。

汤米再次质问我是否知道自己到底在干什么,并反复说他射杀克雷·哈里斯完全是出于正当防卫。我来到哈里斯身边,端详着他的尸体,汤米紧紧地跟在我的身后。

对于哈里斯的死,我并不感到悲伤。但是,如果他活着,如果我能使他将矛头指向汤米,并且证实是他们密谋杀害了科琳,那事态将对我更加有利。

汤米变得焦躁不安,嚣张气焰荡然无存。他对我说:"杰克,让我们赶快离开这栋房子吧,我得处理掉我的枪。"

事已至此,他唯一担心的问题居然是如何处理自己的枪。对于汤米,有一点我不得不说,他是一个非常卑鄙的家伙,这方面和我的父亲倒很相似。

我用手机的摄像头对准克雷·哈里斯手上的咬痕,拍下了三到四张照片,并确保自己捕捉到了足够多的细节。这些画面包括手上的咬痕的特写,以及哈里斯的脸部等等。接下来,我从打开着的前门走出了哈里斯的房子。

我按下遥控器,兰博基尼的车头灯在一百米开外的地方闪了一下。我沿着黑暗的道路走向我的车,汤米一直跟在我后面。

这条路上没有其他往来车辆,甚至连一个人影都看不到。

我打开车门,坐进了驾驶室,汤米则走向了副驾驶那一侧的车门。他顺理成章地想拉开车门,但是我已经把门锁住了。他猛烈地拽动门把手,尝试了很多次都没有成功。接下来,他又用拳头使劲敲打车窗,我听到他正在诅咒我,声音充满了绝望。

当我发动兰博基尼的引擎时,他的声音变成了乞求。

"杰克,别这样,快开门吧。你知道我只是闹着玩的,你知道他一定会开枪打我的,你知道他死不足惜。"

我把车窗打开了几英寸的缝,对他说:"这些话,你留着对警察说吧。你是一个口才很好的人,汤米。几分钟后,警察们就会抵达这里。如果你现在就开始步行的话,或许还能逃脱。"

"杰克,我知道你并不想把我一个人丢在这里。算了吧,别这样做,不然我会告诉他们你也来过这里,而且我还会说是你杀了哈里斯。"

我关闭了车窗,汽车驶上了这条方圆两英里内都空无一物的寂静公路。

当我回到铜矿山街以后,我拨通了凯恩的电话,将刚刚所发生的一切都告诉了他。

接下来,我开始聆听这位毕业于哈佛大学法学院,并且在华尔街接受过培训和历练的首席律师给出的建议。

一二〇

我坐在位于市中心的洛杉矶警察局的审讯室里,凯恩坐在我旁边。他看上去非常平静,就像是刚刚享受过一顿丰盛的午餐,接着睡了个午觉,然后又查询到自己的退休账户上增加了一笔可观的资金。

而我感觉到自己的胃里似乎装满了蛇,整个人很不平静。

他们并没有说清楚为什么想见我,但是我非常肯定的一点是,米切尔·坦迪警官把我们传唤到警察局,而不是双塔监狱,这就意味着他认为我还是个好人。

我强迫自己想象着蓬松的云彩和美丽的彩虹,而不是坦迪曾经发过的誓。他曾发誓说因为我杀害了科琳,所以要把我关进联邦监狱,并且是终身监禁。

坦迪坐在我和凯恩对面的金属椅子上,看上去舒适自在,他旁边还有一把空着的金属椅子。过了一会儿,齐格勒走了进来,手里拿着一个厚重的牛皮纸信封。他动作很大地拖出椅子,把信封扔在桌上,坐了下来。他不停地弹着腕部的橡皮筋,发出了"啪啪"的声音。

仿佛他正站在舞台上,吸引着所有人的注意力。

发生什么事了?

除了齐格勒弹橡皮筋的下意识动作,眼前这两名警官的脸上看不出任何情绪。

坦迪打破了沉寂:"我想你应该知道我们找你来是为了什么。"

"你为什么不告诉我们?"凯恩大声说,"我的委托人非常忙,我想你应该也知道这一点。"

"克雷·哈里斯,这个名字对你来说意味着什么?"坦迪问我。

我认识哈里斯,这一点坦迪非常清楚。

自从我看过哈里斯的尸体之后，已经过去三天了。在这三天里，我没有听说过任何有关那次枪杀的事情，也没有从我的兄弟那里得到任何消息。

凯恩代表我发言：

"我们都认识克雷·哈里斯。他为国际私人侦探公司工作过几年，好像是三年，对吗，杰克？他在2009年因为敲诈勒索，被公司开除了。"

"他死了。"坦迪说，"三天前，他在他那栋位置偏僻的住所中被人射杀了，是一个匿名电话报的案。"

"听到他的死讯，我非常难过。"凯恩说，"但这和杰克又有什么关系？"

我胃里的蛇蠕动得更厉害了。难道我在哈里斯的房子里留下了指纹吗？难道我那辆后面板受损的兰博基尼被一个过路人看见了？难道汤米找过警察，说是我作的案？我曾经无数次考虑过这些可能性，而我非常确信自己并没有触摸过哈里斯家的任何东西，也没有留下任何痕迹，我对自己绝对信任。

齐格勒打开信封，在里面翻找了一下，拿出了一张纸。我在三岁时就学会了颠倒着阅读，我看出他手里拿着的是一份洛杉矶警察局的法医检验所出具的报告单。

齐格勒说："有人咬伤了克雷·哈里斯的手，经过法医部门的检查，我们发现咬痕和科琳·莫洛伊的牙齿图表是吻合的。看起来，应该是科琳咬伤了哈里斯。很可能这是在哈里斯杀死科琳之前，科琳所做的最后一件事。"

我早就知道洛杉矶警察局的法医检验所知道了这件事，我早就知道是谁咬伤了克雷·哈里斯，因为西摩博士早就把这些情况告诉我了。

我等待着齐格勒继续说话，我想他一定期望着我会不假思索地脱口而出，告诉他一些他还不知道的信息。沉默看上去会永远地持续下去。

凯恩说："这并不是《四十八小时》[①]，刑警们，而且我们也没有四十八小时那么长的时间。你们发现哈里斯手上的咬痕与科琳·莫洛伊的牙齿

---

① 一部拍摄于1982年的警匪片。

图表是吻合的,所以你们一定很想知道我们是不是对此感兴趣。现在我告诉你们,我们很感兴趣。"

一二一

齐格勒在自己的座位上扭动着身体,就好像他每说一句话都会使自己的身体感到疼痛。

"彼此彼此,凯恩。事实上,我们都很想弄明白究竟是谁杀害了科琳。"

我长舒了一口气,即使齐格勒和坦迪看透了我的心思,那也无关紧要了。他们已经有证据表明科琳曾经咬过克雷·哈里斯,同时,他们的证据现在也成为了我们的证据。

显然,坦迪也认可这个结果,他说:"科琳的牙齿图表与哈里斯手上的咬痕是完全吻合的,我们承认她咬过他。

"不过,摩根先生,在你和你的律师开始击掌欢庆之前,我还得告诉你一件事,这个咬痕并不是决定性的证据。科琳·莫洛伊咬了克雷·哈里斯一口,仅凭这一行为并不能推断出她就一定是被哈里斯杀死的。这一点我想你也明白,对吗?"

即使不考虑坦迪的话语内容,我们依旧可以感受到他的语气中充满了幽怨。坦迪一直都在冤枉我,事到如今,这个错误会让他自己非常难堪。其实我很想告诉他,在过去的那几个星期里,他的所作所为就像是把我塞进了一个绞肉机,让我从锋利的刀片中穿过。他是个坏警察,总有一天会遭受报应的。

我控制住了自己的情绪。

"科琳为了求生,所以挣扎过。"我说,"听到这一点,我深感宽慰。"

凯恩轻轻地敲了一下桌子,一方面是为了提醒我不要说话,另一方面则是示意那两名刑警继续说下去。

"既然这样,如果你知道我们还得到了这个东西,一定会很高兴的。"齐格勒说,他拿起桌上的信封,倒出来一块金属物件。这是一块硬盘,乍一看很像是在科琳被杀的那个晚上,杀手从我家的安防系统里盗走的硬盘。

我屏住了呼吸。

"这是什么?"凯恩问道。

"这是杰克的硬盘,里面有录像证据,表明克雷·哈里斯扛着科琳·莫洛伊,走进了杰克的别墅。录像上可以看到时间和日期,与警方推测的莫洛伊死亡的时间非常接近。我们是在克雷·哈里斯的屋子里找到这块硬盘的,这就表明他从摩根的家里将它偷出来,然后带回了自己的家。这块硬盘,连同那道咬痕……"

克雷·哈里斯杀了科琳,但是他并不具备独自完成这件事的能力,更谈不上动机了。

汤米却有动机,他想让我的余生都在深渊中度过。但是,他不必亲自动手,哈里斯非常乐意帮他完成这项工作。因此,哈里斯在很短的时间内就获得了一整年的薪水,足以买下那辆雷克萨斯。

真相呼之欲出:汤米站在我家卧室外的沙滩上指挥行动,哈里斯在杀害科琳之后立即给汤米打电话,通知他事已完结。

凯恩说:"我的委托人终于摆脱了谋杀指控。"

"我们已经和助理地方检察官埃迪·圣威诺谈过了。"坦迪说,"今天晚上他就会将情况汇报给地方检察官,我相信摩根先生即将摆脱杀害科琳·莫洛伊的罪名。但是还有一件事,凯恩先生……"

这一瞬间,我看到坦迪的眼睛里闪过了一道寒光,这意味着一个警告。

"克雷·哈里斯被人用枪打死了。"坦迪说,"既然是他杀害了你的女朋友,那你一定有杀他的动机。"

"这不是我干的。"我大声说。

"难道你打算指控杰克,说他是杀害克雷·哈里斯的凶手?"凯恩厉声问道。

"我可不是这个意思。"坦迪冷冷地说,"不过我们密切关注着你,摩根,而且还有你的兄弟。"

一二二

坦迪即将公布他们所掌握的关于克雷·哈里斯谋杀案的证据,看得出来,他很不情愿继续说下去,而且努力使自己保持镇定。既然坦迪也在监视汤米,我自然有理由希望汤米在现场留下了一些作案的痕迹。

审讯室里鸦雀无声,除了齐格勒弹自己手腕上的橡皮筋时所发出的啪啪声之外,寂静得有些可怕。坦迪靠在椅背上,假装冷静。

最终,他还是开口说话了。

"克雷·哈里斯被杀害的那天晚上,汤米因为超速行驶而被警察拦下了。他开着一辆雷克萨斯LX570,而这辆车是属于受害人的。此外,他还喝了很多酒。"

"他不能向公路巡警解释清楚他为什么开着哈里斯的车,也不能说清楚在过去的几个小时中,他去了哪里,或者他在峡谷区做什么。"

上次我见到汤米时,他和我一起待在哈里斯的屋子外的圣弗兰瑟斯克托峡谷公路上。警察们即将到达那里,他不得不回到哈里斯的家,找出车钥匙。这真是一个愚蠢的举动,汤米,你太愚蠢了!

"我们以醉酒驾车以及非法占有赃车的罪名暂时拘留了汤米,"坦迪说,"但事情还没有完结。"

说这话时,坦迪的表情似乎是不设防的,我可以很轻松地读到他的心思,就好像他把自己的想法写在脑门上一样。坦迪感到很不舒服,因为他找不到对我不利的证据,并对此耿耿于怀。

或许他也看明白了我的心思。

他没有指控我有罪的证据,他什么都没有了。

我的头脑里已经开始了一场大型庆典：我大笑着完成了一次触地得分[1]的精彩动作，然后在球门区手舞足蹈。紧接着，香槟酒瓶的软木塞弹了出来，香槟泡沫喷了我一脸。我的粉丝们在看台上站起来欢呼雀跃，而我则被队友们抛到空中。

　　凯恩故作平静，平静得像一套刚被熨烫过的西装，但是他的右眼皮抽动了一下。我知道，他是在向我递眼色。

　　我站起身来，大声说道："刑警们，这真令人高兴。不好意思我得先走了，会议要迟到了。"

　　我和我的律师一起走出警察局，发现外面的天空真蓝。我再也不用担心自己会被送回到双塔监狱，然后用一到两年的时间在法庭上受尽屈辱，继而又被关在隆波克监狱[2]，并在那里度过余生。

　　我终于又自由了。

　　"杰克，你这家伙还是说点什么吧。"

　　我轻轻地拍了拍凯恩的肩膀，对着他笑了笑。

　　"真是愉快的一天，埃里克，太愉快了！"

一二三

　　科琳的老朋友——迈克·多纳赫和我一起来到了圣塔莫妮卡机场，我的塞斯纳[3]172型空中之鹰[4]就存放在那里。我拥有这架小飞机已经快五年了，我非常喜欢它的操控感。

---

[1] 橄榄球术语。"触地得分"是美式橄榄球比赛中重要的得分方式，可以得到六分。
[2] 加州警备系统最高的监狱，位于加州西南部，在电影《速度与激情4》里被提到过。
[3] 赛斯纳（Cessna）飞行器公司是一家位于堪萨斯州的飞机制造商，以制造小型通用飞机为主，其产品线从小型双座单引擎飞机到商用喷气机，目前在世界私人飞机制造商中排名第二。
[4] 历史上最成功，生产量最多的小型飞机，单引擎四座位结构。首架飞机于1956年交付，至今仍在生产。

我告诉多纳赫,曾经有好几次,我用这架飞机带着科琳飞上天空。在空中时,她尝试过自己驾驶飞机,而且还可以翻筋斗,每一次她都会兴奋得尖声狂笑。

现在,多纳赫说他也想试一试。

我们一起钻到机翼下面,我对他说:"这跟你在电影里看到的情形可不一样,在电影里驾驶飞机就像驾驶汽车一样容易。

"在飞机里,你得时刻控制好混合燃料的燃烧情况,以及引擎里的气压。你还得监视飞机尾气的温度,并将罗盘仪调校准确。你的百分之九十九的精力都得用来完成这些工作。在汽车上,一点小问题可能没什么大碍,但是在空中完全就是另外一回事。"

"能不能举个例子说明一下呢,杰克?哦,算了,还是先别说比较好。"

"如果你忘了关好油箱门,那么飞机升空后,燃油很快就会汽化,接下来你的飞机就会变成滑翔机,这绝对不是你愿意看到的。"

多纳赫用手指了指飞机的某个部位,"那里就是油箱门吗?"

"没错。"我笑着说,"现在是锁牢了的。"

观赏结束后,我帮助多纳赫进到了驾驶舱,自己坐上了飞行员座位。我系上安全带,然后调整了一下多纳赫的耳机。他可以和我说话,也可以听到我和机场控制塔之间的对话。

很快,我得到了授权,可以使用某条空闲着的跑道。当我们的飞机开始缓缓前进的时候,多纳赫直勾勾地望着前方,眼睛都不眨一下。

飞机滑行到跑道的末端后停了下来,我仔细检查了各个仪表,并向指挥塔汇报了情况,接着启动了起飞程序。像往常一样,由于螺旋桨的缘故,飞机在前进时会自动向左偏离。我适时地操作右舵,同时让飞机加速。

我盯着空速指示仪,当时速达到六十英里以后,我拉起了操纵杆。

机头开始向上倾斜,我们开始爬升。安全地离开地面后,我松了一口气。

真是一个美妙的傍晚。太阳即将落山,在地平线附近留下了粉蓝色的晚霞。我驾驶飞机向西飞去,来到了海面上。过去当我们的飞机从浅滩飞向深海的时候,科琳会大声喊出海水的颜色——天蓝、墨绿、深蓝……

我告诉多纳赫,就是在这个高度和这个位置,科琳经常会自己控制飞机。

"我能想象出她的飞行。"多纳赫对我说,"但是,我只想做一名乘客。"

"也许改天你还会和我一起飞行的。"我对他说。

飞机驶入了云层,过了一会儿,玻璃窗外形成了一层冷凝水,什么都看不到了。接下来,我们都感觉到自己进入了一个空中楼阁。在这种时候,不论是飞行员还是乘客,都很容易将发动机、磁电机以及油箱门什么的都统统抛诸脑后,只是享受着飞行的雄伟与壮丽。

当我们在柔和的棉花球状的积云上方飞行时,多纳赫笑得很开心。没过多久,我从耳机里听到了他响亮的说话声。

"我改变主意了。"他说,"现在我想自己驾驶飞机兜一圈,让我来吧。"

我把翻筋斗的技巧教给多纳赫,他很快就学会了。只见他轻轻地拉动操纵杆,飞机开始向上爬行,然后竖立起来,紧接着头朝下向后倒了下去。与科琳不同,多纳赫的尖叫声充满了男子气概,他对着麦克风吼道:"我终于知道天旋地转是什么感觉了!"

他的笑声几乎要震破我的鼓膜。

多纳赫完成了好几次翻筋斗,然后我们又继续向西飞去。他将手从操纵杆上松开,接着伸向我。我和他击掌庆贺,对视了一眼,两个人都像傻子一样憨笑起来。

这是在用我们自己的方式与我们亲爱的朋友告别。再见,科琳……

一二四

　　我回到家的时间大约是晚上九点,尽管前些日子一直都睡眠不足,但现在的我依旧感觉到精神十分亢奋。

　　走进别墅后,我先将身后的房门锁好,然后四处看了看,并检查了每一扇窗户。我走到不久前才升级过的安防系统的观测台前,调出了前门和后门的监控录像,以快进的方式浏览了一遍。我没有看到任何人出现在别墅外的车道上,也没有看到任何人穿过海滩,接近我家的露天平台。记录还显示,警报器从来没有响过。

　　我又仔细检查过了电话座机以及别墅内部的各个角落,没有发现窃听装置。

　　冰箱里只剩下一箱啤酒,其他什么都没有了。我打开一瓶摩森啤酒[1],一口气喝掉了半瓶。歇息片刻之后,剩下的半瓶也被我喝光了。

　　汤米已经被警方拘捕,我应该可以放松警惕了。不过,我还是再次检查了所有的窗锁、滑动条和别墅的前后门。

　　接下来,我脱掉了身上的衣服,将它们堆放在地板上。

　　我来到主浴室,喷头喷出的热水让我瞬间恢复了活力。我想象着自己很快就可以回到卧室,睡在崭新的床上,亚麻布床单上的标签都还没来得及撕去。

　　如果我在自己的卧室里不能安睡……该死!那我立马就卖掉这座别墅。

　　所以,我决定先试一试。

　　进到卧室后,我再次检查了房间里的一切,然后凝视着我的床。我长

---

[1] 加拿大啤酒品牌,畅销美国,是全球第五大啤酒公司。

久地看着这张大床，确定自己只看到了一张床，而不是那幅糟糕的画面——科琳的尸体躺在床上。

至少，在我的头脑里，科琳已经永久地长眠了。

我掀开被子，紧接着打开了卧室里的电视机。

切换了几个频道以后，我找到了二十四小时有线新闻频道，屏幕中央有一名记者正面对着摄像机，各种颜色的灯光在他脸上不停地闪烁着。我放下了遥控器，开始看这条新闻。

记者的名字——马特·格拉贝瑞和电视台的台标——CNN[①]都出现在了画面上，屏幕下方的文字滚动播报着新闻提要："美国缉毒局（DEA）在华盛顿州连顿市突袭了一个有组织的犯罪团伙，该团伙参与运送了价值三千万美元的非法药品。此次行动共抓捕了四名男子。"

我调高了电视机的音量。

事情正朝着我所期望的方向发展，但我还是得听清楚新闻的细节，以确信我的公司与这件事没有关联。

记者异常兴奋，在播报新闻的同时不断地将自己的头转向后方，以至于连他说的某些词句都听不清楚。电视机里的他正在看一辆白色的厢式货车，货车已经被执法部门包围了，画面上还出现了几辆便衣警车，车身上印有"DEA"的标志。

通过摄像机所拍摄的画面，可以看出货车所在的地点是一个仓库外的停车场，好像紧邻高速公路。这个仓库是一栋普普通通的正方形楼房，非常平凡，一般人开车经过时绝不会注意到它。

记者说："你们可以在我身后看到最近几年内最大型的一次突袭扫荡行动。美国缉毒局的一位发言人告诉CNN，价值数千万美元的非法药品已被没收，四名男子被捕。现已查明，这四名男子与黑手党关系密切。"

接下来，他开始讲述事情发生的前因后果。这辆货车停在西雅图南面的一个仓库旁，准备转运货物，而这个仓库在过去的一年里一直都处于被监视的状态。

[①] 美国有线电视新闻网（Cable News Network）的英文缩写，通过卫星向有线电视网和卫星电视用户提供全天候的新闻节目，总部设在美国佐治亚州的亚特兰大。

这时，电视上开始插播另外一组画面，这是在今天早上，由一辆安装在 DEA 便衣警车里的摄像头拍摄下来的场景。从画面中可以看到，白色货车的车头灯照亮了周围的环境。

四个男人正在为这辆侧面印有水果图案的白色货车卸货，一瞬间后，警笛声响了起来，几辆警车迅速驶入了这个停车场。

警察们呼喊着冲向这四个人，其中两个人想逃跑，另外两人乖乖地站在原地，举起了双手。执法人员将这四个人都制服了，然后将他们按倒在沥青地面上，戴上了手铐。

电视画面又切换到了另外一个场景，一个穿着西装的男人正站在贴有官方标志的演讲桌后面。屏幕下方的文字显示：讲话的人是布莱恩·尼尔森，美国缉毒局局长。这是一场正在进行现场直播的新闻发布会。

尼尔森对着摄像机说："今天，参与这项突袭行动的警官们的所作所为，可以拯救很多生命……"

我的手机突然响了，我的注意力从电视屏幕转移到了手机屏幕。电话是菲斯克打来的，我心想，这种时候，他打电话来说什么呢？我拿起手机，接通了电话。

一二五

我的这位可以共安乐却不能共患难的酒肉朋友——警察局局长米奇·菲斯克说："杰克，快打开电视，里面有你想看的东西。"

"我已经在看了。"我对菲斯克说，"看来美国缉毒局在大街上缴获了大量的非法药品。"

"是的，伙计。我没有把你扯进来，这也是你所希望的，对吗？"

"没错！我不想得到任何赞扬，请不要对任何人说起这个秘密，永远都不。"

"我知道了,杰克。美国缉毒局现在非常高兴,他们恨不得在这辆货车上挂一个大大的红色蝴蝶结。在这场行动中,到处都能看到多西亚家族的蛛丝马迹。我能马上逮捕卡麦吗？我不知道,可这次突袭一定会让他生不如死。也许他会心脏病发作,也许会有人给他沉重一击。总之,我们可以期待这一切。"

我们又交谈了一会儿,探讨了这场行动对于整个美国的积极意义。接下来,米奇对我说:"顺便说一下,我很高兴你可以彻底摆脱科琳·莫洛伊谋杀案的指控。自始至终,我一直都在密切留意坦迪和齐格勒的言行。对此,我也不需要任何赞扬。"菲斯克停顿了片刻,接着又说:"但是,我希望你会觉得,洛杉矶警察局对你还是很公正的。"

我说:"我没有任何抱怨。"

这时,我的听筒里传来了"嘟嘟"的声音,又有人打电话过来了,我看了看手机屏幕上的来电人姓名。

我的身体和精神本来都已经变得非常平静了,然而一阵突如其来的恐慌迅速向我袭来,因为这个电话是卡麦·多西亚打来的。

多西亚的药品完蛋了,他的客户会为此发狂,而他的手下也被美国缉毒局的执法人员拘留了。

我告诉菲斯克,我有个要紧的电话要处理,然后祝贺他在美国缉毒局的此次成功的行动中所扮演的不可或缺的角色。

接下来,我将电话转接到二线。

我对卡麦·多西亚说了声"你好",与此同时,我在心里不断地祈祷,希望他不知道我就是这次突袭行动的幕后指使。如果他已经知道了,那么他打这个电话的目的一定是让我准备后事。

多西亚对我说:"你听说我们和美国缉毒局的事了吗？"我从他的语气中无法判断出他的想法。

"我刚刚在 CNN 上看到了。我很难过,卡麦。"

"这件事和你无关,对吗,杰克？"

"那是当然的。"

"我必须得问问。"

电话两头是长久的沉默,我甚至可以听到自己的脉搏的声音,气氛变得有些紧张。过了一会儿,多西亚又开始说话了。

"联邦政府的工作人员说,他们一直都在监视我们的转运站。该死!也许有人泄露了机密,然后我们就被盯梢了。

"不管怎么说,这件事怪不了别人,只能怪我自己。我本来应该在另外一个地点安排转运的,但是那个地方是我们自己的地盘,我有太多顾虑。在高速公路旁卸货,我们应该做得更隐蔽一些,把货物分成小块,并且不让别人看到货车。哎,这些都只是事后诸葛亮了。

"总之,这一切都是我自己的失误,杰克。我打电话来还想告诉你,那笔酬金还是你的。"

如果我现在深吸一口气,会被卡麦发现吗?

我问他:"你是想让我保留那笔六百万美元的酬金?"

"你的人平安无事地把我的货车弄出了仓库,不是吗?你的人把货物顺利移交给我们,你还告诉了我劫车人的名字。你已经完成了你的任务,我理当付钱给你,这是我们之间的君子协定。"

废话!

不过,这可真是一把双刃剑。

多西亚信任我,他把我当做他的兄弟。看来,这个沦为窃贼的前海军陆战队队员也很看重自己的名誉。国际私人侦探公司账户上的这六百万美元意味着卡麦·多西亚是我的"好朋友"。

我再也不想接到卡麦的电话了,但我知道自己不可能那么幸运。

他突然挂断了电话,就和他通常的习惯一样。

他没有说再见。

一二六

我放下手机,试图缓解一下与多西亚谈话时自己的身心所遭受的惊吓和创伤。我很想知道,我现在是不是真的安全了? 米奇·菲斯克是不是可以把我是 DEA 突袭行动的幕后指使一事永远地保密下去? 或者说,我免不了会在一条阴暗的小巷里和多西亚手下的一帮打手对抗,只是时间问题而已?

我想给朱斯蒂娜打电话。

我想听到她的声音,还想把多西亚的遭遇,以及我的孪生兄弟因盗窃汽车和涉嫌谋杀而被拘捕的事情一股脑儿全告诉她。

我不由自主地拨通了朱斯蒂娜的电话,她是我的快速拨号名单中的第一个。我听着听筒里传来的"嘟嘟"声,心里想象着她接听电话时的样子。我希望她正在屋子外面的游泳池边喝葡萄酒,我希望她会对我说,你过来吧。

电话响了三声后,朱斯蒂娜的声音传了过来。

"别挂电话,美女,我是说真的。"

朱斯蒂娜笑着说:"好吧,真拿你没办法。"

她说她正在全面清理自己的冰箱,这是大约一个月以来第一个不用工作的晚上,她终于有时间做一些必要的家务。

"你是否介意带一杯葡萄酒,走到游泳池边? 这就是我想象中的你正在做的事情。"

她又笑了起来,"让我看看……哦,是的,我正好有一瓶打开了的葡萄酒。稍等一下。"

我听到了玻璃器皿发出的叮当声,还听见洛奇在叫。片刻之后,我听见滑动玻璃门打开了,接下来她对我说:"我已经收拾好了,你想说什么,杰克?"

我开始说话,嘴里吐出的话连我自己都感到吃惊。

也许电话线帮我们创造了必要的亲密感和距离感,我终于向她坦白了我做过的事,以及原因。

"我想让你知道,我已经明白自己做错事了。我不能原谅我自己,尤其是站在你的立场想问题的话。但是,请你相信我,朱斯蒂娜,我真的很抱歉,我难过到了极点。"

朱斯蒂娜说:"杰克,不要再因为科琳的死而责怪自己了。你的行为归你的行为,总之你没有杀她。"

朱斯蒂娜告诉我,她也很喜欢科琳,所以她可以想象出我对科琳的感觉。

"我原以为你们已经永远地分手了,但是后来我发现事情不是这样。你们还是藕断丝连的,这让我非常受伤,杰克。我想任何人遇到这样的事都会感到受伤的,但是我现在已经走出来了。"

我对她表示了感谢。片刻的沉默之后,我告诉朱斯蒂娜,克雷·哈里斯死了,汤米打死了他。我还告诉她,汤米已经进了监狱。

"像汤米这样的人,他们是不可能轻易妥协的。"朱斯蒂娜说,"汤米会说,那辆车是他送给克雷的,这样克雷就不需要为奖金纳税了。诸如此类的理由,他还有一大堆。他还会说,他开克雷的车只是为了兜风,根本不是偷车。我敢打赌,那辆车一定是汤米买给克雷的。我想象不出来克雷·哈里斯走进比佛利山的雷克萨斯展示厅时的样子,我实在是想象不出来。

"汤米一定可以免于受罚的。"她说,"警察们会推测是汤米杀了克雷,但他们永远都找不到他的枪。你无法作出对他不利的证明,他也作不出对你不利的证明。事情就会这样僵持下去。"

我叹了口气。

"杰克,我不再生你的气了。"

我对她说:"太好了!"差一点就说出了后面的话,我想现在就过来找你。就在这时,她突然说:"我得挂电话了,杰克。我还要带狗出去散步,还得换猫砂,还得给冰箱除霜,而且还要涂指甲油。你早点休息吧,明天见。"

"我也有一些要紧的家务事要做,朱斯蒂娜。我要洗很多衣服……"

我们俩一起笑了起来,"你快去忙吧。"她对我说。

我说了一声"晚安"。

我还能做什么呢?

一二七

朱斯蒂娜带着洛奇出去散步,事实上,她比它更需要运动。她希望通过锻炼使自己放松,驱逐身体和精神上的压力。

半小时之后,她和她的小狗一起返回卫斯理街区,走上了通往一座漂亮的老房子的小路。这座老房子是在20世纪30年代晚期修建的,建筑细节非常精致,门框和窗框上都有镂空的镶边。

除此之外,这座老房子还充满了时光的痕迹,跟几年前她和杰克一起买下的那座现代化别墅完全不同。

在这片公寓群里,不会有海浪的声音帮她催眠。但是,这里有另外一些她非常喜欢的声音:孩子们在人行道上骑自行车;洒水器的水雾喷洒在修剪过的草坪上;这条街上的很多个客厅里的电视机发出来的欢笑声……这一切都让她感到温馨和舒适。

在厨房里,朱斯蒂娜为奈费尔提蒂和洛奇准备好了晚餐,正准备关上橱柜门,杰克的电话突然打过来了。他想哄骗她喝一杯葡萄酒,并借机与她聊天。

这十组橱柜门的内壁从上到下都写满了东西:不同的人用不同的笔,记录下了弗莱克家族的历史。他们在这里住了三代,直到朱斯蒂娜买下了这套房子。

她现在正在看的这扇门上记录着20世纪40年代的一些故事:一个婴儿呱呱坠地,她叫埃莉诺·路易斯·弗兰克。小女孩的名字的周围画满了星星。一年之后,车库里多了一辆崭新的帕卡德①。约翰和茱莉订婚

---

① "二战"时期,美国最豪华的轿车并不是凯迪拉克,而是帕卡德(Packard),它是全球最尊贵的名车,也是罗斯福总统的座驾。

了。索尔在十岁那年患上了小儿麻痹症。几条小狗在一个橱柜里诞生了。后院举办了一场婚礼。一个叫罗伊·劳埃德·弗兰克的表亲参了军……

朱斯蒂娜关上了橱柜的门。

她对自己的生活很满意,这一点是毋庸置疑的。她有一个属于自己的家,有一份不错的工作,她的人生正朝着自己所期望的方向发展。

就在今天,她又谈下来一个新案子:一名二十四岁的时装模特从刚去世的八十岁的亿万富翁男朋友那里继承了一大笔遗产。死去的富翁的家人委托国际私人侦探公司调查这名女孩。

这个案子是一个美差,工作时间可以朝九晚五,调查过程中不会遭遇枪击,也不需要和犯罪集团成员打交道,没有人会被推下悬崖……这个案子将会带给她很多乐趣。当她休假结束后,工作又会以一种令她满意的方式填满她的生活。

这时,门铃突然响了起来,朱斯蒂娜有些生气地盯着前门。洛奇跑到客厅,将前腿搭在门板上,呜呜地叫着。

洛奇知道是谁在按门铃,朱斯蒂娜当然也知道。

现在已经是晚上十点多了,而且是周末的晚上。门外站着的这个男人,他不能对别人敞开心扉,也不能安定下来。他是一个很不错的老板,然而在其他方面,他一直都在浪费她的时间。

该死!

她的手机响了。

她说:"杰克,你这是干什么?"

"朱斯蒂娜,让我进来,求你了。"

她挂断电话,走到客厅,对着门外喊道:"杰克,回家吧,我是说真的。我现在不想见你。"

她的手机又响了起来。

她按下接听键,然后把手机举到耳边,身体顺着墙壁慢慢地滑下去,坐在地板上。她听见杰克在电话里坦白了那些她已经知道的事情。

"从两周前开始,我们的关系已经步上正轨了,朱斯蒂娜。我确实犯了一个愚蠢的错误,这使得我们的关系受到了影响,我真的非常后悔。但是，我们在一段长时间的分手之后，都在努力修复彼此的关系。我们相互了解，相互依赖，我们之间没有什么问题是无法解决的。你不能对真爱视而不见，朱斯蒂娜。亲爱的，快让我进来吧。"

"噢！杰克。"她对着电话说。

他爱她，杰克依然深爱着她。

该死！该死！该死！她发现自己也依然深爱着他。

致谢

我们特别感谢康涅狄格州斯坦福德市警察局的理查德·康克林警官,以及法医学顾问伊莱恩·帕格利亚诺博士,感谢他们分享了宝贵的时间和专业知识。感谢我们的研究员——英格丽·泰勒、林恩·克洛梅洛和玛丽·乔丹,感谢她们不懈的支持。

Private #1 Suspect by James Patterson and Maxine Paetro
Copyright © 2012 by James Patterson
This edition published by arrangement with Little, Brown and Company, New York, New York,
USA.
Simplified Chinese translation rights © 2013 by Chongqing Publishing House Co., Ltd.
All rights reserved.

本书中文简体字版由小布朗公司授权重庆出版社在中国大陆地区独家出版发行。未经出版者书面许可,本书的任何内容不得以任何方式抄袭、复制或转载。

版贸核渝字(2013)第 026 号

图书在版编目(CIP)数据

头号嫌疑人 /（美）帕特森著；曾雅雯译. —重庆：重庆出版社，2013.7

ISBN 978-7-229-06417-4

Ⅰ.①头… Ⅱ.①帕… ②曾… Ⅲ.①长篇小说—美国—现代 Ⅳ.①I712.45

中国版本图书馆 CIP 数据核字(2013)第 074141 号

头号嫌疑人
TOUHAO XIANYIREN
[美] 詹姆斯·帕特森 玛克辛·佩德罗 / 著　曾雅雯 / 译

出　版　人：罗小卫
责任编辑：陈渝生
责任校对：胡　琳
装帧设计：重庆出版集团艺术设计有限公司 · 王芳甜

重庆出版集团 出版
重庆出版社

重庆长江二路 205 号　邮政编码：400016　http://www.cqph.com
重庆出版集团艺术设计有限公司制版
自贡兴华印务有限公司印刷
重庆出版集团图书发行有限公司发行
E-MAIL:fxchu@cqph.com　邮购电话：023-68809452
重庆出版社天猫旗舰店
cqcbs.tmall.com
全国新华书店经销

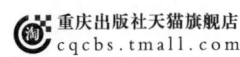

开本：680mm×980mm　1/16　印张：18.5　字数：275 千
2013 年 7 月第 1 版　2013 年 7 月第 1 次印刷
ISBN 978-7-229-06417-4
定价：32.00 元

如有印装质量问题，请向本集团图书发行公司调换：023-68706683

版权所有　侵权必究